ISBN 978-0-265-98209-9
PIBN 10450026

This book is a reproduction of an important historical work. Forgotten Books uses
state-of-the-art technology to digitally reconstruct the work, preserving the original format
whilst repairing imperfections present in the aged copy. In rare cases, an imperfection in
the original, such as a blemish or missing page, may be replicated in our edition. We do,
however, repair the vast majority of imperfections successfully; any imperfections that
remain are intentionally left to preserve the state of such historical works.

Der von mir am Sungei Ular (Schlangenfluss) mit einer Kugel gefällte Urwaldriese.

Pflanzer- und Jägerleben auf Sumatra.

Von

Eduard Otto.

Wilhelm Süsserott.
Verlagsbuchhandlung.
Berlin.
1903.

Während einer 40 tägigen, interessanten Fahrt von Hamburg nach Sumatra, dem Ziel meiner Wünsche, liess ich mich von „Niobe", dem Dampfer, wohlig und frisch in den Wellen der Meere schaukeln, ohne auch nur einmal dem Meeresgotte meinen schuldigen Tribut zahlen zu müssen, obwohl wir einen tüchtigen Südwestmonsum zu bestehen hatten, welcher uns 4 Tage in aufgeregtester Spannung hielt. — Alles, was dem geübten Auge des Kapitäns auch nur im geringsten nicht niet- und nagelfest erschien, wurde in dem unteren Raume des Dampfers verstaut oder auf Deck mit kräftigen Stricken befestigt. Die Luken wurden dicht gemacht, schwere Taue zum Festhalten über das ganze Deck gezogen und nun brachs los: heulend pfiff der Sturm durchs Takelwerk, der Himmel verfinsterte sich, grelle Blitze erhellten die finstere Nacht, prasselnd schlug der Regen an Deck, und das Schiff begann in einer für uns Landratten höchst ungemütlichen Weise zu rollen und zu stampfen. Ich stand am Hinterdeck, mit den Armen eine Eisenstange umschlungen haltend, fest in den Mantel gehüllt und schaute, meiner Ohnmacht bewusst, auf die erregten Elemente und wiederum bewundernd auf die ruhige Haltung des Kapitäns, dessen feste Kommandostimme als einziger menschlicher Laut an mein Ohr klang. Bei dem immer mehr zunehmenden Stampfen des Schiffes, bei welchem ich oft glaubte in die drohenden Wolken zu fliegen, wobei das Gerassel und Wirbeln der Schraube mich unheimlich berührte, dann wieder das Gefühl hatte, als ob der Boden unter mir schwände, wenn das Heck sich senkte und dicht neben mir die Wogen gierig am Bord leckten und beim Rollen des Schiffes dieses vollständig überfluteten, so dass man sich hüten musste, die Hände frei zu lassen, um nicht mit ins nasse Element geschleudert zu werden — da überkam mich zu meiner Freude das Bewusstsein, das mich auch nicht täuschte, das Gefühl der Seefestigkeit, und daher genoss ich das grossartige Schauspiel bis spät in die Nacht hinein und suchte erst gegen Morgen meine Kabine auf. Doch besser hätte ich gethan, derselben fern zu bleiben, denn mit bestem Willen war es mir unmöglich, bei dem Rollen des Schiffes mich im Bette festzuhalten. Krampfhaft stemmte ich Hände und Füsse nach beiden Seiten, um das Gleichgewicht zu bewahren, doch kaum hatte mich die Müdigkeit übermannt, als ich auf unzarte Weise wieder aus Morpheus Armen gerissen wurde und ich mein Lager von unten bewundern konnte. Dies wiederholte sich mehrere Male, so dass ich es resigniert vorzog, mich im Speisesaal, welcher glücklicherweise menschenleer war, auf die Erde zu legen und mich mit dem Plaidriemen, über Brust und Füsse zwischen Bänken und Tisch eingekeilt, fest-zubinden. — Der Morgen fand mich als Ersten der Passagiere wieder an Deck. Mit ungeschwächter Kraft zerrte der Sturm am Takelwerk des Schiffes, und wenn eine lang herziehende mächtige Woge, in der man neben sich gewaltige Meeresbewohner in Gestalt von Delphinen dahergleiten sah, sich gegen das Schiff stürzte und die überspritzenden Wasser mit Donner-gekrach auf das Deck fielen, wankte dieses so sehr auf die andere Seite, dass der Bord die See pflügte und gewaltige Mengen Wasser überholte. Die unteren langen Raen berührten fast den Wasserspiegel, aber doch kämpfte sich das stolze Schiff schnaubend und stöhnend durch. Im Lauf des Tages wurde von einer mächtigen seitwärts rollenden Woge, die das ganze Schiff mit Wasser überflutete, eine der zum Hinterdeck führenden eisernen Treppen losgerissen. Der Steward flog mit vollem Servierbrett lang über Deck und war kreuzfidel, dass nicht er, sondern nur die Schüsseln und Teller zersplittert und teilweise über Bord geflogen waren. So tanzten wir das Unwetter hindurch, die Sonne schien, der Sturm liess nach und von Ceylon bis Pulo Penang hatten wir eine Fahrt so ruhig, so schön, so klar, wie man sie sich auf den Wellen des Rheins nicht schöner denken kann. Die See lag da wie ein Spiegel, die einzigen Hügel, welche man auf dem Spiegel des Wassers erkennen konnte, waren die Flossen und Rücken von zahllosen Delphinherden, welche das Schiff lustig auf kurze Zeit begleiteten und dann ihre Strasse hüpfend und springend weiterzogen.

Atschin Head, die Spitze Nord-Ost-Sumatras, kam in Sicht und zeigte dem Auge nichts als undurchdringlichen Wald. Bald entschwand Sumatra unserm Blicken, und wir näherten uns Pulo Penang, jener lieblichen den Engländern gehörigen Insel, auf welcher ich meinen Dampfer, der mich bis hier so sicher geleitet, verlassen musste, um mich und mein Gepäck einem kleinen Küstendampfer, welcher noch selben Tages nach Sumatra abging, anzuvertrauen. Durch schmierige Chinesen, Schmutz, Schweine in Körben und Hühner musste ich mir einen Weg auf das Deck bahnen. Von einem Europäer oder Kapitän keine Spur. Durch einen dickbauchigen Chinesen, welcher etwas englisch verstand, liess ich mir meine Kabine 1. Klasse anweisen. Was ich fand, war ein kleiner erbärmlicher Raum, in welchem ich mein Handgepäck verstaute, während meine Kisten und Kasten zwischen den Schweinen aus dem himmlischen Reich ihren Platz fanden. Die Zeit der Abfahrt war gekommen, die Schiffspfeife ertönte und nachdem ich vergebens von der Kommandobrücke aus circa 1 Stunde nach dem Kapitän Ausschau gehalten, kam dieser endlich, von Malayen gerudert, in einem kleinen Boote mit glührotem Gesicht dahergeschwommen und wankte mit Mühe an Bord. Ich näherte mich ihm, um mich ihm als einzigen europäischen Passagier vorzustellen, als er mir sofort ein Glas Whisky-Soda anbot, welches freundliche Anerbieten sich bei der 16 stündigen Überfahrt noch öfters, als diese Stunden zählte, wiederholte, für welches ich aber jedes Mal ebenso höflich wie bestimmt ablehnend dankte. Doch schien er den Durst, den er in mir vermutete, doppelt in sich selbst zu empfinden, er trank und trank, bis er in sich selbst zusammensank. Der Anblick eines solchen Kapitäns wurde mir so widerwärtig, dass ich mich nach dem Abendessen in meine Kabine zurückziehen wollte, aber kaum hatte ich mich zu behaglicher Ruhe hingestreckt, als ich entsetzt wieder auffuhr, denn wenn auch mein Hauptinteresse den Tieren gewidmet war, so sehnte ich mich doch nicht darnach, die Bekanntschaft derjenigen auf freundschaftlicherem Fusse zu machen, welche mein Bett als ihren gerechten Wohnsitz eingenommen hatten. Ich flog in die Kleider, die ich kaum verlassen, suchte, um Ruhe zu finden, die Kommandobrücke, den einzigen Fleck, wo ich Ruhe vor dem Gesindel des Schiffes zu hoffen glaubte, auf, sah mich aber arg enttäuscht, denn der Kapitän schnarchte auf seinem langen Rottanstuhl mit den Schweinen in den rollenden Körben um die Wette, sein Whisky stand neben ihm, und ich versuchte ihn zu wecken. Es war vergebens. Er schlief noch, als wir die Küste von Sumatra in Sicht bekamen; — er schlief, als der malayische Steuermann immer ängstlicher am Ruder stand, bis wir die Bojen, die die Fahrstrasse nach dem Wampuflusse anzeigten, passierten, er schlief, als urplötzlich

der kleine Dampfer sich kreischenden Tones in den
Sand einbohrte, und schlief ruhig weiter, während
die malayischen Bootsleute die See peilten, und selbst
der widerliche Duft, der den Töpfen der ihr Essen
kochenden Chinesen entströmte, vermochte ihn nicht
seinem Schlafe zu entreissen. Ich gebot dem Steuermann, der das Schiff von Penang bis hier einzig und
allein geführt hatte, den Kapitän aus seinem Schlummer
zu wecken, doch war er zu ängstlich hierzu und sah
ich mich veranlasst, diese schwierige Arbeit selbst zu
vollbringen. „Whisky-Soda" war das erste Wort, welches
der total betrunkene Kapitän ausstiess. Ich machte ihn
mit der Sachlage bekannt; er stierte erst nach der Küste,
gestikulierte mit den Händen in der Luft herum, sah
nach seiner Uhr, legte sich wieder lang, leerte den Rest
seines Whiskys und schnarchte weiter. Drei Stunden
lang lagen wir still, endlich gelang es dem Steuermann,
das Schiff durch Rückwärtsbewegung der Schraube und
mit Hilfe der Flut wieder flott zu machen, und wir
näherten uns nun langsam aber sicher der Quala Wampu,
der Mündung des Wampuflusses, an der ich als einzige
menschliche Behausung einen hohen, hölzernen Wartturm erblickte, und weit hinaus am Ufer waren Stangen
und Reusen im Meere befestigt, die darauf schliessen
liessen, dass auch die Eingeborenen des Landes hier
einen grossartigen Seefischfang betreiben mussten.
Braunes, dunkles Wasser zeigte uns den Wampufluss
an, in den wir auch bald unter schrillem Pfiff der
Schiffspfeife einbogen. Rechts und links dichte, undurchdringliche Mangrovenwaldungen, einzig und allein
Wohngebiet der Affen und der Leistenkrokodile, welch
letztere sich hie und da träge aus dem Uferschlamm
ins Wasser wälzten, während uns die Affen mit fröhlichem Schreien begrüssten.

Beim Anblick eines mächtigen Krokodils ergriff ich
die Windchester-Repetierbüchse des Kapitäns und sandte

ihm einen wohlgezielten Schuss auf den Panzer. In
mächtigem Bogen sich rückwärts mit seiner ganzen
Länge überschlagend, indem es sich mit den Vorder-
füssen in die Luft schleuderte, verschwand dies von
den Eingeborenen mit Recht gefürchtete Ungeheuer in
der Flut. Weithin hallte der Schnss durch die Waldungen, welche so jungfräulich erschienen, als ob sie
nie ein menschlicher Fuss betreten hätte. Doch be-
lehrten mich bald darauf mehrere langgestreckte, bis zu
8 Mann bemannte Boote (sampan) der Malayen eines
Besseren.

Nackte, sehnige Gestalten mit grossen tellerförmigen
Hüten aus Rohrgeflecht, vereinzelt in malerischer Tracht,
in grellste Stoffe eingehüllt, zogen oft an uns vorüber
und verschwanden rechts und links von uns in kleinen
Nebenarmen des Wampuflusses, um dort dem Fischfang
obzuliegen. Zuweilen soll es ihnen gelingen, meistens
durch Zufall, eine der hier lebenden Sirenen oder See-
kühe, den „Dujong“, in ihre Gewalt zu bekommen. —
Ihre Sampans sind stets aus einem einzigen Stamme
angefertigt und verlangen eine sehr sorgfältige Führung
und götzenähnliches Stillsitzen. Sie sind im Verhältnis
zur Länge ausserordentlich schmal gebaut, beim
Überbordbiegen würde der Sampan unfehlbar umschlagen
und die Insassen gefährden, den hier häufigen Krokodilen zur Beute zu fallen. — Bei jeder Biegung des
Flusses ertönte die Schiffspfeife, um eventuell heran-
kommenden Sampans der Eingeborenen Zeit zu geben,
sich an der Nähe des Ufers zu halten, um nicht über-
fahren zu werden. Einige wenige Reiher, desto mehr
braune, weissköpfige Flussadler, waren das einzige
ausser obengenanntem Getier, das hier sein Wesen
zu treiben schien.

Der dichte, üppige Wald lichtete sich, vereinzelte
Hütten der Eingeborenen, welche vor allem hier in der
Nähe der Küste die Fabrikation des Attapps betreiben,

zeigten sich, und so näherten wir uns langsam dem
vorläufigen Endziel meiner Seefahrt, der Hafenstadt.

Attapp spielt eine ausserordentlich wichtige Rolle
in Sumatra, denn er dient genau zu demselben Zwecke,
wie bei uns zu Lande der Schiefer. Der Attapp ist das
Blatt gleichbenannter Palme, welches auf Leisten der
Nibungpalme schuppenartig aufgereiht, mit Rottan fest-
genäht und dann getrocknet wird. Er dient zur
Bekleidung der Wände und der Dächer. Der Eingeborene benutzt ihn ebenso wie der Europäer zur Herstellung seines Hauses. Fast sämtliche Gebäude in
Sumatra O. K., seien es nun Wohnhäuser, Ställe, Schuppen
oder Scheunen, sind zum wenigsten mit Attappbedachung
versehen, und nur der Europäer gestattet sich hie und
da den Luxus, die Wände seines Hauses aus Brettern
herzustellen.

Das Haus des Eingeborenen besteht einzig und
allein aus einem Holz- oder Bambusgerüst, bei welchem
anstatt der Nägel der Rottan dienen muss, und aus
Attappbekleidung. Der Rottan, oder Spanisch-Rohr, ist
eine Schlingpalme, welche ihre dornenstrotzenden,
grünen Schlingen und Blätter 100 Meter und weit
darüber über die sie umgebenden Stämme und Sträu-
cher ausbreitet. Die ganze Pflanze incl. Blätter ist
über und über mit kleinen Widerhaken versehen,
was für den Europäer um so wunderbarer erscheint,
als er dieses Gewächs schon von Kindheit an in der
Hand des Schulmeisters als auch später an seinen
Stühlen und Rohrmöbeln als äusserst glattes Holz
kennen gelernt hat. Der Malaye gewinnt dieses
glatte elastische Rohr, indem er mit einem hakenartigen Holz die Rottanpflanze von den Bäumen und
Ästen, an welchen sie sich emporrankt, herunterreisst
und im scharfen Winkel biegt, wodurch die spröde,
äussere, grüne, dornenbewährte Rinde zersplittert und
nun erst den aalglatten Rottan zu Tage befördert. —

Mit dem Finger umfasst er denselben und zieht ohne
weitere Mühe oft 50 Meter und mehr desselben hervor,
und dient dieser ihm gespalten als Bindfaden, als Nagel,
geflochten als Trag- und Korbgeschirr und zu vielem
Anderen.

Die kleine Stadt Tantjong Poera oder Klambir, der
Hafenplatz von Nord-Ost-Sumatra, speziell der Provinz
Langkat, lag plötzlich zu unserer Linken vor uns. Der
Anker rasselte hernieder, das Schiff wurde von herbei-
springenden Eingeborenen mit Stricken am Deck be-
festigt, und nun endlich konnte ich den kleinen
schmierigen Dampfer „Jin Ho" mit seinem Whisky-
Kapitän, oder richtig benannt „John", verlassen und
betrat seit Langem einmal wieder festen Boden, den
Boden Sumatras.

Tandjong Poera, am rechten Ufer des mächtigen
Wampoeflusses gelegen, ist die Verbindung des grossen
Hinterlandes mit der See und der Aussenwelt. Bis hier
dringen die, meist chinesischen Küstendampfer vor,
welche die Meeresenge zwischen Sumatras nördlichen
Provinzen und Poelo Penang und Singapore wöchentlich
einige Male durchkreuzen und den Verkehr aufrecht-
halten. Schwer beladen fahren sie hin und her, bringen
und holen Menschen und Waren, die Erzeugnisse des
Landes und dessen Bedürfnisse, vor allem einen fortwährend Zuzug von chinesischen und javanischen
Kulis, deren mehr ein- als auswandern, da nur ein ver-
schwindender Prozentsatz derselben ihre Heimat jemals
wiedersehen, weil sie zum grossen Teil den sie erwar-
tenden Anstrengungen und tückischen Krankheiten er-
liegen, ehe sie sich aufraffen, zur rechten Zeit dem
lauernden Verhängnis zu entfliehen, sei es aus Apathie,
der ein grosser Teil verfällt, oder der Habsucht nach
immer mehr Gewinn, die sie kein Ziel finden lässt. —
Klambir ist der Sitz des Sultans, der hier, durch
Apanage der holländischen Regierung gestützt, ein

idyllisches Dasein führt und dem von seiner Macht
eigentlich nur die Jurisdiction über seine eingeborenen
Landsleute, die Malayen geblieben ist; der Sitz einer
kleinen Garnison mit einem Kapitän, einigen Leutnants,
Militärarzt nebst Hospital, einem Kontrolleur, holländisch.
Gerichtsperson, etwa der Stellung eines Landrats entsprechend, nebst Gerichtsgebäuden und Gefängnis für
Farbige (Europäer können nur in Batavia abgeurteilt
werden, dem Sitz des Präsidenten). Schöne Steinbauten
im Europäerviertel mit grossen Gartenanlagen zieren
Klambir und lassen dies Viertel gegen die der Eingeborenen erheblich abstechen. In ihm befinden sich
die Klub-, Post- und Zollgebäude, die zierlich und
schön gehaltenen Wohnhäuser der Europäer, der Kaufleute und Beamten. Der Passar oder Markt der Eingeborenen befindet sich in der Nähe des Hafens, der
stetig von Dampfschiffen, kleineren Flussdampfern der
Europäer, Tonkans und Sampans der Eingeborenen oder
Chinesen belebt ist und mit seinem ewigen Gewimmel,
den am Ufer errichteten Hütten und umzäumten Bade-
stellen, einen interessanten Einblick in die Thätigkeit
des Handels von Beneden Langkat gestattet. Im Ein-
geborenenviertel drängt sich Haus an Haus und Laden
an Laden und ein wüstes Chaos von Menschenstimmen
der verschiedensten Völkerschaften durchschwirrt die
Luft und bietet seine Ware an. Alles ist hier zu haben:
Kleider, Schuhe, echter Gold- und Silberschmuck und
Tant, Essen und Trinken, stinkende Fische und duftende
Früchte, Tabak, Zigarren und Zigaretten, Opium und
Waffen, Barbier auf offener Strasse, fliegende Thee-
und Speisewagen, Theestuben mit freundlichen Japa-
nerinnen, Tanz- und Singbuden, das malaysche und
chinesische Theater, alle Biere und Weine der Welt,
Limonaden und Wasser aller Art, kurz alles, was das
Herz oder der Magen begehrt. — So stand ich da mitten
im fremden Gewühl. Scharen von Eingeborenen,

Chinesen, Klings von der Madrasküste, Javanen etc.
drängten sich um mich herum, um mir beim Fortschaffen des Handgepäcks und der Kisten und Koffer
behilflich zu sein, während mich andere in Schwarz
gekleidete Malayen mit irgend welchen Abzeichen,
welche mir damals noch unverständlich waren, verhindern wollten, mein Gepäck so ohne weiteres an Land
zu schaffen. Es waren dies, wie ich später erfuhr,
Zollbeamte, welche sämtliche Reisende, die mit dem
geringsten Handgepäck versehen sind, in das nahe-
gelegene Zollhaus trieben, um dort von einem hollän-
nischen Zollbeamten ihre sämtlichen Schätze einer ein-
gehenden Durchsicht unterziehen zu lassen, speziell um
den Opium-Schmuggel zu verhindern. Mit einigen
kräftigen deutschen Worten, welche scheinbar einen
grösseren Eindruck auf sie machten, als wenn ich solche
in einer ihnen bekannten Sprache angewandt hätte, ver-
scheuchte ich mir die Leute, nicht ahnend, sie an ihrer
Pflicht gehindert zu haben, vom Halse und gelangte,
nachdem ich mit ziemlicher Mühe eine Karetta lembo,
d. i. Ochsenkarre, requiriert hatte, in das einzige europäische Hôtel, dessen Besitzer, ein Württemberger,
nebenbei Grosskaufmann und Plantagenbesitzer, mich
sehr liebenswürdig empfing und mir jede gewünschte
Auskunft und Hilfe zu Teil werden liess.

Nachdem ich mich hier in anregender Unterhaltung
bei einer Flasche ächt Münchener Bürgerbräu zu
0,75 Mk. erfrischt hatte, setzte ich meinen Weg mit
Hinterlassung sämtlicher Bagage fort, um eine mir
aus Deutschland befreundete Familie, die ich zunächst
besuchen wollte, in unbekannter Gegend aufzusuchen.
Zunächst brachte mich ein chinesischer Fährmann auf
das linke Ufer des Wampoe (die herrliche stolze Brücke,
die 4 Jahre später von eben genanntem Herrn auf
eigenes Risiko gebaut wnrde, stand damals noch nicht),
entrichtete mein Fahrgeld und wurde sofort wieder von

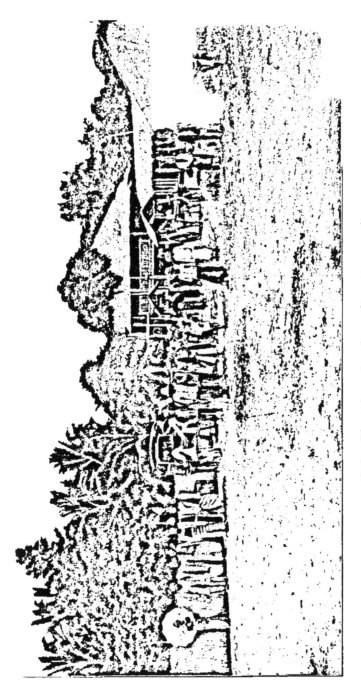

Beim Einsteigen in eine „Caretta sewa"

schreienden Malayen umringt, welche diesmal nicht
mein Gepäck, sondern mich selbst in einer Karetta sewa
weiterbefördern wollten. Die kleinen Badak-Ponys und
diese leichten zweirädrigen, aber unbequem zu ersteigen-
den Fahrzeuge schaute ich zunächst mit nicht geringem
Misstrauen an, desgleichen ihre dunkeläugigen, Kris-
bewaffneten Führer, doch lernte ich später deren grosse
Leistungsfähigkeit in hohem Maasse schätzen. Über die
Deichsel hinweg kroch ich in den Kasten, zog die
Füsse an den Leib, denn ein Raum zu behaglichem
Strecken derselben ist nicht vorhanden; vor mich hin
auf die Deichsel setzte sich der malayische Sais oder
Kutscher mit langem Sarong, dem sackartigen Bekleidungsstück für den Unterkörper und der möglichst
bunten Kabaya, d. i. hemdartige Jacke, bekleidet,
den Kris im Gürtel auf dem Rücken, und nun gings
vorwärts im schärfsten Tempo, ohne Rücksicht auf
Wegeunebenheiten oder Kulis, die des Weges kamen.
Vorbei an chinesischen Sajorhändlern (Gemüsehändlern),
welche als Nebenverdienst die Schweinezucht im Grossen
betreiben, vorbei an hohen Lalangflächen und zwei-
jährigem dichten Busch, welcher trotz seines jungen Be-
standes schenkeldicke und wohl 10 m hohe Bäume aufwies, brachliegenden abgepflanzten Tabaksfeldern, vorbei
an Sumpf, durch den sich knüppeldammartig die Strasse
zog, zur Linken ein geschmackvolles Pflanzerhaus, umgeben von endlosen Tabaksfeldern — so langte ich vor
dem von Kokos, Bananen und schlanken Arekapalmen
beschatteten Hause meiner Freunde an. Es war ein
herzlicher Empfang, der mir hier von der Dame des
Hauses bereitet wurde, und sie war ganz enthusiasmiert
über das frische Aussehen eines frisch importierten
Europäers ihrer Bekanntschaft. Nun gings ans Erzählen, und ich bemerkte kaum, dass der Hausherr
selbst nicht zugegen war. Ich beschloss ihn in den
Tabaksfeldern aufzusuchen und erkannte ihn auch schon

auf Kilometerweite an seinem weissen Hut und Anzuge.
Nach herzlichem Bewillkommgruss lenkte er seine
Schritte mit mir heimwärts und so begann für mich
eine äusserst interessante Zeit. Hier, bei meinen
Freunden, legte ich mit Hilfe meiner liebenswürdigen
Wirtin die erste Grundlage der malayischen Sprache,
lernte die Gewohnheiten der Europäer und die Behandlung den Eingebornen gegenüber und vieles Andere
kennen, alles wichtige Punkte, die mir bei meinem
späteren, jung beginnenden Pflanzerleben von ausserordentlich grossem Nutzen waren. Ich verweilte
mehrere Monate unter diesem gastlichen Dache, begleitete meinen Freund fast täglich auf seinen Gängen
durch die Tabaksfelder und Scheunen und wurde so
langsam für meinen neuen Beruf, den ich bald auf einer
anderen Plantage, die neu, fern vom Verkehr, entstand,
ergriff, vorbereitet. Die Insassen des Hauses, ausser
meinen Freunden und mir, bestanden aus einer
Babu, javanische Zofe, deren Mann, dem Boy, der das
Amt des Dieners versah, dem chinesischen Koch oder
Coki und dem Tukaneyer oder Wasserträger. Das Tier-
reich war vertreten durch Hühner, Enten, junge Krokodile und Kantjils in getrenntem Drahtzaun, grossen
Eidechsen, unter diesen den Gecko, welcher nach ma-
layischem Glauben Glück und Gesundheit denen bringt,
unter derem gastlichen Dach er sein fast nie zu ent-
deckendes Lager aufschlägt. Dieser Gecko verleitete
mich oft zu glauben, ein Huhn habe in der verschlos-
senen Vorratskammer, dem Gudang, ein frisches Ei gelegt, denn zu bekannt erschien mir dieser Laut mit dem
der eiergelegthabenden Henne. Er rührte jedoch stets,
wie mir meine lächelnde Wirtin erklärte, vom Gecko,
dem Schutzgeist des Hauses, her, und obwohl ich mir
die grösste Mühe gab, diesen Nachäffer unserer lieben
Haushenne zu entdecken, gelang es mir nie, und erst
2 Jahre später hatte ich das Vergnügen, diesen gackernden

Schreier in meinem eigenen Hause als etwa 1¹/₂ Fuss langen Vertreter seiner Sippe kennen zu lernen. Doch trotz dieses Schutzgeistes zog ich mir in diesem meinem Hause eine derartige Malaria zu, die mich leicht ins unbekannte Jenseits befördert hätte. Jedoch das angenehme Diesseits bietet noch genug des Dunklen und Fremden, um für den Fröhlichlebenden interessant genug zu sein, und darum zurück zu meinen Hausgenossen.

Ein kleiner, lebendiger Makakenaffe, monjet, führte sein tolles Dasein unter dem Hause, woselbst er an einem Pfeiler angebunden war und uns viel Vergnügen verursachte, aber der lieben Hausfrau auch viel Verdruss, wenn es ihm z. B. gelang, eine seinem Futter zu nahe kommende Henne zu erwischen, die er dann erbarmungslos bei lebendigem Leibe rupfte oder auch zärtlich erdrückte. Als sonstige Hausgenossen, wenn auch ungeladen, waren eine Menge vorhanden, und vor allem erschienen sie abends, wenn die Lampe von der Veranda her ihre milden Strahlen in das Dunkel der Nacht ergoss. Dies waren: Cicaden mit ihrer wundersamen Musik, die manchmal etwas lärmend ausfiel, Heuschrecken, wandelnde Blätter, Gottesanbeter, Scorpione, Tausendfüssler von Spannenlänge, Mosquiten und Ameisen, unbeflügelte und beflügelte in Mengen, deren einziger Feind im Hause ausser dem Menschen eine kleine, fast durchsichtige Eidechse, der Tjitjak, ist, die auch vom Europäer wegen ihrer guten Eigenschaften · förmlich gehätschelt wird und sich infolge dieser guten Behandlung häuslich niederlässt und sich viele kleine Freiheiten erlaubt, z. B. von der Decke, einer Fliege nacheilend, in die Suppenterrine stürzt, aus der sie dann bald von freundlicher Hand erlöst wird. — Ausser den Mosquiten sind im Hause die Ameisen die allerschlimmsten und unangenehmsten Gäste, da die am Dache und an den Wänden ihre kunstvollen Baue errichtenden Bienen und Wespen,

unter letzteren vor allem die Schlupfwespen, den Bewohner fast gar nicht belästigen. Die verschiedenen
Ameisensorten, die Sumatra beherbergt, sind unzählig
und daher mit Namen nicht aufzuführen. Ausser den
gefürchteten Termiten, die übrigens dem Menschen
persönlich nie zu Leibe gehen, sondern sich nur an
seinem geniess- und ungeniessbaren Besitz vergreifen,
ebenso wie die Kakerlaken, welche selbst die schönsten
Einbände der Bücher nicht respektieren, giebt es genügend andere Vertreter dieser überfleissigen Sippe, die
sich auch direkt empfindlich bemerkbar machen, und
sind die Schlimmsten die smut api oder Feuerameisen,
deren brennender Stich unendlich schmerzhafter ist als
der der wütendsten Mosquiten. Eine Gattung der dortigen Ameise besitzt sogar ausser dem scharfen Gebiss
noch einen empfindlicheren Stachel, und um die Bewaff-
nung voll zu machen, noch drei überflüssige scharfe,
aufrechtstehende Stacheln auf dem Rücken, so dass ein
Angriff mit der Hand, von welcher Richtung er auch
komme, stets Schmerzen verursacht. Die Ameisen, welche
einen ungeheuer scharfen Tast- und Geruchsinn ent-
wickeln, stellen sich sofort ein, wenn auch nur das
geringste an Fressen Erinnernde sich irgendwo zeigt,
sei es nun eine vollbesetzte Tafel oder ein Tropfen, der
unversehens der Saucière entfiel. Ganze Karawanen-
strassen der Tiere ziehen sich nach solchen Orten hin,
und natürlich vorzugsweise nach der Vorratsstube, dem
Gudang, in welchem der Europäer alles Geniessbare
aufzuheben pflegt, und selbst die engmaschigsten Fliegen-
schränke halten sie nicht ab, denn auch für solche Hin-
dernisse bietet Sumatra seinen kleinsten Ameisenarten
Raum, Ameisen, deren Stärke kaum der Hälfte der
Stärke einer dünnen Nähnadel entspricht. Um wenigstens
bei Tisch einigermassen gegen den Andrang dieser
Schmarotzer geschützt zu sein, werden die Tischbeine
in mit Petroleum und Wasser gefüllte Näpfe gestellt,

welche für einige Stunden genügend Hindernis bieten.
Es fehlte faktisch nur eins, um dem Europäer das Leben
im Hause unerträglich zu machen, die Blutegel, mit
welchen aber nur der in Berührung kommt, der sie
aufsucht, h. d. derjenige, der den Urwald betritt; denn
die Schlangen, an die naturgemäss jeder Fremdling in
solchen Gegenden zunächst denkt, dringen glücklicherweise nicht gar zu oft in die Häuser selbst ein, und
dies liegt an der Bauart derselben. Im Übrigen gewöhnt
sich der Europäer an all dies Gewimmel erstaunlich
schnell.

Der Bau der Häuser.

Sämtliche Gebäude, die dazu bestimmt sind, dem
Menschen Obdach zu gewähren, sei es nur eine kleine
Hütte oder ein grösseres Haus, sind auf Pfählen errichtet, die dem Wind gestatten, unter dem Fussboden
hindurchzuwehen und die giftigen Fiebermiasmen und
Dünste, die dem Boden entsteigen, nach Möglichkeit
zu zerteilen und hinwegzutragen. Gewöhnlich sind
die das Gebäude tragenden Pfähle 2 Meter hoch und
darüber, und bieten dem Bewohner unter seinem Haus
genügend Raum zum Stehen und zum Sitzen, denn
dieser Platz ist gewissermassen die Werkstätte des Eingeborenen, wo er seine Netze flieht, Rottan spleizt, Seile
dreht, kocht, kurzum, all das verrichtet, dessen er zu
seinem Haushalte bedarf. Diese Höhe des eigentlichen
Wohnraumes vom Boden, verbunden mit der Stärke der
Pfähle, bedingt es schon, dass Schlangen nur schwer
in das Haus dringen können, und findet wirklich einmal
eine solche ihren Weg dorthin, so ist es gewöhnlich
eine der grösseren Arten, welche fast sämtlich ungiftig
und daher für den Menschen mehr oder weniger un-
gefährlich sind. Ausnahmen kommen selbstverständlich
auch hier vor, und ich weiss einen Fall, in welchem
ein Europäer, auf dem langen Stuhl liegend, einen

grossen Atlas von Andreé zur Hand nahm und, auf
die Brust gestützt, öffnete, als ihm eine kleine
Korallenschlange, die ich noch in Spiritus besitze, aus
dem Atlas heraus lebend auf die Brust fiel. Er hatte
Geistesgegenwart genug, ohne sich sonst zu bewegen,
ein Lineal ruhig vom Tisch zu nehmen und mit einem
kräftigen Hieb die Schlange zu zerspalten. Wie diese
kleine Schlange in das Haus und in den Atlas gekommen
war, erscheint rätselhaft, vielleicht, dass sie von einem
Vogel erfasst, über das Haus getragen, hier diesem ent-
schlüpfte und, auf das Dach fallend, ihren Weg leicht
in das Innere fand. — Demselben Herrn passierte es
wenige Jahre später, dass er in seiner Badekammer
beim Sitzen auf dem Stuhl von einer Cobra in einen
empfindlichen Körperteil dermassen gebissen wurde, dass
das betreffende Glied sofort unmässig anschwoll und
wahnsinnige Schmerzen verursachte. Wie er war, stürmte
er die Treppe hinauf in sein Haus, woselbst er einige
Herren zu Gast hatte, und liess sich die Bisswunde
durch einige Messerschnitte erweitern und unter den
tollsten Schmerzen auspressen, währenddessen er in
wenigen Sekunden einen Liter Cognac aus grossen
Gläsern trinkend in den Mund goss. Während er den
zweiten Liter hinunterspülte, diktierte er, seines nahen
Todes gewiss, seinen Gästen sein Testament. Wahrlich,
eine schwere Stunde! — Als der Arzt, nach welchem
sofort durch berittenen Boten geschickt war, zu lange
ausblieb, machte sich Betreffender auf dem Dogcart auf
den Weg, um ihm entgegenzufahren, stieg aber unterwegs bei einem Bekannten in Tandjong Poera ab, da
es zweifelhaft war, welchen Weg der Arzt einschlagen
würde, und goss hier noch einige Glas Wein hinter die
Binde, sich durch den Alkohol und das Zureden seiner
Freunde aufrecht haltend. Endlich erschien der getreue
Jünger Äsculaps, aber — er hatte nichts mehr anzu-
ordnen, die Pferdekur hatte den sonst sicher dem Tode

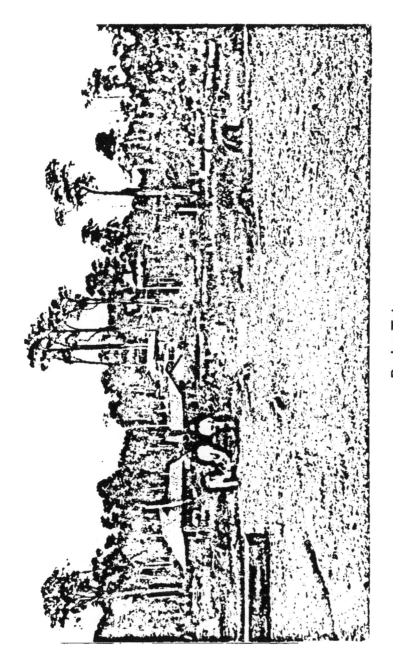

Boeloe Telang

Rechts oben befestigtes Managerhaus, links davon oben Assistentenhaus, darunter provisorisches Fort (Benteng) der holländischen Besatzung und unten am Hauptweg Ochsenställe

Geweihten gerettet. Nach langem Schlaf entstieg er wie der Phönix seiner Asche und ist heute noch so frisch und lebensfreudig, wie je zuvor.

Den Fussboden stellen sich die Eingeborenen her, indem sie über die starken Querstützen, die auf den Grundpfählen ruhen, dünnere Stangen dicht neben-einander legen, sie mit Rottan verbinden und mit der Rinde der Bäume bekleiden, um so eine ziemlich ebene Fläche als Fussboden herzustellen. Die Wände, welche durch einige, vom Boden bis zum Giebel reichende Pfähle gestützt sind, werden gleichfalls aus Querhölzern her-gestellt, an die nun von aussen der vorher beschriebene Attapp ziegelartig übereinander angebunden wird. Auf dieselbe Weise entsteht das Dach, das noch mit einigen, dasselbe netzartig belastenden Stangen von oben gegen das Aufwehen bei Wind und Regen verstärkt wird.

Genau diesen Hütten der Eingeborenen entsprechend, lässt der Europäer sein Haus errichten, wenn auch in bedeutend grösserem Maassstab, und verwendet er zum Fussboden nicht Rundhölzer, sondern Bretter, welche, in der Neuzeit lackiert oder gestrichen, auch immer mehr und mehr seine Wände bekleiden. Ich rede hier nicht etwa vorwiegend von europäischen Häusern der Städte, in denen Steinbauten keine Seltenheit sind, sondern speziell von den Wohnhäusern der Pflanzer, welche mehr oder weniger tief im Innern des Landes ihre Felder bebauen und sich, fern der belebten Stadt und der Kultur, ihres freien Lebens freuen. — Sie fühlen sich als die Kulturträger der Kolonie, die sie allein in Wahr-heit sind, und wenn sie auch gern der Regierung unter-stehen, so sind sie doch die Herren im Lande und oft notgedrungen ihre eigenen Richter. Was wäre auch eine Kolonie ohne Kolonisten; wie das Wort selbst es sagt, ein „Nichts", ja noch viel weniger als dies, ein Blutegel, der der das ferne, fremde Land schützenden, resp. besitzenwollenden Macht das Blut aussaugt, an-

statt ihr neues zuzuführen. Die Verwaltung allein thuts
nicht. Nur dann kann eine kolonisierende Macht Vorteile aus ihren fremden Besitzungen ziehen, was sie soll
und muss, um ihr Mutterland zu stützen, wenn sie Ordnung im Lande aufrecht erhält, indem sie gute und
sichere Verkehrswege anlegt und unterhält, Gesundheits-
stationen errichtet, die Krankenpflege energisch in die
Hand nimmt und den Pflanzer und Kaufmann thätig
beschützt, denn er allein ist es, der den wilden Eingeborenen in neue Verhältnisse und zur Arbeit gewöhnen
kann, der allein ihm zeigen kann, dass beide Teile
durch die Kulturarbeit gewinnen. Glücklich daher das
Land, in welchem diese Punkte vor allem berücksichtigt
werden, wo der Kulturträger für seine Mühen und Ent-
sagungen dadurch belohnt wird, dass er vom Staate
in schwierigen Fällen jederzeit Unterstützung findet,
sei es vermittelst der Rechtspflege, sei es durch Truppen,
die ja besonders seinetwegen da sind, und nur in wirklich
dringenden Fällen wird er deren Schutz in Anspruch
nehmen, d. h., wenn ihm und seinem Unternehmen
Gefahr von aussen droht. Der Gefahr innerhalb seines
Schaffenskreises, Revolten oder Ähnlichem, wird der
entschlossene Einzelne meist erfolgreicher entgegen-
treten, als wenn er seinem Ansehen durch Hinzuziehen
von Truppen nur Abbruch thut und wo dann die er-
betene Hilfe, wenn sie überhaupt kommt, oft das Gegenteil des Erhofften bewirkt. — Rücksichtslose Strenge,
gepaart mit peinlichster Gerechtigkeit besonders, ist
in solchen Augenblicken das beste, und demjenigen, der
seine Züge beherrscht, der seine kaltblütige Ruhe selbst
im gefährlichsten Moment bewahrt, wird der Erfolg nie
fehlen, ja, er wird wachsen mit der Zahl der Gegner!
Und nun zurück zum Haus des europäischen Pflanzers. Derselbe liebt ein geräumiges, luftiges Haus und
besitzt ein jedes ohne Ausnahme eine grosse, oft um
das ganze Haus laufende, überdachte Veranda, welche

Siesta auf meiner Veranda bei einem Krug echten Bürgerbräus

zugleich und für gewöhnlich sein Wohn- und Esszimmer,
Rauch-, Trinkstube und Salon bildet. Hier bietet sich
ein Raum der behaglichsten Ruhe; kein steiflehniger
Stuhl findet hier Platz, sondern nur lange, zum Sich-
ausstrecken behaglich gebaute Rottanstühle oder auch
Holzsessel, deren Armlehnen sich verlängern lassen, um
auch den Füssen einen Ruhepunkt zu gönnen. Zur
weiteren Ausstattung der Veranda kommen Tische, mit
Büchern, Bildern, Erinnerungen aus der Heimat bedeckt,
Rauchutensilien, der Likörschrank, dessen lieblicher
Inhalt aus Cognac, Genèver, Angosturabittern, Brandy,
Whisky und sonstigen, den Gaumen kitzelnden Getränken
besteht. Die Zuthaten hierzu finden in der Vorratskammer, dem Gudang, meist ein Verschlag unter dem
Hause, ihren Platz, z. B. die notwendigsten: Ayer
Blanda, d. i. Selterswasser, Angor merah, dan Putti,
gleich Rot- und Weisswein, und Bier, von welchem
Conchi, d. i. Schlüsselbier (wegen der Marke mit dem
Schlüssel), und Münchener Bürgerbräu (pasteurisiert und
wie Sektflaschen verkapselt) die beliebtesten Sorten sind
und deren leere Flaschen, hinter dem Hause zu Pyramiden
aufgestapelt oder die Beete umgebend, vom Fassungs-
vermögen des Bewohners oft ein beredtes Zeugnis
liefern.

Ausser der Veranda enthält jedes Europäerhaus
noch mindestens ein Schlafzimmer für den Bewohner
selbst, ein Fremdenschlafzimmer und ein geschlossenes
Esszimmer, das aber nur an den kältesten, regnerisch-
sten und stürmischsten Tagen benutzt wird. Über all
diese Räume wölbt sich ein gemeinschaftliches Dach,
das von jedem Zimmer aus bis an die First beobachtet
werden kann, denn ein Plafond existiert in Pflanzer-
häusern gewöhnlich nicht, damit die Luft ungehindert
durch alle Räume gleichmässig zieht. Die Wände sind
vom Fussboden der Wohnung ca. 3 Meter hoch, hören
hier plötzlich auf und lassen so dem Wind genügend

Spiel, zwischen Wand und Dach hindurchzuwehen; man kann demnach von jedem Zimmer, wo man auch sei, jedes geringste Geräusch im Hause vernehmen. Die Zimmer sind je nach Bedürfnis und Vermögen des Einzelnen eingerichtet, nur das Schlafzimmer bedarf einer besonderen Erwägung, denn hier verbringt der Bewohner doch mindestens ein Drittel seines Tropenlebens, und auch hier will er Gemütlichkeit und vor allem Ruhe finden. Einen grossen Teil dieses Raumes nimmt das Bett ein, denn es erstreckt sich nicht nur, wie hier zu Lande, in Länge und Breite aus, welche Dimensionen in den Tropen die unserigen bei weitem übertreffen, sondern auch in die Höhe, und diese beträgt etwa 2 1/2 Meter, da die Eckpfosten des Bettes so verlängert sind, dass sie, ein über sie ausgespanntes Netz tragend, dem Europäer gestatten, im Bett aufrecht zu stehen. Dieses Netz, das das Lager auf allen Seiten umgiebt, wird zum Schutze gegen die sonst unerträglichen Mosquiten und sonstiges Ungeziefer angewandt, und da es möglichst engmaschig hergestellt ist, um auch der kleinsten Art dieser Schmarotzer Hindernis zu bieten, muss die Höhe des geschaffenen Raumes dazu beitragen, die Luft nach Möglichkeit zu regulieren. Ausser dem Bett enthält das Schlafzimmer nur die notwendigsten Mobilieu, den Waschtisch, die Console, auf der des Nachts beständig Licht brennt, ein Schrank, einige Stühle und eventuell, je nach der Lage des Landes, einige Waffen.

Das Lichtbrennen ist nicht nur der Sitte und Gewohnheit gemäss. sondern recht sehr zu empfehlen, denn wenn man bei einem flüchtigen Sprung aus dem Bette auch nicht gerade auf eine Schlange zu treten braucht, so giebt es doch immer genügend Skorpione und sehr giftige Tausendfüssler, die eine solche Vorsicht dringend notwendig machen. Nebenbei verscheucht das Licht manches dieser Tiere, und wenn man aufwacht oder aufschreckt durch irgendwelch fremdes Geräusch,

so weiss man gleich, woran man ist und wo man dies
und jenes zu finden im stande ist. An das Wohnhaus
des Pflanzers schliessen sich, durch einen ca. 15—20 Meter
langen, bedeckten Gang verbunden, die Hintergebäude
an. Diese enthalten mehrere Kammern oder Abteilungen,
unter denen die wichtigste, ausser der Küche, die Kammar
mandi, das Badezimmer, das zum Wohlbefinden des in
den Tropen lebenden Menschen ein unbedingtes Erfor-
dernis ist. Originell ist die Herstellung des Herdes, des
Dapur. Er besteht aus einem tischartigen, grossen Holz-
gestell, dessen eigentliche Platte am Rande von beinahe
fusshohen Planken umgeben ist. Dieser ganze, der
Fläche des Tisches entsprechende Hohlraum wird mit
feuchtem Lehm gefüllt und geglättet und muss erhärten,
um so einen feuersicheren Untergrund für das Herdfeuer
zu geben. Auf diesem Lehmtisch, dem Herd, stehen
die diversen eisernen Dreifüsse mit den benötigten
Kochtöpfen, unter denen das Holzfeuer prasselt.

Der Backofen wiederum wird gewöhnlich seitlich
auf dem Lehmtisch sehr einfach erbaut, indem ein grosses
Blechgefäss, gewöhnlich Petroleumtinn, das nur nach
einer Seite eine Öffnung hat, dem also der Deckel weg-
geschnitten ist, hingestellt und halbkugelartig von einer
sehr dicken Lehmschicht umschlossen wird. Der ge-
formte Brot- oder Kuchenteig wird von vorn in die Öffnung geschoben, diese mit einer Steinplatte geschlossen,
der ganze Backofen mit trockenem Brennholz bedeckt
und dieses angezündet. Durch immerwährenden Naeh-
schub von neuem Brennholz bildet sich rings um den
Backofen, sowie auf demselben eine glühende Aschen-
masse, die so lange den Lehm erhitzt, bis eben das
Brot oder der Kuchen fertig gebacken ist.

An die Badekammer schliesst sich die Zelle für
den Boy (Bedienten), den Koch, den Tukaneyer (Wasserträger) oder Faktotum für alles, und, je nach Bedürfnis
und Vermögenslage, die des Sais oder Kutschers, des

Tukan rumput oder Grasschneiders, die Zelle der Babu (malayischen Zofe, resp. Kindermädchen) und andere mehr. Von diesem, meist scheunenartig nur in getrennte Kammern eingeteilten Gebäude etwas entfernt, liegt der unvermeidliche Hühnerstall, den auch kaum ein Europäer vernachlässigt, da die Zufuhr von Fleisch von der Küste oft recht mangelhaft sein kann und der Europäer, der tief im Innern des Landes wohnt, ausser seinen Konserven, auf die Hühner angewiesen ist, weshalb auch auf seiner Mittagstafel Huhn und Reis einmal mindestens wöchentlich unvermeidlich, aber auch nicht zu verachten ist, denn die malayischen oder chinesischen Köche verstehen es meisterhaft, mit etwas Curry und anderen Gewürzen ein ganz ausserordentlich schmackhaftes und den Gaumen reizendes Mahl herzurichten. Ausser dem Huhn, das, mit gedämpftem Reis garniert, den Hauptplatz der Tafel einnimmt, umgeben dies 10—20 kleine Schüsseln und Teller, von denen jeder einzelne Ingredienzien präsentiert, wie: getrockneten und gesalzenen Fisch, den Ikankring, desgleichen getrocknetes Fleisch vom Hirsch, das Deng Deng, Pilze, Garneelen, roten und schwarzen Pfeffer (den Tshabé und Lada), Chutney, Salzeier, Flohkrebse, Makassarfische, geriebene Cokosnuss, roh und gebrannt, Gurken, die weichen Sprösslinge des Bambu- und Lalanggrases, desgleichen Pisangkeime, Mais, gedämpft und geröstet am Stengel, Rettich (Lobak), Udang-Krebse, Kepitting-Taschenkrebse, und vieles andere mehr, bei dessen Herzählen die europäische Hausfrau die Hände über den Kopf schlagen wird. Wohnen mehrere Europäer auf einer Plantage znsammen, was meist der Fall ist, so existiert oft nur ein gemeinsamer Pferdestall, wenn die Entfernung eines Europäerhauses vom andern keine gar zu grosse ist, da hierdurch viele Unkosten in der Erhaltung von Kutschern, Pferdejungen und Grasschneidern erspart bleiben.

· Durchfliesst ein Fluss oder Bach das Land, in welchem die Pflanzung entstehen soll, so wird der Europäer gern sein Haus in der Nähe desselben errichten, wenn dies sich mit der Einteilung der Felder vereinbaren lässt, und dann möglichst auf einem, den Bach anstossenden Hügel, denn Wasser bedarf der europäische Haushalt in grossen Mengen. Nach des Tages Last und Hitze ist es dem Europäer die grösste Erholung, sich durch das Bad zu erquicken. Die Einrichtung der Badekammer besteht aus einer mächtigen, grossen Tonne und einem Schöpfeimer. Die Art des Badens ist die, dass man sich mit der Schöpftonne das Wasser aus der grösseren holt und sich damit gehörig übergiesst, was nicht selten 2—3mal am Tage geschieht. Der Tukanayer oder Wasserträger hat nun vor allem dafür zu sorgen, diese grosse Badetonne am frühesten Morgen, ehe die sengenden Strahlen der Sonne das Wasser erwärmen, mit dem des Nachts abgekühlten Wasser zu füllen und weiteres Wasser für den Bedarf der Küche und zum Trinken herbeizuschaffen. Existiert kein klarer Flusslauf in der Nähe des Hauses, so muss sich der Pflanzer eben einfach behelfen, indem er an einer tiefliegenden Stelle, also meistens in der Nähe eines Sumpfes, ein 5—6 Meter tiefes Loch von ca. 2 Meter Durchmesser graben lässt und das sich hier schnell sammelnde Wasser verwendet. Da dies für den Genuss von höchst zweifelhafter Güte ist, da sich schnell Frösche, Salamander und Fische in diesen Löchern sammeln, so muss das Wasser sehr vorsichtig behandelt werden, um trinkbar zu werden. In der Badekammer befindet sich auf hohem Gestell ein grosser, ausgehöhlter Sandstein, der als Filtrierapparat dient. In diesen wird das Wasser gefüllt, sikkert nun Tropfen für Tropfen durch diesen hindurch und fällt auf einen mit Leinwand überzogenen Eimer hinab. Nunmehr macht das Wasser seinen zweiten Reinigungsprozess durch, indem es in der Küche ge-

kocht wird. Hierauf bringt es der Wasserträger in das
Haus, woselbst es noch einmal in einen Kohlenfilter
geschüttet wird, an dem sich unterhalb ein Krahn befindet, aus dem nun das einigermaassen geniessbare,
unschädliche Wasser herausläuft. Ob es nun wirklich
gesund ist, wage ich nicht zu behaupten, und Vorsicht
ist besser, sagen sich die Europäer, und geben jedem
Glas, das sie trinken, noch einen Guss Whisky hinzu,
wodurch denn auch der sonst so ausserordentlich fade
Geschmack des gekochten Wassers gelindert wird. Kann
sich der Pflanzer nun, nach Lage und Einteilung seiner
Felder, für die kommenden Jahre sagen, dass er sein
Haus auf längere Zeit bewohnen kann, so versucht er
alsbald auch, die nächste Umgebung seines Hauses
durch Gartenanlagen zu verschönern und zu verwerten.
Gurken, Tomaten, Melonen umschlingen bald mit ihrem
Gerank das Gestell des den Brunnen überschattenden
Daches. Daran schliesst sich der Kebon sayor, d. i.
Gemüsegarten, in dem alles erdenklich Geniessbare gepflanzt wird, wie: ubi kaju, eine Art Kartoffel, Mais,
dschabé, d. i. roter Pfeffer, der nirgends fehlen darf und
auch wild vorkommt, siri, dessen Blatt zum Betelkauen
für den Inländer unentbehrlich ist, kleine, weisse, sehr
schmackhafte Zwiebeln, und viele andere Gemüsearten.

Der das Haus zunächst umgebende Garten ist mehr
für das Auge, zum Schmuck und zur Zierde bestimmt
und aus schöngehaltenem Rasen, den oft eine dichte
Hecke von wildwuchernden Ananas umgiebt, erhebt
sich ein junger schlanker Cokosbaum, ein schnell heraus-
schiessender und bald Schatten spendender Gummibaum,
Pisangstauden, die bald das Haus mit geheimnisvollem
Blätterrauschen umwehen und es oft völlig dem Auge
des Vorbeiwandelnden entziehen. Einige hohe schlanke
Arekapalmen tragen viel zur Schönheit bei und beleben
das ganze durch die geschickten und munteren Weber-
vögel, die gern an diese Stämme ihre kunstvollen

Pflanzerhaus und Fermentierscheune nebst Gartenanlagen auf alter Unternehmung

Nester hängen, sowie durch die blauen, rotäugigen Staare und unzählige Reisvögel, die alle unterm weiten und dichten Gezweig der Areka Schutz und Ruhe suchen und finden.

Anlage der Pflanzung.

Dort, wohin nun der Pflanzer kommt und sein Haus errichtet, oft tief drinnen im finstern Urwald, wo eine schöne breite, sich lang ausdehende Ebene, für seine Tabakspflanzung am geeignetsten erscheinend, sich erstreckt, entsteht bald ein geschäftiges Menschenleben, zusammengewürfelt aus den verschiedensten Nationen und Stämmen Indiens und Chinas.

Zunächst sind Hütten für die zu beschäftigenden Kulis zu errichten, der Europäer muss, den Urwald kreuz und quer durchstreifend, das Land auf die Karte bringen und berechnen, wie die Anlage und Ausdehnung der Plantage sich für die nächstfolgenden Jahre gestalten soll, und muss dementsprechend bis zur nächsten grösseren Verkehrsstrasse oder Flusse einen breiten und fahrbaren Weg schlagen lassen, um zunächst die notwendige Verbindung mit der Küste zu schaffen. Die Anlage dieses Hauptverkehrsweges erfordert meist eine unglaubliche Anzahl von Arbeitskräften und Kapital, je nachdem sich derselbe in die Länge ausdehnt oder Terrainschwierigkeiten zu überwinden hat. Zunächst muss oft wochenlang gesucht werden, wo der Weg überhaupt am vorteilhaftesten angelegt werden kann. Sümpfe müssen durchwatet, Hügel erstiegen oder umgangen werden, und oft ist es unmöglich, die grössten Biegungen zu vermeiden. Nunmehr ist der Weg auf der Karte festgelegt, und es beginnt die Arbeit des Schneisenschlagens, dem direkt folgend das Schlagen der den zukünftigen Weg sperrenden Bäume, welche, ob gross, ob klein, ob Jahrtausende den Stürmen getrotzt, der unbarmherzigen Axt zum Opfer fallen müssen. Sodann werden die Stämme zersägt und zur Seite gerollt und es beginnt auf beiden Seiten zugleich das Grabenziehen und Auswerfen derselben nach der Mitte des Weges, um diesen zugleich zu ebnen und zu erhöhen und, nachdem die Gräben abgeleitet, vor Ueberschwemmungen zu schützen.

Die Arbeit des Wegsuchens ist Aufgabe des Europäers in Begleitung einiger Malayen oder Javanen, welch letztere von der malayischen Rasse sich auf Sumatra fast einzig als Kulis, d. h. kontraktliche Arbeiter anwerben lassen, währenddes der stolzere Sumatramalaye es vorzieht, als freier Mann nur Borong oder Numpang, d. h. Accordarbeit zu verrichten. Als Wegekapper beschäftigten wir am liebsten Battaks, Gayor oder Allas, weil sie mit dem einsamen Urwaldleben und dem Einschränken in Lebensmitteln und deren Beschaffung am besten Bescheid wissen. Das Grabenziehen durch Ebene und Sümpfe, unleugbar die ungesundeste, aber auch notwendigste Plantagenarbeit besorgten zunächst die javanischen und chinesischen Kontraktkulis, doch da zu viele derselben an Malaria, Dysenterie, Berry Berry und Elefantiasis zu Grunde gingen, mussten freiwillige chinesische Accordarbeiter (Numpangs) deren Stelle einnehmen, wodurch wenigstens direkter Geldverlust vermieden wurde. Währenddessen der Hauptverbindungsweg auf der einen Seite seinen Fortgang nahm, wurden die eigentlichen Plantagenwege markiert und auf dem Papier festgehalten, die Ausdehnung des zu schlagenden Urwaldes durch Schneisen begrenzt und dann an freie Malayen in Accord vergeben. Das Fällen des Waldes erfolgt in drei streng einzuhaltenden Absätzen. Zunächst muss mit dem Parang, dem malayischen Hiebmesser, das Unterholz bis zu armstarken Bäumen und Lianen gelichtet werden, und erst nach dieser Arbeit beginnt das eigentliche Fällen der Riesen des Waldes. Und hierin

Damm- und Strassenbau

sind die Malayen wahre Meister. 50—100 Stämme
werden etwa zur Hälfte durchgeschlagen und daraufhin
erst einige der mächtigsten Stämme möglichst gleich-
zeitig unter Zuhilfenahme des Feuers und der malayischen
Äxte, der Bliungs, zum Fallen gebracht. Ein er-
schütternder Anblick bietet sich dem Auge des noch
nicht völlig gegen die Natur verhärteten Europäers.
Ein ganzer Wald mit Jahrtausend zählenden alten
Stämmen wankt und knirscht und stöhnt und sinkt
unter fürchterlichem Gekrach zusammen, Stämme und
Äste zersplitternd, jedes lebende Wesen unter sich zer-
schlagend und sich selbst tief in die Erde grabend.
Ein langer kühler Todesodem zieht über den einst so
stolzen jungfräulichen Wald, Blätter wirbeln noch lange
durch die angefachte Luft, und hie und da ein Todesschrei eines tödlich getroffenen Affen und der Angst-
schrei eines jäh überraschten davonrauschenden Nashorn-
vogels. — Still ist es nun, und der kalte Axtschlag
tönt von neuem an das Ohr, das Zerstörerwerk vollendend.
Ist diese monatelang dauernde Arbeit vollbracht, so
beginnt das Abschlagen der Äste. Mit der Vollendung
dieses Aktes beginnt auch die eigentliche Thätigkeit
des Feldkulis. Die Felder von ca. 2500—3000 Quadrat-
Meter Fläche werden abgesteckt und jedem Kuli wird
ein solches übergeben. Um also eine Tabak-Plantage
von nur 100 Kulis zu bewirtschaften, muss in jedem
einzelnen Jahr eine Fläche von 300 000 Quadratmetern
Wald zum Opfer fallen = 3000 Ar = 30 Hectar. -- Die
Feldkulis, fast durchweg Chinesen, wiederum der ver-
schiedenartigsten Stämme, wie Kehs, Makaus, Tautjus,
Hainans, Heilehons, welch letztere die besten Acker-
bauer, zugleich aber am schwersten zu behandeln sind,
werden möglichst nach ihren Stämmen geordnet, in
Kongsies, d. h. Abteilungen von circa 30—40 Mann,
welche je unter einem Tandil (chinesicher Aufseher)
und all diese zusammen unter dem Haupttandil stehen,

eingeteilt. Jede Kongei für sich bekommt ein inmitten ihrer Felder gelegenes Wohnhaus in Gestalt einer Scheune, oder deren 2, zwischen denen sich die gemeinsame Küche befindet. Der Tandil erhält ein kleines Häuschen dicht bei den Kulihäusern für sich allein. Diese Gebäude werden von Javanen oder meist Band-jaresen (von Borneo) während des Buschkappens errichtet und stehen schon fix und fertig da, ehe noch der Wald vollständig am Boden liegt. Diese Gebäude sind ebenfalls wie alle anderen auf Pfählen erbaut, haben in der Mitte einen aus Planken bestehenden, längs durch-führenden Gang, von dem sich rechts und links eine etwas erhöhte Brettergallerie erhebt (Bale-bale) von circa 2 Meter Tiefe und Hauslänge. Dies ist die Wohnstätte des Kulis. — Das Tampat oder Lager richtet sich der Einzelne möglichst einfach her, indem er eine Matte auf die Planken legt, ein Stück Rundholz als Kopfkissen daneben und darüber ein einfaches Moskitonetz hängt. Als Kopfkissen dienen ihnen auch oft ihre Koffer, polierte Holzkisten von circa 1 m Länge, 30 cm Breite und 20 cm Höhe, mit abgerunde-tem Deckel, in welchem der Chinese seine Habselig-keiten birgt, als da sind: Geld, Opium, Pfeife und Tabak, bessere Seidenkleider, welche er nur am Harry-besar, d. h grosser Tag, also Festtag, oder auch schlecht-weg Zahltag, trägt; ein Kochtopf für Alles, einige strickstockartige Hölzer, die den Dienst der Gabel und des Löffels versehen, einige Stränge schwarzer Seide oder an deren Stelle ein langer falscher Zopf, oder auch bunte seidene Schnüre, und fertig ist der Haus-rat des chinesischen Plantagenarbeiters. Während der Arbeit selbst trägt er nur ein möglichst kurzes Lendentuch, das mit einem Gürtel, an dem sich die nie fehlende Tabakstasche nebst Pfeife en miniatur befindet, befestigt ist. Die Feldausrüstung besteht im Parang benkok (dem krummen Hiebmesser), der

kampak (Axt), der Tschankul oder Hacke und dem
sisir oder Rechen.

Nachdem nun der Wald in vorbeschriebener Weise
zu Boden gelegt ist, kommen die einzelnen Kongsies
in die für sie bestimmten zukünftigen Felder und
werfen alle Äste, klein und grösseres Holz in Haufen
zusammen auf die nächstliegenden mächtigen Stämme,
und nachdem diese Arbeit noch gut einen Monat gedauert und die glühend heissen Strahlen der heissesten
Tropensonne das Holz genügend ausgedörrt haben, wird
der ganze liegende Wald von verschiedenen Seiten auf
einmal in Brand gesteckt. Nun heisst es „sauve qui
peut", denn unglaublich schnell schlägt die züngelnde
Flamme von einem Haufen zum andern und in kurzer
Frist gleicht der ganze gelichtete Wald einem einzigen
mächtigen Feuerherde, der seinen Qualm hochauf in die
Luft schleudert und sein verderbenbringendes Werk
durch förmliches Verdunkeln der Sonne auf Meilen in
die Runde kund giebt. Wo früher alter imposanter
Wald den Boden deckte, liegt jetzt nur Tod und
Aschenhaufen, die nun verglimmend in sich selbst zu-
sammensinken. Doch nur soweit dringt des verheeren-
den Feuers, Macht wie der Wald durch Menschenhand
niedergelegt, und kaum einen Zoll weiter, denn der
saftige, markige, aufrechtstehend gebliebene Wald der
Tropen ist für das wütendste Feuer unempfindlich, und
es ist ein Glück, denn sonst wäre das herrliche Land
Sumatra mit seinen fast undurchdringlichen Waldungen
und deren interessanten mächtigen Bewohnern längst ein
ödes ausgesengtes Stück Erde, eine brennende Wüste,
das nicht der Rede wert ist. Thränen könnte man
weinen, wenn man es sieht, aber der einzelne darf hier
nicht reden, denn ganze Völker harren gespannt auf
die Produkte der Kolonie und nicht zum mindesten
auf das Sumatra-Deckblatt, das der Opfer undenkbar
viele gefordert. Wälder in unberührter Pracht, deren

nach Tausenden zählende Bewohner, garnicht zu reden
von den wertvollen Hölzern, den Rohprodukten und
den Früchten des Waldes, deren letzte Spur kaum noch
in der Asche erkennbar ist, und nicht minder ungezählte,
aber unendlich viele Menschenleben.

Ist nun dies Hauptzerstörungswerk, das es aber
längst nicht vermochte, die zukünftige Plantage in eine
glatte Ebene zu verwandeln, vollendet, so treten die
Kulis kongsieweise zusammen und arbeiten vereint am
Umwälzen der kleineren, unverbrannten Stämme auf
grössere, um diese durch ein weiteres Verbrennen zu
vernichten. Der Europäer steckt nun die längs und
quer die Felder zu durchlaufenden Wege ab, diese werden
zunächst gesäubert und von Javanen mit Drainage-
gräben versehen, um das brennende Land gangbar zu
machen und die Sümpfe zu entwässern. Während all
dieser Arbeit, die rüstig von statten geht, sind mit
Hilfe hunderter geschäftiger Hände Europäerhäuser errichtet, Kaufbuden chinesischer und malayischer Händler,
sogenannte Kedehs, die mit Erlaubnis der Plantage
sich hier niederlassen und alles zum Verkauf bringen,
was der Magen und sonstige Bedürfnisse verlangen.
Der javanische Pondock (Wohnhaus der javanischen
Kulis und deren Hauptanführer, = Mandur), das
chinesische Haupttandil-Haus, die Ochsenställe und die
Wohngebäude, deren Wärter (meistenteils Klings von
Madras, und das ruma sakit (Hospital) sind schnell errichtet, und ein geschäftiges Treiben beginnt. Freie
Malayen, Gayor, Allas, Bandjaresen, Battaks haben, je
nach Geschmack und Bedürfnis, ihre einfachen, aber
geschmackvollen Hütten erbaut, diese am Flusse, jene
an einem Sumpfe, andere am Waldesrand oder wiederum
in der Nähe der Pflanzstrasse, um in der Nähe des
Europäers zu Geld zu kommen und die durch die her-
gebrachte Kultur entstandenen Wünsche nach diesem
und jenem zu befriedigen. Alle finden genügend Arbeit.

Javanische Kulis und Weiber nebst Anführer

Es sind Entwässerungsgräben zu ziehen, Dämme auf-
zuwerfen, Wege zu schlagen und zu bauen, Pfähle und
Hölzer für die mächtige Trockenscheune und Fermentierscheune zu fällen und aus dem Wald zu schleppen
unter Anleitung des Europäers Rintisse (Schneisen) zu
schlagen, um das noch unbekannte Innere für die kommenden Jahre zu erforschen und auf die Karte zu bringen,
und ehe noch all dies erledigt, beginnt schon wieder
das Waldschlagen für die nächstjährige Pflanzperiode
und Entwässern für das hierfür bestimmte Terrain. —
Früh morgens um 6, wenn die Sonne nach kurzer Däm-
merung erscheint, ertönt von allen Tandil- und Mandur-
häusern der dröhnende Schlag des Tamtam oder des
Gong, eines oft über mannshohen, ausgehöhlten, auf-
gehängten Stammes, oder der dumpfe Ton des Tanduk,
eines aus den Hörnern des indischen Riesenbüffels her-
gestellten Signalhornes, und ruft die Hunderte von
Arbeitern zur Thätigkeit. Der Chinesen Arbeit ist bestimmt, und sie gehen ihren gewohnten Gang hinaus
in die ihnen zugewiesenen Felder, die sie nun auf eigene
Rechnung bestellen. Die Javanen treten gliederweise
an, werden abgezählt und jedem Trupp die für den
Tag festgestellte Arbeit überwiesen. „Djalan“ (vorwärts),
und es zerstreut sich die Schar. Zurückgeblieben und
angesammelt haben sich nun zunächst die Kranken, die
oft, leider gar zu oft wirklich schwer krank sind und
die sofortige Pflege nötig haben. Oft hat man aber
auch Drückeberger in genügender Menge vor sich, und
da ist es oft schwer, Gerechte von Ungerechten zu
unterscheiden. Aber der fühlende Europäer kennt bald
genug seine Leute, und demnach werden sie behandelt.
Etwas Ricinus oder einige gelinde Dosis Chinin, die in
jenen Landen fast niemals schadet, in möglichst wenig
Wasser aufgelöst, hilft solchen Leuten meistens schnell
wieder auf die Beine. Die augenscheinlich wirklich
Kranken, die auch voraussichtlich lange Zeit als solche

zu behandeln sind, werden teilweise im Hospital auf-
genommen oder können in ihren Häusern bleiben, und
müssen diese letzteren dann genau nach den ihnen angegebenen Stunden erscheinen und Medizin (Ohat) verlangen. Vorher bereits genannte Krankheiten sind die
gefürchtetsten, und man sieht oft buchstäblich bis auf
die Knochen abgemagerte Leute unter ihnen, und da
ist Hülfe oft unmöglich, wenn man auch den besten
Willen dazu hat; aber das gefährliche Opiumrauchen,
welchem Laster scheinbar gerade diese Gestalten bis zum
letzten Atemzuge fröhnen, macht meistens alle Mühen
und die besten Medikamente zu Schanden.

Gegen solche Menschen, die nun ein für alle mal
in schwerem Krankheitsfall dem wohlwollenden Europäer ihr Ohr verschliessen (besonders die Chinesen),
wird auch schliesslich sein Herz härter und ohne es in
späteren Jahren begreifen zu können, hört man einst
beim Besuch des Hospitals mit grösstem Gleichmut an,
dass ein oder sieben Kulis in einer Nacht gestorben wären.

Man notierte auf einem Zettel pro Mann 4 Bretter
und einige Nägel und übergab diese vollgültige Sarg-
quittung dem Hospitalaufseher, der dann von einem
Kedeh das Nötige holte und die Toten durch Leicht-
erkrankte oder Hülfschinesen (Congsiekans) an einem
für diese Zwecke besonders bestimmten Hügel ein-
scharren liess. Um die den verschiedensten Glauben
angehörigen Leute nicht in ihren Beerdigungsceremonien
zu stören und ihren Glauben zu beleidigen, werden
Mohamedanern, Brahmanen und den Heiden gesonderte
Hügel zugewiesen, auf denen sie ihre Toten bestatten.
Befehl ist es, dem Toten ein mindestens 6 Fuss tiefes
Loch zu graben, ausgenommen die Bengalen, welche
jedoch nur in Minderzahl auf den meisten Plantagen
als Privatwächter der Europäer, zu deren direkten
Schutz und als Postboten angestellt werden, da diese
ihre Stammesgenossen nicht in die Erde betten, sondern

sie auf hochgehäuften Scheiterhaufen verbrennen, nachdem die Leiche gewaschen, gesalbt und mit weissen Tüchern bedeckt ist. Die Bengalen bewachen die Reste des Glaubensbruders und schüren das Feuer so lange, bis auch nicht das geringste mehr Kunde von seiner Vergangenheit giebt, und der europäische Sammler würde umsonst suchen, einen Schädel des ihm unter den dortigen Völkerschaften Nächstverwandten aufzufinden. Die der Gesundheit der Umgebung wegen notwendigen Vorsichtsmaassregeln beim Begräbnisse braucht der Europäer beim Sumatra-Malayen, Javanen und Kling nicht zu überwachen, da diese ihre Toten ohnehin ehren und ihnen von selbst eine genügend tiefe Grabstätte ausschaufeln, um sie vor den aasfressenden Tieren des Waldes, vor allen den Sauen, zu schützen. Mit einer wahren Verehrung betten dieselben ihre Toten in die Erde und machen ihnen die Lage unter derselben nach Möglichkeit bequem. Ein bis 8 Fuss tiefer, schmaler Schacht führt nach unten und die eigentliche Lagerstatt des Verstorbenen wird am Grunde desselben seitlich ausgegraben und hier der Leichnam gebettet, nachdem er vorher die üblichen Waschungen erhalten und in schneeweisses Linnen eingehüllt ist. Um ihm die steife Lage zu erleichtern, werden aus Lehm Kugeln geformt und unter die Knie, Arme und Achselgelenke und unter den Nacken gelegt, worauf der Schacht mit Erde geschlossen und zugestampft wird.

Roh und gemein gegenüber diesen meist armseligen Menschenkindern verfährt der chinesische Kuli gegen seine verstorbenen Glaubensgenossen, die fern der Heimat oft ein jähes Ende finden. Nicht nur, dass der eine den andern ohne jedes Gefühl neben sich hinsterben und im Kote sich wälzen und winden sieht, sondern er raucht seine Pfeife, macht seine Glossen und spielt sein Spiel ruhig weiter, ohne sich auch nur im geringsten um ihn zu kümmern. Er wartet ruhig, bis der Europäer ins Hospital kommt und das Nötige anordnet. Dieses ist zunächst eine ordentliche Tracht Prügel, die oben genannte Glaubensbrüder auch von Grund des mitfühlenden Herzens verdienen, und sodann der Befehl, dass gerade diese, wenn es ihr Gesundheitszustand irgend erlaubt, den Toten entkleiden, waschen, verhüllen, den einfachen Brettersarg zimmern und ihm sein letztes Geleit geben müssen. Auf die Stiele ihrer Hacken, mit denen sie das Loch schaufeln sollen, legen sie den Sarg und tragen denselben nach dem Heidenhügel, fortwährend hinter sich graue Papiere, mit Silbersternen beklebt, fallen lassend, die es dem Geist des Abgeschie- denen ermöglichen sollen, den Weg zu seinem irdischen Gelasse nicht zu verfehlen und seinem Namen als Geist (Hantu) Ehre zu machen. Das Grab soll, wie bereits gesagt, mindestens 6 Fuss tief sein, doch nach schwerem Regen fand ich andern Tags bereits beim Revisions- gange oftmals schon die Füsse und Teile des Körpers aus der Erdhülle hervorragen, diese von Sauen zer- wühlt und die Kadaver angefressen, weil die Gruft oft kaum 2 Fuss ausgeschaufelt war. Was bleibt bei solcher bestialischen Handlungsweise dem Europäer zu thun übrig — nichts, als wie die Grabplätze möglichst ab- gelegen anlegen zu lassen, denn diese Verrohtheit der Sitten lässt sich mit Milde und Härte nicht bekämpfen, und die Folge davon ist, dass man als fühlender Mensch trotzdem abgestumpft wird gegen solche Bestialität im Chinesen und das ganze Pack von Grund des Herzens verachtet und demnach behandelt. Ich betone aber, dass ich hier speziell vom chinesischen Feldkuli rede, und besonders von denen, die wir beschäftigten und die ich Jahre hindurch zu beobachten Gelegenheit hatte. Wir konnten uns allerdings rühmen, den Abschaum des gemeinsten Proletariats von China als unsere Kulis zu verzeichnen, denn wir waren eine neue, weit abgelegene Plantage, die zunächst von Menschenagenten nehmen musste, was sie erhielt, das Stück zu 80 Dollar, und dann schreckte unser ausserordentlich ungesundes Klima, das der Lage entsprach, die besseren Arbeitsleute hinweg, die, nachdem sie ihre Landsleute wie die Fliegen dahinsiechen sahen, es vorzogen, auf gesundheitlich günstiger gelegenen Estates nach Ablauf ihres Kontraktes Arbeit zu suchen und zu finden.

Es mag wohl kaum ein Volk auf der ganzen weiten Welt existieren, das mehr Abschaum der Menschheit, der Bestialität, grenzenlosere Sittenlosigkeit, viehische Grausamkeit, Diebe, Mörder, Räuber, kurz alles, was verabscheuenswert ist, zeitigt, als gerade China; und trotzdem eine solch unglaubliche Genügsamkeit und Arbeitsemsigkeit, die bei ihnen aber wahrscheinlich eher einem Laster, als einer guten Eigenschaft entspringt — nämlich dem Geiz und der Habsucht. Es giebt Ausnahmen, aber diese sind Seltenheiten, und das eine oder das andere dieser Laster haben auch diese sicher. Was diese Thatsachen besagen, bestätigt auch schon der Ausdruck der Physiognomie, welcher das Kainszeichen mehr oder weniger aufgedrückt ist, und sollte sich dem Beobachter unter den sich in der Fremde ansiedelnden Chinesen, wie hier in Sumatra, ein sympathisches Gesicht repräsentieren, so wette er hundert gegen eins, dass dieser Chinese hinter seiner schönen Larve eine desto schwärzere Seele birgt, aber solchen Problemen ist man selten ausgesetzt.

Doch zurück zur Thätigkeit auf der Plantage. Die Klings haben bereits die Buckelochsen vor ihre zweiräderigen Wagen (Karetta lembo) gespannt, indem sie ihnen einfach die vorne an der Deichsel befindliche Querstange über den Nacken legen und mit einem Strick um den Hals befestigen, und beginnen ihr Tagewerk. Einige Ochsenkarren haben Attapp vom Fluss, wohin er von der Küste durch Sampans gebracht und gestapelt wurde, nach den neu zu errichtenden oder auszubessernden Häusern und Scheunen zu bringen, andere (anak kaju) Stöcke zum Aufhängen des Tabaks nach den Trockenscheunen zu fahren, Waren für die Pflanzung und für den Haushalt der Europäer als Tandjong Poera zu holen, Materialien zu befördern etc. Ist gerade keine dringende Arbeit für die Ochsen vorhanden, so weiden sie unter Obhut eines oder zweier Klings in dem Lalang oder jungen Busch, dem Dschungel, es kommt auch vor, dass hie und da einer den hier hausenden Tigern zur Beute fällt. Die Klings selbst werden dann zu den verschiedensten Hilfsarbeiten, wie Wege, Graben und Gärten reinigen, Attappstapeln und Ähnlichem, verwandt.

Einen nicht unwichtigen Posten bekleidet der Dobi, d. i. Wäscher, auf der Estate, der für allein 3 Europäer schon genügend Beschäftigung findet, und diese thun gut daran, sich einen solchen auf der Pflanzung zu halten und nicht ihre kolossale Wäsche nach der Stadt zu einem Dobi zu senden, um sie dann endlich nach langen Wochen wieder zurückzuerhalten, nachdem sie inzwischen von dem geriebenen und gewaschenen Chinesen erst noch einmal an Eingeborene vermietet und unnötig vertragen worden ist; denn die Eingeborenen lieben es sehr, sich im Staate europäischer Tropenkleidung vor ihren Genossen zu zeigen. Dass drei europäische Pflanzer allein einen Wäscher in Gang, Beschäftigung und genügendes Verdienst bringen können, wird dem Leser schwerlich einleuchten, aber er bedenke, wieviel Wäsche allein von einem civilisierten Junggesellen in Deutschland im Monat verbraucht wird, und dann bedenke er weiter, die Tropensonne, die es dem Europäer wegen des unaufhörlich niederrieselnden Schweisses nicht gestattet, auch nur ein Stück seiner Kleidung, aus weisser Jacke, weissem Beinkleid und Wäsche bestehend, länger als einen Tag zu benutzen, und wie oft muss er wegen Regen, Überschwemmung, Schmutz, Waldarbeit und Ähnlichem seine Wäsche 2—3mal am

Tage wechseln. Einen halben Monat hat nun der Dobi zu waschen, zu trocknen und zu bügeln, eher erhält man seine Sachen im günstigsten Falle nicht zurück (zur Regenzeit dauert es oft doppelt so lang), und während dieser Zeit kann man auch nicht ruhig im Bette liegen und auf seine Kleider und Wäsche warten. Hieraus resultiert schon allein, dass man von jedem Wäsche- und Kleidungsstück mindestens so viel nötig hat, als der Monat Tage, ja meistens gebraucht der Pflanzer das Doppelte und nicht selten das 3- und 4fache. Hundert Anzüge sind keine Seltenheit, denn bei der entsetzlichen Handhabung der indischen Wäscherei, bei der die deutsche Hausfrau nur so aus der Haut fahren möchte, indem die gewaschenen Kleider anstatt des Auswringens auf glatte Steine oder Bretter geschlagen werden, die Taschen oder Falten gefüllt mit Wasser, hält die Wäsche nicht lange Stand; und ich bin sicher, dass die chinesischen Wäscher von den chinesischen Schneidern noch ihre Extraprovision erhalten für überkräftige Behandlung der Europäerwäsche und diese auch möglichst zu verdienen suchen.

Als auf den Estates sonst noch ansässige Bewohner sind die Oppasser, die Polizei der Pflanzer, zu nennen. Es sind dies meist Afghanen oder Bengalen, hohe, kräftige, äusserst sympathische Erscheinungen in langen, faltigen, weissen Gewändern mit vielfach geschlungenem Turban auf dem Haupt und meist einem edeln schön geschnittenen Gesicht, von tiefschwarzem Vollbart umrahmt. Ihr kleines, geschmackvolles Wärterhäuschen wird in der Nähe der Europäerwohnungen errichtet, damit sie jederzeit zu dessen Verfügung stehen. Sie leben abgeschlossen untereinander und verkehren eigentlich kaum mit einem anderen Stamm. Sie sind sich bewusst, auf Seiten des Europäers stehen zu müssen, in dessen Sold sie sind, und fühlen sich demnach auch höherstehend als die Hunderte auf der Estate angestellten javanischen, chinesischen Kulis und Klings. Sie werden verwandt zunächst als Wärter der Fermentierscheune, in der die ganze Hoffnung und der ganze Reichtum der Plantage steckt in Gestalt der gesammten Tabaksernte. Sie bewachen dieselbe abwechselnd Tag und Nacht und sind durch die ihnen rätselhafte Kontroluhr fortwährend überwacht und auf den Beinen gehalten. Sodann haben sie Briefträgerdienste inner- und ausserhalb der Plantage zu verrichten und machen, mit einem $1^1/_2$ Meter langen Stock oder Lanze aus Eisenholz, ihre gewohnte Waffe, und einem europäischen Seitengewehr oder Säbel bewaffnet, ihre weiten Gänge nach der Stadt, die verschlossene Brieftasche, zu der nur der Agent der Plantage den 2. Schlüssel besitzt, über die Schulter gehängt. Kleinere Geldbeträge vertraut ihnen der Europäer auch an, aber niemals grössere, denn hierfür ist fast ohne Ausnahme jeder in den Tropen lebende Nichteuropäer ausserordentlich empfänglich und kann der Macht des Mammons auch nicht im geringsten widerstehen. Wozu verlassen sie auch Weib, Kind, Freunde, Verwandte und Anhang anders, als beim Europäer schnellmöglichst zu Gelde zu kommen?! Auf welche Weise sie es verdienen, ist ihnen meist gleichgültig, und von der Ehrenhaftigkeit des Europäers im Allgemeinen haben sie blitzwenig — ja ihnen fehlt förmlich das Gefühl dafür. — Hat einer der Kulis eine Schuld auf sich geladen, gestohlen, geräubert, gespielt ausserhalb der hierfür gestatteten Zeit, revoltiert oder gemordet, so folgt der Oppass oder deren zwei dem die Angelegenheit untersuchenden Europäer. Wird der Kerl reif fürs Gefängnis oder nur für eine Tracht Prügel oder eine Nacht in Ketten schuldig befunden, so umschliesst der Oppass kaltblütig, ohne ein Wort zu reden, die Hände des Deliquenten auf den Rücken und treibt ihn vor sich her seinem Hause zu, denn dieses ist nicht allein die Wohnung des Oppass, sondern zugleich vor-

übergehendes Gefängnis für die Dauer der ersten Nacht,
während welcher der Gefangene, vermittelst der Kette
in sitzender Stellung um einen Pfahl geschlossen, die
Annehmlichkeiten einer solchen ohne Schutz gegen die
Mosquiten durchkosten kann, und dies allein ist für ein
leichtes Vergehen schon Strafe genug. Aber er hat es
verdient und muss es durchmachen. Geringe Vergehen
werden meistenteils durch den Europäer an Ort und
Stelle geahndet, andere, bei denen der Europäer sicher
ist, das Gerechtigkeitsgefühl der übrigen Kulis auf
seiner Seite zu haben — und hierin liegt der Schwerpunkt der Jurisdiktion des Pflanzers —, werden bestraft
unter Hinzuziehung der eigenen Stammesgenossen als
ausübende Kraft, und zwar lediglich durch Stockstreiche.
Die holländische Regierung ist ausserordentlich streng
gegen die Selbsthilfe des Pflanzers in Strafsachen in
solchen Fällen, und auch mit Recht, insofern es auch
unter den Europäern leicht solche giebt, die den be-
rühmten Tropenkoller bekommen, d. h. ausarten und bei
denen die Roheit zu Tage tritt. Einer solchen sollte
sich der Pflanzer nie schuldig machen. Aber es giebt
Fälle, und wohl die am meisten vorkommenden, bei
· denen es einfach eine Lächerlichkeit wäre, den Schuldigen erst durch 2 Oppasser vor den Kontrolleur, das
Gericht, zu senden und ihn erst zurückzuerhalten, nachdem
er vielleicht 2 Tage Gras in den Strassen der Stadt
gerupft oder den Tukan-ayer eines holländischen Beamten
durch seine Hilfe etwas erleichert hat. Der rechtfühlende
europäische Pflanzer wird auch leicht das Richtige erkennen, denn jenen uncivilisierten Menschen ist, was
Recht oder Unrecht auf seiten des Europäers ist, den
er nach Möglichkeit zu hintergehen und zu übervorteilen
sucht, völlig klar, und der chinesische Kuli lässt sich,
wenn auch unter Schimpfen und Fluchen, lieber 25 auf-
zählen, als 5 Cent vom Lohn abziehen.

Der Tabaksbau.

Nachdem die Feldkulis mit Hilfe der Congsicans (Hilfsarbeiter) die ihnen zugewiesenen Felder, wie vorstehend beschrieben, von Stämmen und Ästen durch Verbrennen gereinigt haben, beginnt das Hacken des Bodens und Ausroden der kleineren Wurzeln. Grosse Wurzeln und Baumstümpfe bleiben einfach unberücksichtigt, da deren Fortschaffen unverhältnismässig viel Kosten verursachen würde. Zugleich werden Saatbeete an den geeignetsten Stellen der Felder errichtet und, um die jungen Pflänzchen vor der Mittagshitze, in der sie sofort verbrennen würden, zu schützen, werden diese Beete noch mit leichten Dächern und Seitenwänden aus Lalanggras bestehend, beschützt. Die Erde wird für diese Beete, die etwa 18×3 Fuss gross sind, ganz besonders sorgfältig verkleinert, und alle 6—8 Tage wird ein weiteres Saatbeet angelegt, bis die Zahl 15 pro Feld erreicht ist. Der äusserst feine Tabakssamen wird gleichmässiger Verteilung halber in eine kleine Tonne mit Holzasche geschüttet, pro Beet genügt eine Revolverpatronenhülse 9 mm Kaliber, und so über das Beet gesäet und begossen. Schon nach wenigen Tagen kommen die Pflänzchen zum Vorschein und verlangen von Beginn an äusserste Pflege. Die Seitenwände müssen je nach dem Stand der Sonne verstellt werden; fehlt es an Regen, was zu dieser Zeit der Trockenheit fast stets der Fall, so muss ganz früh am Tage und spät abends begossen werden. Täglich sind Raupen zu suchen, unter denen sowohl der junge als auch der alte Tabak ausserordentlich zu leiden hat, durch kleine Entwässerungsgräben sind die Beete bei Überschwemmung, vor schwerem Regen zu schützen, und der Kuli hat alle Hände voll zu thun. Kaum ist diese Arbeit vollendet, so beginnt wieder das Hacken und Roden

Tabak-Trockenscheune

am Anfang des Feldes, während im Hintergrund desselben noch die letzten Stämme, zusammengeworfen, zu
Asche verglimmen. Sobald die Saatpflänzchen etwa
$\frac{1}{2}$ Fuss hoch sind, können sie ins Feld verpflanzt
werden, und zwar in genau streng einzuhaltender Ordnung. Zu diesem Zweck werden nach einer mit Lappen
versehenen Pflanzleine Löcher in den umgehackten, gerechten und von Unkraut gesäuberten Boden gehackt,
jedes mindestens 20 cm von dem anderen entfernt und
mit einem Abstand von 3 Fuss zwischen den einzelnen
Reihen, und in diese werden schnellmöglichst ganz früh
oder gegen Abend die zu diesem Zweck sorgfältig den
Beeten entnommenen Pflänzchen gesteckt und deren
Wurzeln sofort mit Erde bedeckt. Jede einzelne Pflanze
erhält einen Sonnenschirm in Gestalt eines Brettchens
in Cigarrenkistendeckelgrösse, der so gesteckt wird,
dass die Sonne die Pflanze mittags nicht bescheint. Am
7. Tag nach ihrer Verpflanzung erst ist die junge Tabak-
stande widerstandsfähig gegen die Tropensonnenglut,
welche fortwährend über den Feldern sichtbar zittert,
und dann erst dürfen die Schirme fortgenommen werden
zum weiteren Schutz für später zu setzende Pflänzchen.
Mit jedem Tage nimmt die Arbeit der Kulis zu, denn
die Pflanzen müssen nun hoch angehäuft werden, damit
nach schwerem Regenfall sich keine stagnierenden Gewässer bilden und die Sonne den noch empfindlichen,
weichen Stamm nicht verbrennen kann. Und so geht
es weiter mit Saatbeeten, Würmersuchen, Wassergiessen,
Hacken, Schaufeln, Rechen, Löchergraben, Pflanzen-
zudecken, Bretter auf- und fortstellen, Anhäufen, Holz-
verbrennen, Urbarmachung, Drainagegräbenziehen, und
ehe der Kuli diese kolossale Arbeit noch ganz bewältigt
hat, beginnen schon die erstgepflanzten Bäume zu
reifen, und es naht die Ernte. — Sobald die Stauden
eine bestimmte Blattzahl erreicht haben, so dass be-
urteilt werden kann, dass nur diese sich kräftig ent-

wickeln, was jedoch sehr verschieden und ganz von der Lage und Bodenbeschaffenheit abhängig ist, so muss die Spitze (budjut) mit den untauglichen schmalen Blättern, und zwar vor der Blüte, abgebrochen werden. Auch diese Arbeit verlangt viel Mühe und Aufsicht. Die Hauptaufgabe des Pflanzers selbst ist nun während dieser Zeit, zu beaufsichtigen, dass die vorstehend beschriebene Art der Bepflanzung und Pflege der Stauden strikte innegehalten wird, denn hierin liegt der Schwerpunkt der ganzen Anlage, von der die Existenz des Europäers, des ganzen Unternehmens, ja oft das Leben des Pflanzers selbst abhängt.

Der Feldkuli nämlich arbeitet auf eigene Rechnung, d. h. nicht gegen fixen Lohn, sondern alles, was er im Laufe seiner Feldthätigkeit erhält an Vorschusslohn, Werkzeug, Kopfsteuer an die Regierung, Lohn für Waldschlagen seitens der Malayen, Pflanzbrettchen, Barbier etc., ist nur Vorschuss auf seine Leistung, denn das Produkt der Feldarbeit des einzelnen Kuli wird vom Pflanzer während der Ernte auf seine Qualität hin abgeschätzt und dem Konto des Kulis gutgeschrieben. Dieses Abschätzen des Wertes der in die Trockenscheunen abzuliefernden Tabakstauden ist ein äusserst missliches Amt und erfordert ein ausserordentlich gerechtes Empfinden von seiten des Europäers, der volle Gerechtigkeit dem Kuli gegenüber, als auch seinen eigenen gerechten Vorteil im Auge behalten muss. Des Kulis Schweiss klebt an jedem Blatt, kann ich buchstäblich behaupten, und von jeder einzelnen Pflanze berechnet er sich von vorneherein seinen Gewinn, versucht allerdings, den Europäer eigentlich ohne Ausnahme hinters Licht zu führen, indem er enger zu pflanzen versucht, als wie vorgeschrieben, um dadurch eine an Zahl grössere Ernte zu erzielen, oder während des Aufhängens in den Tabaktrockenscheunen Betrügereien versucht und schlechte, wurmzerfressene oder kleine Stauden

Tabakfelder mit Trockenscheunen im Hintergrund

zwischen grosse, schön entwickelte, tadellos gepflegte Bäume hängt. — Wie mancher Pflanzer hat unter Hacken- und Axthieben und Fusstritten sein Leben lassen müssen während dieser, der sogenannten Empfangszeit, wenn er den Gerechtigkeitssinn der zumal chinesischen Feldkulis nicht richtig aufzufassen verstand und einzig in seinem oder im Interesse der von ihm zu verwalten-den Plantage urteilte, oder indolent von den aussen-hängenden Bäumen sich ein Urteil bildete über die Tausende von Pflanzen, die dahinter verdeckt hingen. Wie Mancher hat hier gesündigt und wie Mancher hat ins Gras beissen müssen unter der Wut der sich be-nachteiligt sehenden Kulis; aber selten oder nie ohne seine eigene Schuld, und ich muss dies hervorheben, so wenig sonst auch an einem solchen Gelbgesicht, zumal unter oben erwähnten geschilderten Verhältnissen, ge-legen sein mag. Aber alles hat seine Grenzen, und so gut der Kuli die härteste Strafe ohne Rachegefühl hin-nimmt, die er wirklich verdient, so zur Bestie kann er ausarten, wenn ihm direkte Ungerechtigkeit widerfährt, und dann aber, aber auch nur dann stehen sie Mann für Mann, wie ein Corps der Rache, gegen den Europäer.

Ernte.

Der Tabak ist reif, die Ernte beginnt. Aus Matten, die über bezw. zwischen je zwei Holzgabeln mit langen Endstielen befestigt sind (wie das Bild zeigt), werden die Tabaktransportkörbe für die Aufnahme der reifen Stauden hergestellt, und jeder Kuli, das krumme Hieb-messer zur Seite, wartet auf das Zeichen zum ersten Ernteschnitt.

Sobald dar Tau auf den Pflanzen vor der Sonne gewichen ist und keine Wolke den Himmel trübt, ertönt auf Veranlassung des Pflanzers von jedem Aufseherhaus der weithinschallende Ruf des Büffelhorns, und reges Leben herrscht in den Feldern.

Die Bäume werden kurz über der Erde abgeschlagen und auf die Transportkörbe gelegt bis keiner mehr Platz findet, und mit dieser schweren Last auf dem Rücken trabt der Kuli der Trockenscheune zu, meist nahe dabei, oft hunderte von Metern entfernt, und legt seine Bäume auf Matten, die auf der Erde liegen, und so gehts hin und her, immer laufend, bis der letzte reife Baum geschnitten ist oder die Kräfte des Kulis ein Mehr nicht erlauben. Nach kurzer Erholung beginnt er mit dem Aufhängen der Bäume, immer 10 und 10 an ein Holz mit dem Stiel nach oben, an Baumfaserstricke, und sollen die Bäume genau nach Qualität geordnet und in gleichmässigem Abstand gehängt werden, vorn die grossen schönen Bäume, ohne Stückblätter und Wurmfrass, dann die mittleren, dann die kleinsten und an diese anschliessend in gleicher Reihenfolge die Bäume mit Stückblatt und so fort, damit der Europäer leicht die Qualität und den Wert beurteilen, dem entsprechend seine Preise dafür einsetzen und dem Kuli gutschreiben kann.

: Hier heisst's also aufs genaueste aufpassen, gerecht handeln und keine Mühe scheuen, denn während der eine Chinese strikte nach Vorschrift handelt, hängt der andere die herrlichsten Prachtbäume gewissermassen als Deckmantel um seine dahinterhängenden ungepflegten, wurmzerfressenen Stauden, um so den Pflanzer zu betrügen. Das erfordert dann entschieden Strafe durch Minderbewertung des Tabaks, und der Europäer muss solche Schwindeleien durch genaue Kontrole entdecken, da sonst der Betrüger dem ehrlichen Arbeiter gegenüber im Vorteil stünde, was weder mit dem Gerechtigkeitsgefühl des Europäers noch dem des Kulis in Einklang zu bringen ist. Ist endlich der letzte Baum vom Feld in die Trockenscheune gebracht, so ist die Feldarbeit und damit die Arbeit des Kulis für eigene Rechnung erledigt, seine Ernte ist abgekauft vom Pflanzer und

Grosse Tabak-Fermentierscheune

wird ihm die Differenz, falls eine solche zu seinen Gunsten nach Abzug der erhaltenen Vorschüsse vorhanden, einige Monate später nach Abarbeiten und Verpacken der ganzen Ernte ausgezahlt; andernfalls der Kuli kontraktlich verpflichtet ist ohne Handgeld ein weiteres Jahr für die Estate zu arbeiten.

Nachdem der Tabak in den Trockenscheunen durch die stets durchstreichende Luft völlig ausgetrocknet ist, (er wird von Etage zu Etage durch besondere Scheunenwächter gegen Lohn höher gehängt und erreicht seine letzte Station im Giebel der Scheune), so werden die Blätter, nachdem die Bäume heruntergeholt sind von ihrer luftigen Höhe, vom Stamm abgepflückt und in Längen sortiert, gebündelt, um sodann in die mächtige Fermentierscheune gebracht zu werden, woselbst sie einen Gährungsprozess durchmachen müssen, um ihre geschmeidige Elastizität zu erhalten und die Reise nach Europa, hauptsächlich Amsterdam, Bremen und Hamburg, gut zu überstehen.

In neuerer Zeit ist in sofern auf mehreren Plantagen ein Umschwung in der Pflanzweise und Ernte eingetreten, als das Pflanzen des Tabaks fast regelmässig, wenn es die Witterungsverhältnisse irgend ermöglichen, am 1. März beginnt (direkt nach Beendigung der Regenzeit). Die Bäume werden nicht mehr parallel, sondern in senkrechter Linie zur Pflanzstrasse bei sonst gleichen Abständen wie früher gesetzt, nachdem die Felder bis zum äussersten Ende, allerdings mit Hinzuziehung von Hülfskräften, vollständig urbar gemacht sind, damit der Feldkuli vollauf Musse findet, sich nur seinen Pflanzen zu widmen und auf diese Art weniger wurmzerfressene Blätter erzielt. Sodann wird die Ernte nicht mehr durch Abschlagen der ganzen Bäume betrieben, sondern durch Abbrechen der zuerst reifen, also der Fuss- oder Sandblätter, denen der Reife nach die Mittel- und schliesslich Toppblätter folgen. Diese werden nun nicht im Pikulan, sondern in besonderen Körben Blatt für Blatt senkrecht gestellt in die Scheune gebracht, und auch diese werden in besondere Scheunen für Kopf-, Mittel- und Fussblatt getrennt. Selbst die Blüte, die früher vorzeitig gebrochen wurde, um den einzelnen Blättern eine stärkere Entwickelung zu geben, bleibt jetzt länger bestehen, damit die Staude mehr Kopfblätter entwickelt, die nun auch grösser ausfallen, dä sie ausreifen können und weil ihnen die abgebrochenen Fuss- und Mittelblätter keine Kraft mehr entziehen. Die Räuber jedoch lässt man ruhig auswachsen, und so gleicht das bisher monotone, grüne Blättergewirr einem mächtigen, weissen Blütenmeer von fast doppelter Höhe der Bäume, wie bisher, so dass der Mensch unter ihnen verschwindet, und ungleich mehr, vor allem Kopfblätter, ja das 2—3fache gegen früher, erzielt werden. In der Trockenscheune wird nun Blatt für Blatt an einen Draht, Talihidju oder Kulit Kaju, aufgenäht, mit dem nötigen Zwischenraum für Luftspiel, und so aufgehängt. Aber die hierdurch entstehenden, ganz bedeutenden Mehrkosten bringen den erwarteten Mehrgewinn für besser gepflegte Ware und grössere Blattzahl kaum ein, und da die chinesischen Kulis sich zu solchen Neuerungen, zumal sie ihnen keine besonderen Vorteile zeigen, schlecht bekehren wollen und bereits Unruhe unter ihnen entsteht, so wird vielleicht über kurz oder lang wieder zum alten System zurückgegriffen werden müssen, wenn nicht ganz andere Preise die doppelte Mühe einigermaassen verlohnen, was bis heute noch nicht der Fall.

Die Fermentierscheune ist ein mächtiges, langgestrecktes Gebäude, das die gesammte Ernte der Pflanzung in sich aufnehmen muss, und deshalb ist dieselbe sonst wegen des Luftzuges überall mit verschliessbaren, fensterartigen Öffnungen versehen (Tingkaps), dicht mit Eisengeflecht oder starkem Gitter gegen Ein- und Ausbruch geschützt, und hier spielt sich die wichtigste

Chinesische Kulis beim Farben- und Längen-Sortieren

und Monate lang dauernde Arbeit in der Behandlung des Tabaks ab. Sowie die getrockneten Tabaksbündel, nur in vier Längen sortiert, aus den Trockenscheunen hierher kommen, werden dieselben sorgfältig aufeinander geschichtet, zu anfangs kleinen, von Zeit zu Zeit durch Zusammenlegen stetig wachsenden Stapeln oder Haufen, um so durch die eigene Wärme, die durch in langen Bambusröhren liegende Thermometer kontrolliert wird, ihren Gährungsprozess durchzumachen. Um die ganze Fermentierscheune läuft innerhalb ein etwa 5 Meter breiter Gang, und der ganze übrige mächtige Raum wird von einer 2 Meter vom Fussboden entfernten, auf Pfählen errichteten Bretterbühne (Bale Bale oder Lantej) eingenommen. Hier lagert der Tabak unter fort- während der Kontrolle einiger chinesischer Aufseher und der nötigen Hilfsleute zum Umstapeln und Herunter- reichen der ausfermentierten Bündel an die Farben- sortierer. Diese sitzen mit unterschlagenen Beinen auf einer niedrigen Brettergallerie längs der Aussenwand, halbkreisförmig von etwa 3 Fuss langen aufrecht stehenden Nibungstäben, welche die Kammern für die verschiedenen Farben bedeuten, umgeben. Diesen gegen- über sitzen oder rutschen die Längensortierer, welche, sobald eine Kammer fertig sortiert ist, und zwar jedes- mal mit einer einzigen Farbennüance, diese von neuem wieder bündeln, und zwar in Bündel von stets gleicher Blattzahl und Länge, die sie an einer markierten, vor ihnen liegenden Matte ausmessen; Sortierer und Bündler arbeiten in Kongsie, d. h. gemeinsam in Accord und werden die von ihnen fix und fertig sortierten Bündel in einem besonderen Raum der Empfangskammer unter Oberaufsicht eines fachmännischen Europäers, meist des ältesten Assistenten, durch besonders hierfür auserwählte tüchtige alte Tabaks-Chinesen auf ihre Güte und Gleich- mässigkeit untersucht, gezählt, taxiert und dem be- treffenden Kuli gutgeschrieben. Hierauf wandern die

Bündel abermals auf die Lentej, werden von neuem aufgestapelt, nun aber genau, Farbe für Farbe, Länge für Länge, getrennt, und so entstehen aus den zuerst wenigen, noch unsortierten, aber mächtigen Bündel, eine Menge kleinerer und zwar an die 80 Haufen oder Stapel, denn der Tabak wird in 20 verschiedene Farben oder Qualitäten und all diese wieder in 4 Längen sortiert. Jeder Haufe erhält wieder seinen Thermometer oder je nach Grösse deren mehrere und ein Holzschild, auf dem Farbe, Länge und Temperatur, welche bis zu 60—70 Celsius steigt, genau verzeichnet wird. Ist nun endlich die gesammte Ernte in dieser Weise abgearbeitet und ausfermentiert, dann wird der Tabak in Ballen aus geflochtenen Matten verpackt, in diese hineingepresst, genäht und gezeichnet und kann nunmehr — sei es per Sampan auf dem Wasser oder per Ochsenkarre zu Lande — seine Reise nach der Küste antreten, um hier auf den Küsten-Dampfern nach Penang oder Singapore und dort in die grössten, überseeischen Dampfer umgeladen nach Europa zu den verschiedenen Hauptmarktplätzen, wie Amsterdam, Bremen oder Hamburg, verschickt zu werden.

Diese das ganze Jahr beanspruchende rastlose Thätigkeit auf der Estate wird nur unterbrochen durch die Zahl- oder Löhnungstage, welche nur zweimal im Monat abgehalten und daher auch wegen ihrer Seltenheit von den Kulis „Harri bezar", d. h. grosser Tag, genannt werden, sowie durch einige, den Chinesen besonders heilige Feiertage, an denen den Göttern Speise- und Trankopfer gebracht, aber der Sicherheit und besseren Bekömmlichkeit halber bald darauf unter dem Brasseln und Donnern von Kreckern und Kanonenschlägen und wüstestem Gejohle verzehrt werden. Das grösste dieser Feste aber ist das chinesische Neujahr, das 3—4 Tage dauert, und es ist unglaublich, was an diesen Tagen geopfert, getrunken, gepulvert und ge-

schrieen wird. Als wäre der jüngste Tag erschienen, so geht es morgens in aller Frühe los, und kopfschüttelnd steht der Fremdling, der Europäer da und fasst es nicht. Es is das Austoben der halbmenschlichen Natur, das Austoben nach soviel Arbeit und Ernst des Daseins, der tollste Ausbruch des Gefühls des Dürfens, des sich einmal Gehenlassens, des Dürstens nach Freiheit und Befriedigung der das ganze Jahr gährenden, aber unbefriedigten Leidenschaften. Tolle bachantische Lust ergreift sie Alle und reisst sie im Taumel des Opiums und des Alkohols mit sich fort und meist ins lauernde Verderben. Der chinesische Kuli, so arm er ist, ist ein leidenschaftlicher Hazardspieler, jedoch findet er das ganze Jahr hindurch wegen der vielen Arbeit und Aufsicht keine Gelegenheit dazu, dieser Leidenschaft die Zügel schiessen zu lassen, zumal das Geldspiel streng verboten ist. Jetzt aber ist die Zeit gekommen, wo er sich diesem Laster voll und ganz ungestört hingeben, wo er im Gelde wühlen, es wachsen und schwinden sehen kann. Es fällt dieses Fest etwa mit dem Ende der Ernte zusammen, und so hat der fleissige, manchmal auch der ganz geriebene Chinese einen für seine Verhältnisse recht ansehnlichen Überschuss erzielt, von dem er unter normalen Verhältnissen, wie er sonst lebt, ein bis zwei Jahre sorgenlos leben könnte, ohne auch nur die Hand zu rühren. Es entspricht dieses durchaus den Thatsachen, denn der Kuli erhält für seine gesamte Verpflegung, selbst während der angestrengtsten Pflanz- und Erntezeit, monatlich keinen Cent mehr als 5 mexikanische oder japanische Silber-Dollars, jüngere, unerfahrene Sinkehs oder Neuankömmlinge selbst deren nur 4, während sein Verdienst leicht 80 bis 100 Dollar betragen kann.

Chinesisch Neujahr ist nun die Zeit des Spiels und wird die Erlaubnis hierfür an chinesische Geldmänner und Spekulanten von der Verwaltungsbehörde verpachtet. Diese halten sich während dieser Spielperiode nun gegen Provisionsgebühren die routiniertesten Spieler des Landes, welche das ganze Land überschwemmen und an den Festtagen auf keiner Estate fehlen. Tag und Nacht ist die Hütte, woselbst sich die Bankhalter niedergelassen haben, von Spielern überfüllt, und da sie fast ausnahmslos wüste Spieler sind, so herrscht hier das Hauptleben, während Wajang oder malayisches Theater und das chinesische Marionetten-Theater fast verödet stehen und nur auf einige abschreckend hässliche alte Chinesen-Weiber etwas Anziehungskraft ausüben. Wüster Lärm, Geschrei, Heulen, Jammern, Fluchen, Spottgelächter und Wutgeschrei, alles klingt wild und wirr durcheinander, stiere, blöde Opium-Gesicbter hängen wie gebannt am Boden auf der Matte, auf der das verschleierte Schicksal in Gestalt von Messingdosen, welche einen Würfel in sich bergen, ruht. Dieselben werden endlos lange gedreht, schliesslich feierlich langsam aufgehoben, und nur während dieser Zeit der Spannung herrscht Todesschweigen, das aber jäh von Ohren zerreissendem, schallendem Jubel oder Wutgebrüll, je nachdem der Würfel gefallen ist, unterbrochen wird. — Höchst selten passiert es, dass ein Kuli seinen Verdienst bewahrt oder womöglich verdoppelt und verdreifacht und dann in seine Heimat nach China zurückkehrt. In der Regel verliert der Kuli seine ganzen, wahrlich sauer genug erworbenen Ersparnisse und ist dadurch gezwungen, sich ein weiteres Jahr dem Pflanzer zu verpflichten und thut dieses kalten Blutes, indem er sich durch ein Kreuzchen oder sonstiges Zeichen (schreiben kann er meist nicht), womöglich noch von der Hand des Europäers geführt, mit Tinte und Feder in die Anwerber-Liste der Pflanzer einträgt. Er erhält hierfür seine blanken klingenden 40 Dollars, die manchen Kuli verführen, den Staub der Estate von den Füssen zu schütteln und zu verduften;

aber wieder kommen sie eigentlich alle, wenn auch
wider Willen, denn der Chinese ist für den Eingebornen
des Landes, den Malayen, sozusagen vogelfrei, und kein
Chinese darf sich ausserhalb der Pflanzungen blicken
lassen ohne seinen Surat Djalan — das ist soviel als unser
Urlaubspass —, und die Malayen passen scharf auf jeden
verdächtigen Chinesen auf, nicht aber etwa aus Interesse
für den Europäer, sondern vielmehr um sich die von demselben ausgesetzten Belohnungen für das Einfangen von
Wegläufern zu verdienen. Und so langen sie langsam, aber
sicher wieder an, wandern für einige Tage ins Provinzial-
Gefängnis und verzichten nach endgültiger Rückkehr meist
auf alle ähnlichen Freiheitsgedanken. Die wenigen,
welche nicht zurückkehren, — freiwillig oder unfreiwillig
— finden auf ihrer Flucht, die sie oft von den Ver-
kehrswegen aus Furcht vor Entdeckung abbringt, entweder
im Gewirr des Urwaldes ein trauriges, qualvolles Ende
durch Verhungern, Schlangenbisse oder durch Raubtiere, oder günstigen Falles ein elendes Sklavenleben bei
den teils noch wilden, teils dem Kannibalismus fröhnen-
den Gebirgsbewohnern des Innern, den Battas und
Gajors. Manchmal bilden sie auch, wenn sich mehrere
zusammenfinden, recht gefährliche Räuberhorden, die
der Schrecken des Landes werden und denen die Regierung vermittelst Polizeitruppen ganz energisch auf
den Leib rücken muss, um dieses Gesindel aufzuheben.
Die Nahrung des Chinesen, die er sich selbst in den
auf der Pflanzung befindlichen Kadehs beschaffen muss,
besteht morgens, mittags und abends durchweg aus ge-
kochtem Reis und gesalzenem, an der Sonne ge-
trocknetem Fisch, dem „Ikan-Kring“. Gemüse, die sich
die Kulis bei ihren Kongsi-Häusern ziehen, wie Wurzeln,
Kartoffeln (Ubi Kaju), Mais, Zuckerrohr, Wassermelonen
und ähnliches, was billig zu beschaffen und sehr dankbar üppig gedeiht, sowie zahllose Pilzsorten bringen
etwas Abwechselung in die Kost, bei welcher der Kuli,

der nicht Opiumraucher ist, sich zu einem herkulischen Arbeiter entwickelt. Der genügsame Chinese hat kaum weitere Bedürfnisse, als in den Mussestunden aus seiner langstieligen Pfeife mit Miniaturkopf aus Metall, die knapp soviel Tabak fasst als ein gewöhnlicher kleiner Fingerhut, einige Züge zu thun, und trägt er diese Pfeife und ein Beutelchen mit Tabak und Zündhölzern ständig bei sich, sei es nun am Harri Bezar im Seidengewand, oder sei es bei der Arbeit am Strick, der sein Lendentuch hält. Der Opiumstinker, wie er berechtigter Weise vom Europäer auf Sumatra mit Verachtung genannt wird, muss seine Gelüste unter dem schwülen Moskito-Netz, auf der Matte liegend, befriedigen und lässt sich nur ungern dabei vom Pflanzer überraschen, wenn es auch ausserhalb der Arbeitszeit nicht verboten ist.

Die Opium-Pfeife, deren sich die Kulis in Sumatra bedienen, besteht aus einer etwa $1^1/_2$ Fuss langen, blank polierten Holzröhre, an deren einem Ende ein tassenartiger, senkrecht stehender Porzellan-Kopf angebracht ist. Dieser ist jedoch oben bis auf ein g a n z kleines Loch geschlossen. Das Opium „Dschandu" in Syrupform und Farbe wird in einem Porzellandöschen sorgfältig bewahrt, da es sehr teuer ist und leicht Abnehmer findet, wird durch Eintauchen und Drehen einer an einem Stäbchen befindlichen Nadel herausgeholt und der sich dann an der Spitze der Nadel bildende dickflüssige Tropfen über einer kleinen Spiritusflamme zum Erhitzen gebracht. Sobald es brodelt, wird es über das kleine Loch des Porzellankopfes gehalten und der Dampf durch kräftiges Einatmen am Mundstück in Lunge und Magen eingesogen. Dies wird so oft wiederholt, bis der Raucher die Wirkung verspürt, die sich beim Anfänger durch fürchterliches Erbrechen, beim Gewohnheitsraucher durch in den gläsernen Augen sichtbare Trunkenheit und Ermattung äussert.

Ein Uebermass dieses Genusses und des daraus ent-
springenden aufregenden Traumlebens wirkt mit den
Jahren dermassen zerrüttend auf das gesamte Nerven-
system, dass diese Leute leicht dem Opium-Wahnsinn
und dessen Folgen verfallen. Ein solcher Mensch wird
zur reissenden Bestie, wenn ihm die Truggebilde als
Folge des Opiumgenusses vorgaukeln, und nur im Hin-
schlachten von Freunden und Feinden, selbst des eigenen
Anhanges, und dem Anblick menschlichen Blutes findet
er ein wahntolles Gelüsten und dann ein schreckliches
Erwachen, wenn ihm ein solches überhaupt noch vorbehalten ist, denn meist enden diese Blutdürstigen,
die vogelfreien „Amokläufer", durch den Lanzenstoss
oder „Parang-Hieb" eines mutigen Inländers oder den
Schuss eines Europäers. Einer meiner Bekannten sah
einst, als er auf seiner Veranda sass, einen solchen
„Amokläufer" mit dem Kris in der Hand daherstürmen
und ein wehrloses Kind zusammenstechen. Eine Gruppe
von Frauen und Kindern flüchtete schreiend vor ihm
her, während einige bewaffnete Javanen die Verfolgung
aufnahmen. Dies sehen, seine Doppelflinte ergreifen,
war eins und als der Mörder auf Schussnähe heran war,
den Kris zum weiteren Stoss bereit, stürzte er im
Schuss zusammen und hauchte unter den Füssen seiner
Verfolger sein Leben aus. Ich selbst wäre auch einmal um ein Haar einem solchen Scheusal in Gestalt
eines Javanen, mit dem ich, nebenbei gesagt, bisher
nie in Berührung gekommen war, zum Opfer gefallen.
In voller Thätigkeit bei Beaufsichtigung der Felder
überraschte mich einer jener plötzlich und ausgiebig
niederstürzenden Tropenregen. Alles, was Beine hatte,
stürmte vor dem Unwetter in die Kongsies, Trockenscheunen oder dorthin, wo sich eben Schutz bot. Total
durchnässt fand auch ich laufend Schutz unter dem
Dache einer Scheune, und als das Unwetter nicht nach-
lassen wollte und ich kaum nässer werden konnte, wie

ich bereits war, wanderte ich, dem hügeligen Pflanz-
weg folgend, triefend meinem Hause zu. Das javanische Kuli-Haus, der „Pondok", lag auf einem Hügel,
den ich ersteigen musste, vor mir, als plötzlich lautes
Geschrei erscholl und mir bis dahin noch unverständ-
liche Laute — ich war knapp ½ Jahr im Lande,
kannte kaum die Sprache, noch weniger aber den Ruf:
„Amok, Amok", der mir aus den Häusern zugeschrieen
wurde — entgegentönten. Ein Javane mit zerzaustem,
fliegendem Haar stürmte den Hügel herunter auf mich,
der ich nicht das Geringste ahnte, zu, schwang plötzlich dicht vor mir sein an einem 1 Meter langen Stiel
gestecktes „Parang Bengkok" (krummes, sichelartig ge-
bogenes, schweres Hiebmesser) und liess dasselbe auf
mich niedersausen. Ohne recht zu begreifen, was dies
zu bedeuten, parierte ich mit kräftigem Hieb meines
glatten „Rottanstockes", der mir jedoch beim Zuschlagen
in weitem Bogen aus der Hand flog, glitschte auf dem
durchweichten Boden aus und kippte zur Seite. Und
das war meine Rettung, denn das schwere, scharfe und
spitze Hiebmesser, das sonst meinen Kopf gespalten
haben würde, drang mir so schräg in das rechte
Schulterblatt und glitt mit verbogener Spitze ab. Der
Javane holte zum zweiten Hieb aus; im selben Moment
lief ein chinesischer Feld-Kuli mit einem schweren
Pikulan, Tragbaum, auf mich zu, welchen ich im
Sprung ergriff und dem Javanen mit voller Wucht über
den Schädel sausen liess. Ein zweiter Hieb traf seinen
Nacken und, aus Mund und Nase blutend brach er, wie
leblos zusammen. Jetzt eilten auch die übrigen Javanen,
voran der Mandur, herbei und entwickelten nun den
unglaublichen Mut, dem halbtot am Boden Liegenden
völlig den Garaus machen zu wollen, was jedoch durch
mein Dazwischentreten verhindert wurde. Ich liess den
Kerl, der wie tot in den Armen der Träger hing, zunächst unter Aufsicht des Mandur ins Hospital der Estat

schleppen und eilte nach Hause, um Hülfe für mich und meinen lahmen Arm in Anspruch zu nehmen, denn mein ganzer vom Wasser durchsogener Anzug war hinten von den Schultern bis in die Schuhe herab völlig von Blut durchtränkt.

Mein vorerwähnter Bekannter, ein alter österreichischer Offizier, der bereits in Mexico gegen die Guerillas gekämpft hatte und von dem ich bei dieser Gelegenheit jene Amok-Affaire hörte, verband mich so gut es ging und sandte sofort einen berittenen Boten nach Tandjong Poera, um für den nächsten Tag den Arzt zu bestellen. Ich wurde bandagiert, alles war soweit in Ordnung, und wir unterhielten uns über diese und ähnliche Fälle, als „Tahib", der Amokläufer, von zwei Mandurs und einem bengalischen „Oppas" gefesselt zu uns geführt wurde. Er hatte sich bald von der Betäubung erholt, stierte stumpfsinnig um sich herum und wollte von nichts mehr, auch nur das Geringste, wissen. Er wurde nunmehr im Oppas-Hause, so wie er war, mit Ketten an einen Pfahl geschlossen und wanderte anderen Tags unter Bedeckung nach Tandjong Poera ins Gefängnis, erkrankte daselbst an Malaria und wurde als unzurechnungsfähig und krank nach seiner Genesung vom Kontrolleur zu nur 3 Monat Tutupan (Gefängnis) verurteilt. Auf die Pflanzung zurückgekehrt, sollte er entlassen werden, war aber plötzlich und für immer verschwunden. Nach Jahr und Tag berichtete mir mein malayischer Jagdbegleiter und Aufspürer, dass er von seinen Stammesgenossen bei der Drainage-Arbeit ermordet und in einen Sumpf verscharrt worden wäre.

Leben der freien Malayen.

Nachdem die Tabakfelder abgeerntet sind, findet ein grösserer Zuzug von freien Malayen auf die Pflanzungen statt, denn laut dem mit dem Sultan der Provinz abgeschlossenen Kontrakt ist der Pflanzer verpflichtet, einen Teil der abgeernteten Felder den Unterthanen des Sultans, also den Malayen, zum Reisbau zur Verfügung zu stellen, und so werden diesen ihre Felder angewiesen, ebenso wie den sonst auf der Pflanzung bis dahin thätig gewesenen eingeborenen Malayen, Battas, Gajols und Bandjarezen (Borneo). Mit Weibern und Kindern und dem ganzen Haushalte siedelt sich der Malaye in der Nähe seiner Felder für die Dauer des Reisanpflanzens und der Ernte an und führt, von jenen in der leichten Arbeit unterstützt, ein höchst beschauliches Dasein, denn die Urbarmachung ist durch den Europäer ja bereits in peinlichster Weise erfolgt, und so braucht er mit einem spitzen Holze nur Löcher in den Boden zu stossen, in welche seine Frau oder Kinder die Reiskörner säen und die Löcher schliessen. Das Übrige kommt von selbst, und er hat fast weiter nichts zu thun, als auf die Ernte zu warten.

Überhaupt sind die Malayen durch das Klima und die Vegetation des Landes eines der begünstigtsten Naturvölker. Der mächtige Urwald, der sich bis hart an den Strand des Meeres erstreckt, liefert ihnen durch sein Holz, seine Palmblätter und das biegsame Schlinggewächs, den Róttan, alles Notwendige zu ihrer Behausung, die sie, ohne auch nur eines Nagels zu bedürfen, mit bewunderungswürdiger Geschicklichkeit zu erbauen verstehen. Ausserdem bietet ihnen der Wald eine unzählige Menge essbarer Früchte und Blätter, besonders den Siri, Schwämme, Harze, Bambu und zum Kahnbau vorzüglich geeignetes Holz. Hat dann der Malaye sich noch ein wenig Reis, der seine Hauptnahrung bildet, gepflanzt, so bleibt ihm kaum etwas zu thun übrig, als zu fischen und zu jagen, um sich seine einfache Kost zu vervollständigen.

Dieselbe Geschicklichkeit, die wir bei seinem Häuserbau bewundern, finden wir wieder in der mannigfaltig-

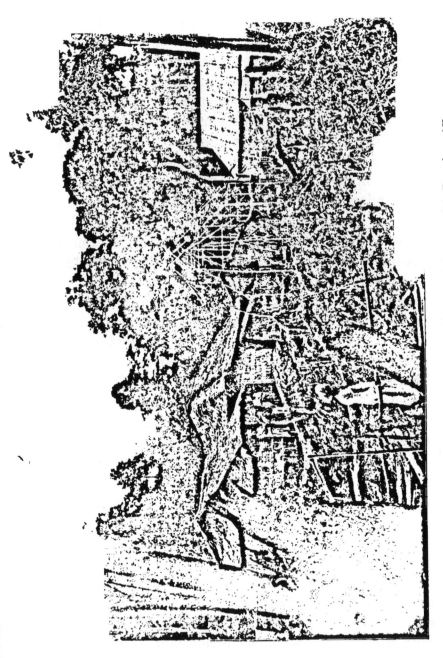

Malayen-Kampong (Dorf) auf unserer Pflanzung, im Bau begriffen
Im Vordergrund bengalischer Oppass

sten Gestaltung seiner Geräte, um sich der Tiere des Waldes und der Bewohner des Wassers zu bemächtigen. Da die wenigsten Malayen eine Feuerwaffe ihr eigen nennen und sie nur selten gebrauchen, da es ihnen schwer fällt, Pulver zu erlangen, so beschäftigen sich diejenigen, welche ihre Wohnungen an den Flüssen und am Rande des Urwaldes angelegt haben, hauptsächlich mit dem Fallenstellen.

Der Malaye ist weder ein Freund von Anstrengung noch der Eile, und so entstehen seine allerdings vorzüglichen Fallen immer langsam von Tag zu Tag. Selten allein, sondern zu zweien, geht er mit dem langen Messer, dem Parang, in den Wald, um sich das Material gemütlich zuzammenzulesen. Hier zieht er ein Stück Rottan vom Gewirr der Zweige und Lianen herunter und entfernt mit dem Messer die dornenstrotzende äussere Rinde, um das nun glatte Schlinggewächs gerollt über den Hals zu hängen; dort macht er in einen Gettabaum Einschnitte und bringt eine Kokosschale unter ihnen an, um am nächsten Tage das Getta (zähflüssiges Gummi) zum Vogelfang mitzunehmen.

An einer anderen Seite findet er in dem Bast der Nipa, einer Sumpfpalme, die dem Malayen auch den bekannten Palmwein liefert, ein vorzügliches, fast unzerreissbares Material für seine Schlingen (tali Hidju). Hier im Sumpf trifft er ferner den geschätzten Bambu in verschiedenen Grössen an, schlägt sich ein Paar brauchbare Stücke heraus und begiebt sich auf den Heimweg, dabei fortwährend die Fährten und Spuren des Wildes beobachtend.

Unter dem Hause (seine Wohnungen sind ja Pfahlbauten) beginnt er nun den Bast der Nipa je nach Gebrauch zu dünnen oder dicken Stricken zu drehen, zerspleisst den dünnen Rottan zu langen Streifen, die ihm Draht und Seil ersetzen, zerschneidet und glättet noch einige Stücke Holz und ist so znm Stellen der Schlingen bereit.

Während der eine Malaye im Walde an den Wechseln seine Schlingen anbringt, verbindet sie der andere mit einem kleinen Verhau aus Zweigen und dornigem Gestrüpp, um dem heranziehenden Wild das „Umgehen" der Schlingen zu erschweren und setzt dieses Verfahren oft bis auf eine Strecke von 500 und mehr Meter fort. Der Schlingenleger gräbt zunächst mit seinem Messer ein Loch von ungefähr 15 qcm Ausdehnung und 15 cm Tiefe am Wechsel, wirft die Erde weit weg, steckt dicht neben die Ausgrabung zwei grade Hölzer, auch auf etwa 15 cm Abstand, in die Erde und verbindet sie an der Spitze mit einem dritten Holze (b) (Fig. 1). Ein etwa 2 m vom Loch stehendes Bäumchen wird auf 2 m Höhe seiner Krone beraubt, und an demselben ein Rottanstrick von 1 m Länge befestigt. An das lose Ende bindet er wiederum ein 10 cm langes, glattes, starkes Holz (c) und zwar so, dass nach der oberen Seite 3, nach unten 7 cm frei sind. Nun nimmt er einen 17 bis 18 cm langen Strick (a), an den Enden geglättet, in die eine Hand und zieht mit der anderen das Hebelchen c so nach dem Verbindungsstücke b, dass der kurze Teil um b herumgelegt wird, und zwar auf der entgegengesetzten Seite des umgebogenen Bäumchens. Um nun dasselbe nicht zurückschnellen zu lassen, bringt er Holz d, welches durch das Liegen des Bäumchens festgehalten wird, quer und leicht vor das nach unten stehende Ende des Hebels c. Dann wird das Loch mit kleinen Ästen, die mit einem Ende leicht auf Holz d aufliegen, zugedeckt, eine dünne, am Rottanstrick bei c angebundene Schlinge darüber gebreitet, durch Blätter ein wenig unsichtbar gemacht, und eine Schlinge ist jetzt fertig (Fig. 2). Nun folgt der Schlingensteller der Arbeit seines Begleiters und überall da, wo dieser die Wechsel freigelassen hat, bringt er auch Schlingen an,

20 und mehr. Die Art des Stellens habe ich deshalb so genau beschrieben, weil der Malaye fast bei allen seinen Schlingen, Fallen und Selbstschüssen die gleiche Methode anwendet; es kann sich der Leser die folgenden Arten leicht an dieser einen erklären. Jeden oder jeden zweiten Tag gehen hierauf die Jäger ihren Schlingen nach, bessern hier und da etwas aus, finden auch regelmässig ein Kantjil oder Blanduk (Zwerghirsch) in einer der Schlingen, brechen ihnen die scharfen Eckzähne aus und bringen sie lebend nach Hause. Gerade in diesen Schlingen wird auch der sonst so scheue und schwer zu schiessende Arguspfau (Uau) recht häufig gefangen und gelangt oft auf die Tafel der in den Hügeln wohnenden Europäer, die das Stück selten höher als mit einem Dollar bezahlen.

Dieselbe Art der Schlingen wendet der Malaye zum Hirsch- (Rusa) und Reh- (Kidjang) Fang an, nur im vergrösserten Maassstabe. Der Schnellbaum muss dann 4 m hoch und 2 Zoll dick sein, und die Schlinge, ebenfalls aus dem Bast der Nipa, nimmt dann Fingerstärke an.

Tritt das Wild in die Schlinge, so drückt es hiermit auch das Querholz d, auf welchem die das Loch deckenden Äste ruhen, nieder, und Hebel c wird durch das aufschnellende Bäumchen weggerissen, an dem nun das Wild hängt (Fig. 2). Sitzt die Schlinge gut um den Lauf, so ist es kaum möglich, dass ein starker Hirsch den Strick zerreist, denn der Schnellbaum giebt jeder Flucht und jedem Rucke nach.

So fand ich einst die Überreste eines guten Hirsches in einer vernachlässigten oder vergessenen Schlinge; ein andermal bat mich ein Malaye, ein Wildschwein (Baly utan) abzufangen, das schon $1\frac{1}{2}$ Tage sich vergebens bemüht hatte, die lästigen Fesseln los zu werden. Es war ein kapitaler Keiler, der mich beim Herannahen mit wetzenden Gewehren und schäumendem Gebreche empfing. Ich gab ihm den „Fangschuss" und liess ihn durch Chinesen wegbringen, womit ich dem Malayen einen grossen Gefallen erwies, denn er als Islambekenner darf kein Schwein berühren. Demselben Malayen geriet auch ein Tiger in die Schlinge, was man an den Spuren in dieser und an den umstehenden Bäumen erkennen konnte, jedoch hatte er endlich den Strick abgeschnitten und sich „davongemacht". Durch diese Schlingen werden die Läufe der Gefangenen aber immer mehr oder weniger verletzt, und um das Wild, das verkauft werden soll, unbeschädigt zu erhalten, wendet der Eingeborene eine andere Falle an.

An den freigelassenen Durchgängen des Verhaues steckt er auf jeder Seite auf $^1/_2$ m Abstand 1 m hohes Holz in die Erde und verbindet beide oben mit einem dritten (y, Fig. 3). Dann schlägt er sich einen jungen Baum von 5 m Länge und Armesdicke, befestigt an einem Ende (x) einen nach unten geöffneten und im Halbkreise gebogenen Käfig von Meterlänge und stellt ihn unter die errichteten Hölzer.

Dicht daneben bringt er seine Konstruktion, wie in Fig. 1, an, nur bindet er unter das Klemmholz (d) auf 5 m Abstand ein Holz (e) fest (Fig. 4). Darauf wird ein Stock geschnitten, an (x) mit einem Rottanseil befestigt, über Querholz y gelegt und am anderen Ende niedergedrückt, so dass er als Hebel zum Aufziehen des Käfigs dient.

Ein dem Abstande von z nach c entsprechendes Rottanseil verbindet beide Punkte, und die Falle ist gestellt. Um nun den Käfig zum Fallen zu bringen, legt der Jäger um d ein dünnes Seil, das unter e und der Mitte der Falle hindurchführt, auf der andern Seite befestigt wird und durch leichtes Berühren veranlasst, dass das Klemmholz (d) nach unten gezogen, der Hebel c frei wird und der Fallkäfig über das durchziehende Stück fällt. Ausser den schon genannten Wildarten

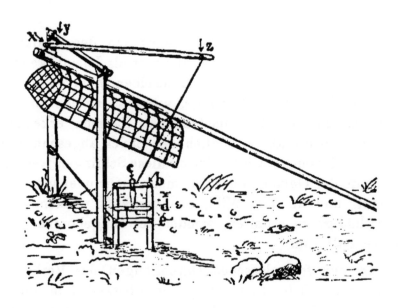

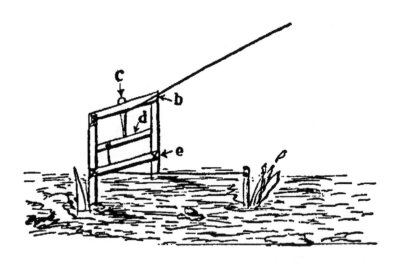

werden mit dieser Falle Waldhühner, Wildkatzen und Affen gefangen.

Um sich der Tauben, von denen es in Sumatras Wäldern wimmelt, zu bemächtigen, gebraucht der Malaye das „Getta", welches er, wie bereits geschildert, aus dem Walde gewinnt und einkocht. Aus Bambu schneidet er sich eine Menge Hölzer von Streichholzlänge und -Dicke, taucht sie in die Masse und bringt sie an jene Stellen an, die gewöhnlich von den Vögeln zur Nachtruhe aufgesucht werden. Die Tauben wählen sich hierzu gerne trockene Äste, die der Jäger mit seinen Leimstäben bespickt, indem er sie mit dem zugespitzten Ende in der Rinde aufrecht hinstellt, und zwar so leicht, dass sie bei geringster Berührung den Halt verlieren. Fallen nun gegen Abend die Ruhebedürftigen an, so kommen ihre Schwingen, die Brust und Füsse mit dem Leim in Berührung, verkleben sich durch ängstliches Flügelschlagen immer mehr, und die Vögel werden schliesslich eine Beute des in der Nähe lauernden Jägers. Dieser fängt mit denselben Leimstäben Erdtauben und Reisvögel in Mengen, wenn sie bei der Reisernte zu Tausenden die auf Matten zum Trocknen ausliegenden Körner „naschen". Rings um jene steckt er die Stäbe eng zusammen in den Boden, und sobald der arglose Vogel einen berührt, schleppt er ihn mit sich zwischen seine Genossen, auch diese anklebend, so dass alle ohne Mühe gefangen und in den Käfig gesteckt werden können. Im Gegensatze zu europäischen Tauben weist die malayische ein prachtvolles buntes Gefieder auf. Völlig grüne, mit roter (burung dara-Blutvogel) oder gelber Brust wechseln mit stahlblau gefärbten und bunt bebänderten ab. Leider eignet sich dieses prächtige Geflügel wegen seiner Scheu nicht zum Haustier und wird daher höchstens in Käfigen gehalten, um es nach Bedarf zu schlachten. Nur die einfache, auch in Europa vorkommende Weg-

oder Wandertaube (terkuku) wird vom Malayen gezähmt, und sie erfreut, ihn auf ihrem offenen Körbchen sitzend, durch ihr anhaltend liebliches Gurren bei seiner Hausarbeit. Sie und noch eine kleine unscheinbare Federwildart, die Wachtel (burung bujut), findet man fast in jeder malayischen Wohnung, denn auch ihr stellt der Bewohner des Landes eifrig nach. Aus diesem Grunde ist auch der stets schön und zierlich gearbeitete Wachtelkäfig zugleich mit einer Falle verbunden und begleitet den Malayen bei seinen Arbeiten in den Reisfeldern, woselbst er sie auf den Boden stellt, um sich ihrer bei den oft eintretenden Arbeitspausen zu bedienen.

Die Wachtel ist sehr streitsüchtig, und dies nutzt der Malaye aus, um sie in seine Gewalt zu bekommen. Das Männchen ruft durch seinen „brummenden" Ton einen Gegner, der sich auch bald stellt, zum Kampfe heraus und nun befehden sie sich so lange, bis einer von beiden mit zerzausten Federn am Boden liegen bleibt oder der klügere das „Feld räumt". Der Vogelfänger kann daher nur das Männchen in dem an der Falle befestigten Käfig (Fig. 5) gebrauchen. Nachdem das Fallnetz zum Eingang der Falle geöffnet ist, zieht er rechts und links von letzterem je einen Draht oder Faden (x), der durch ein an beiden Enden mit einem Loche versehenes, schweres, der Breite des Eingangs entsprechendes Hölzchen läuft, straff an, so dass dieses ohne Hemmung von oben nach unten bewegt werden kann, befestigt an ihm die eine Kante eines Netzes (y), das so breit und hoch, wie der Eingang ist, und die entgegengesetzte an der Decke des Käfigs. Um die Falle funktionieren zu lassen, hebt er das Hölzchen und mit ihm das Netz nach oben, nimmt einen Strohhalm oder eine Gerte (Z[1]) und stellt diese senkrecht unter das Netz, das nun auf der Stütze ruht. Soll die herbeigelockte Wachtel die Falle selbst schliessen, so kommt

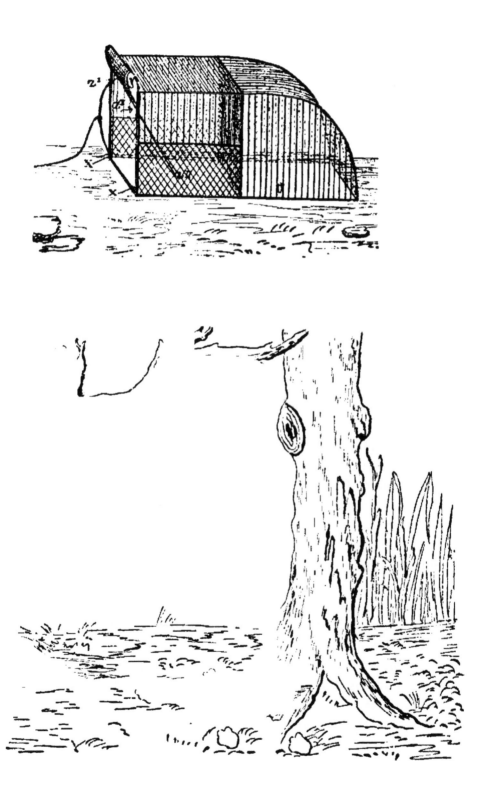

der Halm (Z²) mit dem unteren Ende in die Mitte und dicht an das Gitter, das Falle und Käfig trennt, und mit dem andern Ende wird er nur oberflächlich gegen das Fallholz gestemmt. Eine leichte Berührung des Halmes lässt ihn vom Fallholze, das im Fallen das Netz zuzieht, abgleiten, den Vogel hinter sich einschliessend.

Sehr oft besorgt der Malaye auch, zumal zur Zeit der Reisernte, die Arbeit des Zufallenlassens selbst; er bindet dann an die stützende Gerte (Z¹) einen langen Faden, hockt sich, seine Zigarette rauchend, auf einige Entfernung hin, und sobald der neue Kämpe die Wahlstatt betritt, zieht er den Stab weg, worauf das Netz niederfällt.

Die im Vorhergehenden beschriebenen Fallen dienen dem Eingeborenen, wie aus dem Geschilderten zu ersehen ist, nur zum Vervollständigen seiner Mahlzeiten, die sonst lediglich aus Fisch und Reis bestehen würden, und es bleibt mir noch zu erklären übrig, wie es der Inländer versteht, auch die ihm gefährlichen Raubtiere und Dickhäuter unschädlich zu machen. Von Natur hält sich der Malaye ziemlich gleichgültig gegen die ihn umgebenden Gefahren, und erst der Schaden, den er erleidet, bringt ihn zu dem Entschlusse, ihnen vorzubeugen.

Der Hunde und Ziegen raubende und das Haus beunruhigende Tiger muss erlegt werden, und auch hierfür weiss der Geängstigte Rat. Befindet er sich im Besitz eines Gewehres, so ist nur geringe Arbeit nötig, denn wie aus Figur 6 ersichtlich, bindet er auf dem Passe oder beim Kadaver des nachts vorher weggeschleppten Haustieres seitwärts das Gewehr an einen Baum und richtet dessen Lauf so über die betreffende Stelle, dass die Kugel beim Entladen etwa das Blatt der Katze treffen muss.

Das getroffene Stück verendet nicht immer sofort, doch kann der geübte Jäger leicht am Schweiss erkennen, ob die Wunde tödlich und eine Aufnahme der Spur von Nutzen ist oder nicht.

Um den Drücker am Gewehr abzuziehen, wird nach dem Kolben zu auf kurzen Abstand und auf der Erde der Stellapparat von Fig. 4 angebracht, der übliche Schnellbaum durch c festgehalten und mit dem Drücker durch einen etwas lose hängenden Strick verbunden.

Um den Baum wieder zum Schnellen zu bringen, wird, wie bei der zweiten beschriebenen Falle, ein Seil quer über den Platz, den der Tiger voraussichtlich passieren wird, gespannt, um das festgebundene Querholz (e) von unten herumgelegt und an dem lose liegenden Hemmholz (d) befestigt. Wird nun das gespannte Seil berührt, so schlägt der Baum zurück und drückt durch die jetzt straff gezogene mit dem Drücker verbundene Schnur das Gewehr ab. Ist die Gegend jedoch zu bebewohnt, und steht zu befürchten, dass ein Mensch des Weges kommen könnte, oder besitzt der betreffende Malaye kein Gewehr, so wird der Fang ungleich beschwerlicher, und um die Tigerfalle schnell und fest hinzustellen, muss er einige Tage seine ganze Kraft anwenden.

Aus starken, dicken Pfählen, welche 2—3 Fuss tief in den Boden gerammt werden und etwa 5 Fuss darüber emporragen, errichtet er eine Palissadierung von 3 Meter Länge und 1 Meter Breite im Viereck (Fig. 7) und lässt die eine Schmalseite für die Fallthür frei. 2 Meter von der Thür entfernt schlägt er innerhalb des Raumes wieder Pfähle in den Boden und schafft dadurch in der Falle 2 Abteilungen. Die hintere kleine ist für das Locktier, Hund, Schwein oder Ziege, bestimmt, während die vordere, grössere, den Tiger aufnehmen soll. Die Eckpfähle werden am Eingange besonders dick gewählt und auf der Innenseite mit Rinnen versehen, in denen die aus starken Brettern gezimmerte Thür laufen soll

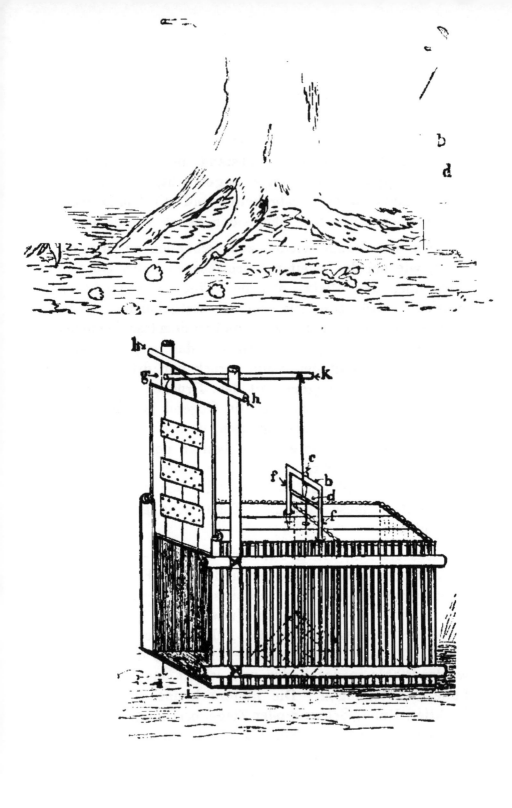

(Fig. 7). Hinter diesen stellt man auf beiden Seiten je 1 Pfahl von doppelter Fallenhöhe auf und verbindet ihn oben mit einem Querholz (hh). Die Falle wird nun mit schweren Hölzern zugedeckt, und diese werden fest miteinander verbunden; am Ende der Falle, dicht an der Schneidewand, bringt der Fallensteller den Stellapparat (Fig. 1) an, indem er die aufgelegten Hölzer entsprechend durchbohrt, die Seitenhölzer (ff) durchsteckt, und unterhalb durch einen Querstift befestigt. Nun wird die Thür eingesetzt, an den Kanten geglättet, hoch gehoben und durch eine Schleife, durch welche der Hebel (gk) geht, versehen; k wird niedergedrückt, durch eine Schnur mit c verbunden und auf die bekannte Methode festgehalten.

Danach flicht der Malaye ein Netz von etwa 2 Fuss im Quadrat, bringt es in schiefe Lage an die Scheidewand lehnend an, jedoch so, dass das Locktier nicht mit den Füssen daran stossen kann, führt ein am Netz befestigtes Seil durch den Spalt oder ein Loch nach Hemmholz d und bindet es hier ohne Spannung fest. Jetzt ist die Falle gestellt, und der Tiger muss, um zu der erhofften Beute zu gelangen, auf das Netz treten oder es sonstwie berühren, wodurch Hemmholz d und ebenso die Thür nach unten fällt, den Hebel gk weit fortschleudernd. Hat sich der Gefangene von seinem ersten Schreck erholt, so beginnt er unter wütendem Knurren an den festen Hölzern zu beissen, versucht auch wohl, die Pfähle umzureissen; doch die Falle ist fürsorglich so eng gebaut, dass seine volle Kraft gar nicht zur Geltung kommen kann. Um nun noch das Unterwühlen zu verhindern, vergräbt der Malaye Scherben in die Erde, an denen der Überlistete sich die Branken zerschneidet, worauf er sich nach einem letzten Wutgebrüll still in das Unvermeidliche ergiebt. Auch da noch, wo die Thüre beim Herunterfallen aufschlägt, macht der Malaye ein fusstiefes, schmales Loch, damit kein Spalt durch etwaiges Klemmen der Ruthe oder Unterschieben der Tatzen entstehe.

Wie mir in der Provinz „Perbaungan" mitgeteilt wurde, hat sich daselbst einmal ein Chinese beim Versuch, das im Käfig sitzende Schwein zu stehlen, gefangen genommen und konnte sich nicht befreien. Als die Fallensteller beim Erblicken der geschlossenen Falle mit ihren Waffen herbeieilten, um den erwarteten Tiger abzufangen, waren sie fast ebenso erstaunt, wie der Chinese erschreckt. Nichtsdestoweniger sollen sie den Dieb als Raubzeug behandelt haben, wenn auch mit umgekehrten Lanzen etc. Mit dieser Art Falle werden die meisten Tiger auf Sumatra gefangen und dann in derselben mit Leichtigkeit erlegt.

Die unendliche Schwierigkeit, einen Tiger im Freien zu erlegen, besonders auf Sumatra, ist einfach in der unglaublich üppigen Vegetation begründet; denn das vom Urwald befreite, zum Bebauen nutzbar gemachte Revier ist, nachdem es abgeerntet, in aller kürzester Frist, etwa einem Jahre, wieder zum dichtesten „Dschungel" umgewandelt und bietet dem Tiger völlige Sicherheit. Finden nicht Samen von Waldbäumen Zeit und durch den Wind Gelegenheit, auf solch kultivierten Strecken schnell Wurzeln zu fassen, so ist das Land unrettbar dem „Lalanggras" zum Opfer gefallen, da dessen geflügelte Samenkörner vom Winde überall hingetragen werden, sogleich zu keimen und zu schiessen beginnen und jedes andere Gewächs unterdrücken. Das Land, von den Margrovenwaldungen der Küste an bis hinauf zu den kahlen hohen Gebirgen, ist vom dichtesten Urwalde bedeckt, und nur das momentan in Kultur befindliche frei. Alles übrige sind früher bebaute, jetzt weite, weite Lalangstrecken, die, mit der Kultur vorwärtsschreitend, in erschreckender Weise immer mehr an Terrain gewinnen. Das niedere Flachland der Ostküste, das fast durchweg dem Tabaksbau anheimfiel,

hat kaum noch etwas an den imposanten Urwald mit
seinen gigantischen Bäumen und Lianen Erinnern-
des, der in alter Erhabenheit und Ruhe erst wieder
auf den Hügeln und den sich bis in das Gebirge hinauf-
ziehenden Bergen beginnt. Doch nicht dieser jungfräu-
liche Wald ist es, der den „Schrecken der Tropen"
fesselt, sondern die von Sauen und Hirschen belebten
trostlosen „Lalangstrecken", welche sich, wie aus·Vor-
stehendem leicht ersichtlich, immer in der Nähe der
menschlichen Ansiedelungen ausdehnen und nur hier
und da durch einzelne Baumgruppen, wie kleine, abge-
schlossene Waldungen unterbrochen werden, die, meist
sumpfig und dadurch der Kultur entgangen, entschieden
der bevorzugteste Stand des Tigers sind; denn hier
findet er·Frass und Schutz, der noch durch die grün-
gelb-schwärzliche Färbung des übermanneshohen „Lalanggrases" begünstigt wird.

Der Tiger des Urwaldes, in dem er nicht allzu
häufig angetroffen wird, ist im Verhältnis zu jenem,
der im Lalang sein heimliches und gefährliches Räuber-
leben führt, fast feige zu nennen, und das hat wiederum
unzweifelhaft seinen Grund darin, dass er eben weniger
mit dem Menschen in Berührung kommt, während der
letztere bald Geschmack und Wohlgefallen an dem
Herrn der Schöpfung findet, der ihm nur dann im-
ponieren kann, wenn er ein Erzeugnis seines Wissens,
eine Waffe, bei sich führt und sie zu gebrauchen versteht; denn in seinen sonstigen Sinnen, wie Geruch und
Gehör, ist der Mensch solchen Feinden gegenüber doch
nur ein erbärmliches Wesen. Und da es nun leider in
jenen heissen Gegenden, speziell in der Provinz „Langkat", nur sehr wenige wirklich begeisterte Anhänger
Dianens giebt, die freudig jede Anstrengung auf sich
nehmen, um das edle, so nahe gelegte Weidwerk aus-
zuüben, anstatt, wie viele, auf dem langen bequemen
Rottanstuhl zu liegen und Bittertjes zu trinken, so wäre

es einfach lächerlich, zu behaupten, der Tiger sei in jenen Gegenden im Aussterben begriffen! Im Gegenteil, er hält in seiner Vermehrung und „Unverfrorenheit" mit der Kultur gleichen Schritt und je schneller sich diese ausbreitet und hierdurch sein eigentliches Element und seine Jagdgründe erweitert, so lange es ferner nicht möglich ist, begünstigt durch Terrain und Geldaufwand, im grossen Maassstabe Treibjagden unter Zuhilfenahme von Elephanten abzuhalten, so lange wird der Tiger sicher sein Feld behaupten; denn nur eine verschwindende Zahl geht in die Falle, und eine viel geringere wird durch die Kugel im Freien erreicht.

Das Rhinoceros (Radak) hat im allgemeinen von den Malayen wenig zu befürchten und wird auch nur von „wirklichen" Jägern mit dem Gewehre seiner Hörner wegen erlegt, da diese in der malayischen und chinesischen Medizin-Schwindelei eine grosse Rolle spielen. In den Gegenden jedoch, in denen es noch starkzählig steht, vom Besitan- bis zum Batang-Serangan-Flusse, giebt es auch noch Leute, die ihm ohne Feuerwaffe beizukommen wissen. So zeigte mir ein Malaye in der Nähe des Lepan-Flusses die Fall-Lanze, die an einem Baume hing, unter dessen Schatten der ganze Boden mit Nashorn-Fährten bedeckt war, und überall da, wo ich diese Bäume mit Früchten (von den Eingeborenen bua kuya genannt) sah, spürte ich auch den Dickhäuter.

Die Konstruktion dieser Falle (Fig. 8) ist, wie aus der Zeichnung ersichtlich, dieselbe wie beim Selbstschuss (Fig. 6), nur dass hier die Lanze von oben herab in den Hals oder Rücken des Wildes fällt. Als Spitze gebrauchen die Jäger gerne die sodok, ein Eisengerät, das sie auch zum Graben der Löcher für die Pfähle ihrer Häuser benötigen, schleifen die stumpfe Spitze ein wenig an und beschweren den Schaft mit

Erde, die, von Blättern umhüllt, an diesem befestigt wird. Das fusslange Eisen dringt fast bis zum Schaft in die Haut, welche beim Sumatra-Nashorn bei weitem nicht so dick ist, wie bei seinem festländischen indischen Verwandten, denn jedes spitze Messer dringt beim festen Stosse bis zum Griff ein.

Das verwundete, wenn nicht gleich tödlich getroffene Stück eilt vorwärts und durch die Bewegung dringt das Eisen immer tiefer in den Leib, bis es edlere Teile trifft und das Wild zusammenbricht.

Der Malaye, mit Messer (Parang) und Lanze (tumbak) bewaffnet, folgt seiner Fährte durch Sümpfe und dornigen Urwald, bis er es verendet findet, um sich in den Besitz der Hörner zu setzen, die ihm im Handel mit Silber-Dollars aufgewogen werden.

Noch weniger als der genannte Dickhäuter hat der „Riese der Wälder" von Eingeborenen zu fürchten und nur wenn er auf seinen alljährlichen Streifereien die Reisfelder der Inländer besucht und auf allerdings erschreckende Weise in ihnen haust, versucht es der Malaye, ihn durch Schreckgespenster, ähnlich unseren Vogelscheuchen, zu verjagen. Jedoch helfen auch diese meist nur eine Nacht, ·und wenn nicht Feuer unterhalten werden und fortdauernder Lärm herrscht, so sieht er am zweiten Morgen schon auf weite Entfernung, dass die Elefanten ein gründliches Mahl gehalten haben.

Auf Boeloe Telang Estate, einer nun geschlossenen Tabaksplantage, war es, wo ich dieses beobachten konnte und auf malayische Art eine Elefantengrube anlegen liess. Die Herde nahm, aus dem Walde auf die Felder tretend, immer denselben Wechsel, und hier rieten die Malayen, die Grube auszuheben. Acht Mann mussten angestrengt arbeiten, um sie bis zum Abend fertig zu stellen, · denn sie wurde 3 Meter tief, oben

2 Meter und unten 1 Meter breit, dabei 4 Meter lang und die ausgeschaufelte Erde sorgfältig fortgetragen und zerstreut. Darauf wurde die Öffnung mit armdicken Hölzern bedeckt und schön und regelmässig mit hochstehendem Reis, den man mit der Erde in Vierecken ausgestochen hatte, bepflanzt. Dieses schnell entstandene kleine Reisfeld ging so unmerklich in das grosse über, dass selbst für ein Menschenauge kein Unterschied bemerkbar war.

Abends fiel starker Regen, und die Elefanten waren sicher zu erwarten. Früh am andern Tage sandte ich einen Mann nach der Grube, um nach dem Erfolg zu sehen. Er kam mit der Meldung zurück, dass die Elefanten ihren gewohnten Wechsel eingehalten hätten, unsere Anlage jedoch unversehrt sei. Da mir dies unwahrscheinlich schien, machte ich mich selbst auf den Weg. Mit erstaunenswerter Klugheit hatten es die Tiere verstanden, unsere Falle zu umgehen. Der Leitelefant war bis dicht vor die Grube getreten, dann spürte ich ihn auf der linken Seite, hierauf jenseits und geradeaus in die Felder. Also war er genau am äussersten Rande entlang gezogen und etwa 6 andere waren seinen Fährten gefolgt. War beim ersten Tritt dicht an der Grube vielleicht ein wenig Erde in das Wasser, das nach dem Regen die Höhlung angefüllt hatte, gefallen, und hatte dies der Leitelefant vermerkt, oder konnte er das Wasser unter der Erdschicht wittern? Jedenfalls ein hoher Beweis seiner Schlauheit, die fast die des Menschen übertraf, denn als ich, verstimmt durch diesen Misserfolg, einen sachverständigen Malayen zur Stelle rufen liess, wäre dieser beinahe in die Ausschachtung gefallen, wenn ihn mein warnender Zuruf nicht zurückgehalten hätte; erst durch Einsenken eines Stockes in die trügerische Decke wurde er vom Vorhandensein der Fallgrube überzeugt.

Herbeikommen von Haar- und Federwild auf die Klagelaute seiner Artgenossen.

Schon oft hatte ich gehört, dass die Malayen, statt das Wild im Urwalde aufzusuchen, sich eines lächerlich einfachen Mittels bedienen sollten, um es heranzulocken. Ein ungläubiges Kopfschütteln war meinerseits stets die Antwort auf derartige mir gewordene Erzählungen von Jagdresultaten, die auf solche Weise erzielt worden seien. Der Malaye, ein Feind jedweder Anstrengung, dazu völlig mit den Eigenschaften der ihn umgebenden Tierwelt vertraut, baut auf die Neugierde, welche ja alles Wild — einmal mehr, einmal weniger — beherrscht. Um diese zu erregen und zugleich um das Wild nicht zu erschrecken, hat sich der inländische Jäger — und, wie ich später sah, mit Recht — gesagt, dass er ein wenig lautes und dem Wilde völlig fremdes Geräusch verursachen müsse, und dies ist ihm mit der wunderwirkenden „Blättertrommel" auch gelungen, die einzig und allein aus zwei abgerissenen grossen Blättern und einer kleinen schwankenden Gerte besteht. Die Blätter legt der Jäger — Rücken auf Rücken -- in hockender Stellung auf sein linkes Knie und schlägt nun mit der Gerte in unregelmässigen Pausen und Takten auf ihnen herum. Ein solches Geräusch existiert eben im Walde nicht, ja, nicht einmal im Urwalde, und das Fremde des Lautes ist es, was die Neugierde des Wildes erweckt. Ist solches überhaupt in Hörnähe und hat der Jäger günstigen Wind, so kann er mit Bestimmtheit darauf rechnen, zum Schuss zu kommen.

Unter all den unzähligen Wildarten Sumatras sind es hauptsächlich die vielen Arten der Nashornvögel, die auf das Trommeln oft in Schwärmen herbeifliegen, sowie der Hirsch, und von dieser Gattung wiederum der Zwerghirsch (Kantjil oder Blanduk) und der Muntjak oder Kidjang, welche dem Rufe alsbald folgen. Nach

verschiedenen (wie so oft) resultatlosen Birschgängen
versuchte auch ich dieses einfache Mittel mehrfach und
hatte schon das erste Mal, und zwar innerhalb weniger
Minuten von ein und demselben Stande aus, das Glück,
einen Kantjilbock und drei Nashornvögel der kleineren
Art (mit dem charakteristischen weissen Schnabel) zu
erlegen. Meinen ersten Ajam Blajan, einen stolzen
Hahn, verdanke ich gleichfalls der „Blättertrommel",
während die Henne im Volldampf meiner Büchsflinte,
Wolken von Federn hinterlassend, abstrich und im
Dickicht verschwand. Auf einem weiteren Birschgange
schoss ich einen grossen Nashornvogel der gewöhnlichen
Art mit dem bezeichnenden ungeheuren Schnabel. Derselbe fiel, markdurchdringende, unglaublich laute Schreie
ausstossend, zu Boden, und während ich beschäftigt
war, den fortwährend nach mir gerichteten wütenden
Schnabelhieben auszuweichen, kam ein zweiter unter
lautem Geschrei von weither durch die dichten Baumkronen hernieder auf mich zugestossen in der schein-
baren Absicht, seinen Stammgenossen gegen mich zu
verteidigen. Ein Schrotschuss aus nächster Nähe endigte
seine Angriffe. Bemerken möchte ich hierzu noch, dass
sich der Nashornvogel im allgemeinen im tiefen Walde
äusserst scheu verhält und nur in der Nähe menschlicher Behausungen sein Wesen um weniges ändert, —
genau so, wie sich die Krähe, die ich auch im fernen
Sumatra antraf, hierzulande zum Waidmann und Jäger
im Gegensatze zum Landmann verhält. Solche Fälle,
in denen der eine dem anderen scheinbar zu Hilfe eilen
wollte, habe ich in der Vogelwelt Sumatras öfter beobachtet, bei Säugetieren dagegen weniger. Einst, als
ich, ermüdet von einer Jagd, mich auf einen um-
gestürzten Baumriesen zur Ruhe setzte, um zugleich
den Blutegeln auszuweichen, bemerkte ich plötzlich
ein durch die liegende Krone desselben dahinziehendes
Alttier des Samburhirsches (dort einfach mit dem all-

gemeinen Namen „Russa" — Hirsch — bezeichnet).
Der Klagelaut dieses Stückes mischte sich mit dem
Echo meiner Büchse und führte einen in weiten Fluchten
auf mich zuhaltenden Spiesshirsch in meine Nähe, der
jedoch, ehe ich die Patronen wechseln konnte, bei
meinem Anblick wieder im Dickicht verschwand, weithin hörbar seine markigen, schmälenden Schreie, besser
gesagt, Pfiff, ausstossend.

Ausser diesen Lockmitteln kennt der malayische
Jäger deren noch weitere, und der malayische, mit Erlaubnis zu sagen, „Hirschgerechte", zieht selten zur
Hirschjagd aus, ohne eine andere Art Locke, bestimmt
für den Hirsch oder das Kalb, bei sich zu führen. Es
ist dieses ein Bambusröhrchen, vermittelst dessen er
den Fiepruf des Kalbes nachahmt. Diese Locke soll
dem Jäger nicht allein das Kalb sondern auch den
Hirsch schnell in schussgerechte Nähe bringen, wie
mich erfahrene malayische Jäger des öfteren versicherten.
Ich selbst habe diese Locke des Interesses halber verschiedene Male versucht, jedoch stets mit Misserfolg,
und ich kann in diesem Falle leider nicht aus eigener
Erfahrung, wenn auch mit vollem Glauben an die Sache,
reden. Mir fehlte vielleicht die nötige Ruhe, die der
Malaye, der absolut keine Zeit kennt, in verblüffendem
Maasse besitzt. Ja, ich glaube sogar nachstehende
„Jagdgeschichte", die einem wahrheitsliebenden Malayen
einst auf einer solchen Jagd begegnete. Schon nach
den ersten Fieptönen auf seiner Bambuspfeife vernahm
er das vorsichtige Heranschleichen eines Stückes Wild.
In froher Hoffnung hielt er seine mit — — — Eisen-
stücken geladene Flinte schussbereit, um diese Ladung dém
erscheinenden Hirsch auf den ersten sichtbar werdenden
Fleck zu jagen. Zagend entlockte er dem Röhrchen
einen weiteren Laut, als sich — wenige Schritte vor
ihm — die mordgierig glühenden Seher eines Ungeheuers,
des Scheusals der Tropen, eines Tigers auf ihn richteten.

(Leider, leider, war mir selbst dieses Waidmannsheil auf so kurze Distance nie beschieden!) Das Gewehr, das jedem Geräusche gefolgt, „ging los", und der Malaye sah es nicht eher wieder, als bis er — stöhnend und schweisstriefend — in seinem Kampong (Dorf) angelangt war und einige beherzte Leute mit Lanzen und Messern aufgegabelt hatte, die ihm seine Flinte zurückerobern helfen sollten. Und sie fanden nicht nur diese, sondern dicht neben ihr den verendeten Tiger, ihren Todfeind, dem die „Eisenladung" per Zufall in den Schädel gedrungen war. Na, den Triumphzug des nun stolz in sein Dorf zurückkehrenden Schützen, die gerettete Flinte auf der eigenen, den Tiger auf den Schultern der anderen, kann sich ein jeder der verehrten Leser wohl selbst ausmalen.

Blasrohrjagd auf Affen.

Eine ebenso hinterlistige und raffinierte Jagdmethode betreibt der in den Bergen Sumatras hausende, noch heut zu Tage dem Kannibalismus fröhnende „Battak", sowie die an denselben anstossenden malayischen Stämme der Gajoe und Allass.

Die Waffe, deren sich dieselben zur Jagd bedienen, ist ein unscheinbares „Blasrohr" (letab), aus dem sie ihre gleich dem Giftzahn der Schlange zwar nur winzigen, aber furchtbaren Geschosse entsenden, die den sicheren Tod in sich bergen.

Das Blasrohr ist etwa 2 m lang und wird aus sorgfältig durchlöcherten, geglätteten, meist aus mehreren gleichstarken und genau in einander gepassten Bambusstücken hergestellt. Dieses glatte Rohr wird wegen seiner leichten Verletzlichkeit noch mit einer 2teiligen, aus dem jungen Stamme der Pinang- oder auch der Arekapalme bestehenden Holzröhre umgeben. Meist vom Mundstück bis zur Mündung nur mit glattem

Rottan umwickelt, oft auch mit Zierrat, Schnitzereien, Haaren oder Metallringen versehen, bildet dieses Rohr eine Lieblings-Jagdwaffe genannten Volksstammes, welche auch von den an sie grenzenden malayischen Jägern oft angenommen und gern geführt wird.

Die Pfeile (dauen), die dieser Waffe als Geschoss dienen, werden ebenfalls aus Bambus gefertigt und haben, nachdem sie rund geglättet und scharf angespitzt sind, inkl. Spitze etwa 27 cm Länge bei einem Maximaldurchmesser von 3 mm. Die Spitze dieses Pfeiles ist etwa 4 cm lang und wird am Beginn des Schaftes zur Hälfte seiner Stärke eingekerbt, um ein Abbrechen der Spitze beim Eindringen in den Körper des Wildes nach Möglichkeit zu erleichtern. Am andern Ende ist der Schaft mit dem Messer spiralförmig umringelt, so dass sich eine rauhe Stelle bildet, um welche vor dem Schuss Baumwolle (Kapock), die als Pfropfen dient, gewickelt wird.

Die Pfeile werden nun mit der Spitze in das berüchtigte „Ipugift" getaucht. Dieses besteht aus dem Safte des „Ringgas" oder „Upasbaumes", der mit rotem oder schwarzem Pfeffer, den Wurzeln des Ingwer (aliea) und der einer breitblätterigen Sumpfpflanze (Langé) gemischt und zu einem dickflüssigen Brei eingekocht wird. Nachdem die Spitzen mehrere Stunden in diesem Brei gestanden haben, werden sie an der Sonne getrocknet und behalten so Jahre hindurch ihre tödliche Wirkung. Den Köcher zu diesen harmlos aussehenden und doch so gefährlichen Geschossen bildet wiederum ein Stück Bambu, das im Gürtel des eingeborenen Jägers seinen ständigen Platz findet.

Das bedauernswerte Wild, dem all diese Vorbereitungen gelten, sind einzig und allein die Affen, und unter ihnen der Ua-Ua (Hylobates agilis), der Siamang (Hylobates syndactylus) oder Imbau und der Orang Utan.

Der Grund, nur Affen und vor allem die Imbans
mit dieser scheusslichen Waffe zu erlegen, ist wohl
weniger darauf zurückzuführen, dass der Battacker
durch die Gestalt des gestreiften Wildes an die kanniba-
lischen Genüsse seiner Vorväter erinnert wird, als vielmehr darin, dass von allem Wilde einzig und allein
eben der Affe dem Blasrohrjäger die Gelegenheit giebt,
die allmähliche Wirkung seines Schusses zu beobachten;
denn andere Wildarten, wie Vögel oder Hirsche, würden
nach Empfang des Geschosses sich sofort durch die
Flucht dem Auge des Jägers entziehen und für ihn
verloren sein.

Das weithin hallende Gebrüll einer Siamangherde
weist dem Battackblasrohr-Jäger seinen Weg. — Er
schleicht sich nun bis in möglichste Nähe an die Affen
heran, was ihm auch meist unschwer gelingt, denn sie
haben im allgemeinen wenig von dem Menschen zu
befürchten, ja ihre Neugier treibt sie sogar oft dazu,
sich dem Jäger zu nähern und — somit dem Tode
entgegenzugehen.

Auf Schussweite, etwa 30—40 Schritte, heran-
gekommen, entsendet der Jäger seinen ersten Pfeil nach
dem stärksten Stücke, also meist nach dem „Häuptling"
oder Leitaffen, der, wenn der Pfeil traf, mit — — —
nun ja, mit eben „affenähnlicher Geschwindigkeit" nach
der Körperstelle greift, in die der Pfeil eingedrungen,
um ihn herauszureissen, was ihm jedoch selten gelingt,
da in den meisten Fällen die Spitze im Fleisch abbricht
und stecken bleibt. Ein zweiter, schnell darauf folgender
Pfeil veranlasst das, ohne dass es dies ahnt, schon längst
tödlich getroffene Wild vielleicht nur dazu, einige Meter
höher ins Gezweig zu klimmen, um nun, ob dieser
Störung erbost, den Jäger verdutzt anzuglotzen. Bald
jedoch beginnt das Gift zu wirken, und nun merkt der
Getroffene, dass er sich nicht nur an einem Dorn verletzt hat, sondern er fühlt seine Kräfte schwinden und

zieht seine Schlüsse auf den Jäger. Zunächst erfolgen einige weite, verzweiflungsvolle Sprünge; — bald jedoch werden die Muskeln schlaff, einige stöhnende Klage-laute verkünden das nahe Ende des Affen, und mit ausgebreiteten, steifen Gliedern stürzt er zu Boden. Nun springt der Battacker hinzu und giebt seinem Opfer mit dem Parang unter dem Jammergeschrei der ver-waisten Affenherde „den letzten Rest“, streift und zerlegt ihn und bringt den abschreckend aussehenden Braten in seine Hütte, woselbst er von Weibern und Kindern unter fröhlichem Jauchzen begrüsst und nach kurzer Zubereitung gierig verschlungen wird.

Eine schädliche Wirkung durch den Genuss des durch vergiftete Pfeile erlegten Wildbrets scheint der Battacker nicht im geringsten zu empfinden, und es geht daraus hervor, dass das Ipoegift in solch geringer Menge nur bei direktem Eindringen in das Blut von tödlicher Wirkung ist.

Ebenso wie der Malaye ein geriebener, mit allen Schlichen vertrauter Jäger, bezw. Fallensteller ist, so ist er auch im Fischfang, sei es an der Küste oder im Binnen-land, im kleinsten Gerinnsel oder mächtigen Strom, ausserordentlich erfahren und geschickt und kehrt nie mit leerem Fischkorb heim. Er jagt die Fische mit den Reusen und Bungen, mit Wurf- und Schleifnetz, mit Angel und der Harpune vom schwanken Sampan (Einbaum) bei Tag und mit Fackelbeleuchtung des Nachts und deckt damit seinen Hausbedarf.

Will er aber einen Hauptschlager machen und seinen Haushalt für Monate hinaus versorgen, um den zu seiner Mahlzeit unbedingt nötigen Ikan-Kring (ge-trockneter gesalzener Fisch) zu haben, so greift der Malaye zu einem ungleich sicherer wirkenden Mittel, dem massenmordenden „Tuba“. Das Tuba ist der Saft gleichnamiger Giftpflanze, welche als Rankengewächs in Sumatra wächst und in Enden zerstückt und gebündelt (ähnlich unserer Schwarzwurzel) auf dem malayischen Passar (d. i. Markt) gehandelt wird. Dieses Gift hat die Eigenschaft, dass es, zerstampft und ins Wasser geworfen, dasselbe derart durchsetzt, dass alle Fische, die sich in seinem Bereich befinden, betäubt werden und an der Oberfläche treiben. Je nach der Grösse des Flusses oder Stromes wird das Quantum Tuba bemessen und an geeigneter Stelle in denselben geschüttet; weit unterhalb warten die Fischjäger in Booten, mit Speeren und Mattenkörben bewaffnet, lauern auf das Auftauchen der Fische, spiessen und fischen dieselben auf und schleudern sie in die Boote, die oft vollständig mit der Beute gefüllt sind. Wenn nach Überschwemmungen das Wasser zurücktritt und nur in alten, vom Fluss im Lauf der Zeit verlassenen toten Armen, den „Sungei mati" stagniert, dann entgeht dem Malayen kaum einer der hier zurückgebliebenen, vom Flusslauf abgeschnittenen Fische und alle gehen zu Grunde, während sich im offenen fliessenden Gewässer die nur betäubten Fische, durch das nachströmende frische Wasser bald wieder erholen, der Fortpflanzung erhalten und einem späteren Fischzug im Grossen vorbehalten bleiben.

Kehrt der Malaye nun mit Beute beladen nach Haus in seine Hütte zurück, so wird er von Weibern und Kindern umringt, das Wild oder die Fische abgestreift oder geschuppt, zerlegt und konserviert. Diese sowie überhaupt jede länger währende Arbeit, die von Frauen verrichtet werden kann, überlässt der Malaye gern seinem Anhang, zumal den älteren Weibern und erwachsenen Kindern, während er sich mit seiner jungen Lieblingsfrau und den kleinen Kindern einem süssen Nichtsthun, Liebeständeleien und Zigarettenrauchen hingiebt oder kühn, in bunt möglichstem Sarong gehüllt (das allgemein übliche Gewand für den Unterkörper), den Kriss oder das Parang im Gürtel, in malerischer Pose einherstolziert oder, vor seiner Hütte sitzend, auf der Ziehharmonika seine melodischen Weisen ertönen lässt, während sich seine Schöne im bunten enganschmiegenden Sarong und den „Slendang" (Shawl) über die Schulter drapierend und lüftend im rythmischen Tanze singend bewegt und durch Gesten und sprühendes Feuer der nachtdunklen Augen zu immer leidenschaftlieherem Tempo animiert. Es ist dies kein dahinstürmender Tanz der Füsse und Beine wie bei uns, es ist ein Tanz des ganzen geschmeidigen Körpers, ein Biegen und Wenden, ein Zucken der Arme und Hände, ein Wiegen der Hüfte und der ganzen Muskulatur, ein absichtliches Zurschautragen oder Ahnenlassen, ein stummes, doch beredtes Spiel des Werbens, Verlangens und Gebens, und diesem Werben entzieht sich der Spieler nicht, immer glühender, durstiger schiessen die Blicke, immer wilder wird Tanz, Gesang und Begleitung, die plötzlich schrill unterbricht . . . . . . und der Sternenhimmel der Tropen flimmert hellleuchtend über der Hütte, darinnen das Glück sich birgt, während der Schrei des Tigers weithin die Nacht durchgellt.

Die malayischen Frauen, zumal die jungen, sind meist überaus zierliche, schlanke, geschmeidige Gestalten, welche viel Wert auf Kleidung, Schmuck, Gang und Bewegung legen. Sie lieben den Putz und Jasminduft, hüllen ihre schlanken Glieder und den Kopf lieber in bunte Seidentücher als in gedrucktes Linnen und verschmähen es nicht, ihre etwas dunkle Hautfarbe durch Auflegen von Reispuder zu verschönern, wodurch ihre Augen noch dunkler hervortreten und ihren Lippen ein helleres Rot verliehen wird.

Die junge Schöne ziert an Festtagen ihr rabenschwarzes Haar mit Jasminblüten, Gold- und Silbernadeln und trägt ihren gesamten Gold- und Silberschmuck, in vielen Finger- und schweren Armringen und Hüftengürteln bestehend, zur Schau.

Die meisten Ersparnisse werden von ihnen in reinen, schweren Goldringen für Finger, Arme, Ohrgehänge und auch Fussgelenke angelegt, behalten so ihren Wert und sind am sichersten vor Diebstahl bewahrt. Bereits kleine Kinder tragen häufig diesen Schmuck, z. B. auch Gold- und Silberherzchen, an einem Bindfaden um die Hüfte befestigt, vor ihrem dicken Reisbäuchlein, ohne sonst irgend ein Kleidungsstück zu besitzen. — Die Säuglinge werden in entsprechend geschlungenem Sarong beim Säugen nach vorn an der Brust und sonst auf dem Rücken getragen und wechseln nach den ersten Monaten diesen Platz mit den Hüften der Mutter, indem sie, vom Sarong gehalten, rittlinks auf einer derselben sitzen. Bis zum Alter von 6 Jahren wachsen sie frei und meist unbekleidet auf und bieten mit ihren Reisbäuchlein einen drolligen Anblick; nur kleine Mädchen tragen manchmal vorbeschriebenen Schmuck, anstatt des Feigenblattes ihrer Stammmutter und reizen die Mundwinkel des Europäers. Nur bei kälteren Regentagen drapieren sich auch diese kleinen, braunen Helden mit dem Sarong, in welchen sie sich einhüllen und ein höchst malerisch komisches Motiv bieten. Fast alle jüngeren Leute, Frauen, Mädchen und Kinder, rauchen selbstgefertigte Zigarretten, während die Eltern mehr den Siri und Betel kauen, und dadurch dem Auge des Europäers einen widerlichen Anblick gewähren. Zum Betelkauen gehören 5 verschiedene Teile, die alle gesondert für sich in reizend gearbeiteten Messing- oder Kupferdöschen sorgfältig aufbewahrt werden. Es sind dies Stückchen der Betelnuss, einer Frucht der Penang- oder Arekapalme, welcher weisser Kalk, gelber Gambir und feingeschnittener Zigarrettentabak beigefügt und gemengt wird. Dies alles wird in das Blatt der Siripflanze eingewickelt, in den Mund geschoben und ebenso wie der Kautabak mit den Zähnen weiterbearbeitet. Bei all diesem ist nun gerade nichts sonder-

lich Widerwärtiges zu finden, und das Abscheuliche ist
nur, dass das Sirikauen den Speichel blutrot und die
Zähne mit der Zeit vollständig schwarz färbt. Da die
Speichelbildung durch die Betelnuss sehr gefördert
wird, so ist der Betelkauer fortwährend gezwungen zu
spucken, und sieht man überall in der Nähe derer
Wohnungen und auch sonst auf den Strassen und
Wegen diese widerwärtigen Flecke, so dass man sich
erst sehr daran gewöhnt haben muss, um nicht zu
glauben, nur von Schwindsüchtigen und Lungenkranken
umgeben zu sein. Die Arbeit des Mannes, der klingende
Münze in Gestalt von Silberdollars verdienen will, besteht ausser den beim Pflanzer zu verrichtenden bereits
geschilderten Arbeiten, wie da sind: Wald- und Schneisen-
schlagen, Scheunen, Wohnhäuser und Stallgebäude zu
errichten, Hölzer für die Trockenscheunen, Rottan und
Bambu aus dem Busch zu holen, im Kahuban,
„Getta-“ (d. i. Gummi) suchen, Kokosanpflanz und
dem Verkauf deren Früchte, Mergah (d. h. Palmwein) aus der Arengpalme zu zapfen, den Bast
derselben zu Stricken zu drehen oder auch nur zur
Bedachung der Häuser, ebenso wie den Attap, zu ver-
wenden, Körbe, Reusen und Matten zu flechten, Käfige
und Fallen zu bauen, Hühner zum Verkauf zu züchten,
alles Arbeiten, denen sich der auf den Plantagen an-
gesiedelte Malaye senang scali (d. h. so recht in Gemütsruhe) in den kühlen Tagesstunden, nämlich früh am
Morgen und abends, unterzieht. Die Frauen bereiten
das „Dengdeng“, an der Sonne getrocknetes und scharf
gewürztes Wildpret, vom Hirsch, den „Ikan-kring“, indem sie die Fische ausschlachten und stark gesalzen,
auf Matten ausgebreitet in der Glut der Mittagsonne
dörren, sie ernten den gereiften Reis, den Paddi, indem sie
die Ähren abschneiden und durch Schwingen in Körben die
Körner mit der Hülse, den Gaba-gaba, gewinnen, diesen
wieder auf Matten den Sonnenstrahlen aussetzen und

den geschätzten weissen Reis, den Brass, und durch Kochen dieses endlich in „Nassi" zum Essen verwandeln, denn der Malaye hat für jede Stufe, die der Reis durchmacht, eine besondere Bezeichnung. In sauber ausgehöhlten Stämmen wird der Nassi zum Brotbacken durch Stampfen mit polierten Rundhölzern zu Mehl verarbeitet, welche Beschäftigung die Frauen und Mädchen, wie auch mancherlei andere Arbeit, durch gemeinschaftliches Singen begleiten. Aus bunten, bedruckten oder seidenen bestickten Tüchern nähen die Frauen die Kleider für den Haushalt, und ich entsinne mich, selbst eine Nähmaschine in der geschickten fleissigen Hand einer Malayin gesehen zu haben. Doch trotz der vielen Arbeit, die der malayischen Frau zufällt, findet auch sie genügend Zeit zu promenieren, sich wiegenden Gangs mit gespanntem Pajong aus Papier oder womöglich seidenem europäischen Sonnenschirm auf der Plantagenstrasse zu bewegen oder in den „Kadehs" Einkäufe zu besorgen. Auch sie neigt entschieden zur Koketterie, die sie jedoch nicht allzusehr ausdehnen darf, denn der Malaye, zumal der Jungverheiratete, überwacht sie mit eifersüchtigen Argusblicken und der ihn stets begleitende Kriss sitzt locker in der Scheide.

Unter den malayischen Männern fallen vielfach solche auf, welche einen weissen Turban auf dem rabenschwarzen Haar tragen, und sind dieses die Priester, „Hadji", d. h. Muhamedaner, welche, der Glaubensvorschrift treu, an das Grab des Propheten nach Mekka gewallfahrt sind und dort ihre Gebete verrichtet haben. Sie erhalten hierfür einen Beglaubigungsbrief und damit zugleich den Ehrennamen eines Hadji, als solche ihnen besondere Ehrenrechte zustehen.

Da nun aber immerhin Wenigen das Glück zu teil wird, so viel Barmittel zu erschwingen, um diese kostspielige Reise unternehmen zu können, sie aber trotzdem gern einige Dollar daran wenden würden, einen solchen

Hadjibrief zu erringen, wenn auch in solchem Falle
nur, um ihrer Eitelkeit zu genügen, so haben es die
Geriebensten unter den Mekkapilgern verstanden, hieraus
Kapital zu schlagen. Es ist wohl leicht zu verstehen,
dass auf diesen grossen Pilgerfahrten, die oft unter den
grössten Entbehrungen und Strapazen überwunden
werden müssen, viel Todesfälle vorkommen, zumal es
ja gerade die gläubigen Kranken dazu treibt, einmal
oder noch einmal vor ihrem Tode die „Kaaba“ gesehen
zu haben, und auf diesen Pilgerfahrten wüstet gerade
die Cholera oft entsetzlich. — Diesen Toten oder erst
Sterbenden reisst der glaubenlose Hadjibriefspekulant
die Blechhülse, in welcher der beglaubigte Brief sorgfältig aufgehoben und gehütet wurde, vom Gürtel und
nimmt diese gestohlenen oder geraubten Briefe mit
zurück in seine Heimat, um sie dort gegen ein entsprechendes Sündengeld leicht an Liebhaber loszuschlagen.
Diese Pseudo-Hadjis verschwinden für einige Monate
aus der Gegend, um während ihrer fingierten Mekka-
fahrt anderweitig ihr Leben zu fristen und kehren dann
stolz, wie sich der Malaye nun einmal giebt, mit einem
schönen schneeigen Turban als neugebackener Hadji
zurück.

Die Namen, auf welche die Briefe lauten, sind fast
das Einzige, die zum Verräter ¡werden könnten, aber
der Malaye besitzt meist mehrere Namen; wenn es aber
trotzdem nicht klappen will, nun so zieht er in eine
andere Gegend, woselbst er unbekannt ist und lebt
fortan unter dem neuen Namen und als Priester weiter,
denn Geburtsscheine, Legitimationspapiere und ähnliches
kennt der freie Malaye nicht, er erblickt das Licht der
Welt, lebt und stirbt in seiner Heimat ohne Kenntnis
der Behörden. Der Malaye als Muhamedaner, vor allem
jedoch der Hadji, hält treu an Gebetsstunden, die ihm
der Koran vorschreibt, zumal er als Priester seinen
Glaubensgenossen als Vorbild voranleuchten soll und

unterhält sich, der Sonne entgegenliegend, knieend, beugend, stehend, stumm oder singend mit seinem „Allah", während Waschungen sein „Sambayang" begleiten. Ein solcher Weise, womöglich nachts, wenn man schlafen will, in seiner Hütte mit lauter monotoner Stimme ohrendienernder Hadji, kann zur wahren Laudplage werden! — Ausser ähnlichen religiösen Vorrechten des Hadji fällt ihm auch das Schächten der Büffel zu, welche an muhamedanischen Festen geopfert, bezw. geschlachtet werden, und ist dieser Ritus eine der hässlichsten Tierquälereien, welche ich je gesehen, denn, um dieses Urbild der Kraft, den indischen Riesenbüffel, der in seiner massigen Gestalt eher einem Nashorn denn einem europäischen Bullen gleicht, mit Gemütsruhe die Luftröhre durchschneiden zu können, muss er zunächst genügend geknebelt und geworfen sein. Lange Stricke mit Schleifen, je von 8—10 Mann gehalten, werden dem zunächst nichtsahnenden Opfer um die Füsse gelegt, und sodann wird es bis zu einem fest in der Erde stehenden Baumstumpf oder Pfahl so herangeführt, dass sich die Vorderfüsse vor, die Hinterläufe noch hinter dem Stamme befinden. In diesem Augenblick werfen sich die Leute in die Taue und bringen durch diesen plötzlichen Ruck den Büffel, dem hierdurch alle Viere unterm Leib fortgezogen werden, zu Fall und binden dem Koloss durch festes Anziehen um den Pfahl die Läufe zusammen. In ohnmächtiger Wut sträubt sich der Riese gegen die Fesseln, die ihn immer dichter und fester umschlingen und bohrt das der Erde zugewandte mächtige Horn in seiner Wut stets tiefer in dieselbe. Ein starker zugespitzter Pfahl wird nun möglichst nah der Stirn in den Boden gerannt, das freistehende Horn durch Schlingen an diesen herangezogen und befestigt, und nun ist das arme Opfertier, dem sich ungefesselt in der Wut keine Hunderte zu nahen wagen, hilflos seinen Schächern preisgegeben, nur das Fliegen der Lungen und das Stossen des Atems zeugt noch von seinem Leben. Nun tritt der Hadji mit haarscharfem, langem Klewang oder Parang heran, steigt auf den Nacken des Büffels und durchtrennt mit einigen Schnitten den Hals und die Luftröhre. Einige schnaubende, blutstrudelnde, mächtige Atemzüge und der Koloss hat ausgebaucht. Eine Menge mit Messern bewaffneter Malayen stürzt sich auf das Stück, um es zu zerschneiden, und eine Stunde später zeugt [nichts mehr von der Opferstätte als eine tief und weitdurchtränkte, abgetretene Stelle, auf der sich die Fliegen zu Milliarden tummeln.

Ein freundlicheres, wenn auch erschauderndes Bild bietet sich dem Europäer, wenn er beobachtet, wie sich der Malaye zum Versüssen seines Daseins den Honig von himmelhochanstrebenden, säulenartigen, glatten Bäumen, den Tualangs, herunterholt. Der Tualang, Königs- oder Bienenbaum, ist einer der häufigsten und gigantischsten Vertreter der Flora Sumatras, ein Baum mit mächtigen, sich über die Erde erhebenden Wurzelseitenstreben, mit Bretterwänden vergleichbar, die den Stamm sternartig umgeben und gewissermassen als breiter Fuss gegen das Umfallen schützen, und aus diesem heraus hebt sich der hellgraue Stamm von 50—60 m Höhe, schlank, glatt und säulenartig ohne jede Astbildung, einem mächtigen Fabrikschornstein vergleichbar, während sich hier oben erst in schwindelnder Höhe die verhältnismässig kleine Krone des Baumes bildet. Es ist dies der Bienenbaum, welcher als „geweiht" der Axt oder dem Feuer ebenso wie alle Fruchtbäume nach Landesgesetz nicht zum Opfer fallen darf, denn an ihm hängen die Honigbienen ihre sackartigen grossen Waben, und zwar stets an den unteren grössten von der Erde etwa 50 m entfernten Ästen, auf. Sind die Waben mit Honig gefüllt und hat der Malaye sich nun nicht mehr vor den Angriffen der Bienen zu fürchten, so beginnt er den Säulenstamm zu besteigen. Hierzu schneidet er sich aus „Nibung-palmholz" Nägel von knapp Fusslänge, treibt diese, die er bündelartig oder im Sarong auf dem Rücken trägt, in kurzen Abständen, den Sprossen einer Leiter ähnlich, in den Stamm und steigt so langsam höher seinem Ziel entgegen, was oft Tage in Anspruch nimmt. Es ist dies für den Fremden, den Europäer, ein höchst unbehaglicher, wenn auch äusserst interessanter Anblick, denn der plötzliche Bruch einer Sprosse würde den unfehlbaren Tod durch Absturz zur Folge haben, jedoch kommt dies fast nie vor, denn der Malaye versteht es, sein Körpergewicht genau auf alle Sprossen, die er ergreift oder betritt, staunenswert sicher zu verteilen, wohingegen der Europäer diese Leistung meiner Ansicht nach nie und nimmer fertigbringen wird.

Die Kokosbäume besteigt der Malaye, um die reifen Nüsse zu pflücken, in der Weise, dass er die Hände um den Stamm herum, die Füsse dagegen mit den Sohlen gegen denselben stemmt und so den Stamm gewissermassen emporläuft. Zu diesem Zweck werden von den Malayen aber auch Schweinsaffen verwandt, welche es nach kurzer Dressur bereits äusserst geschickt verstehen, reife von unreifen Früchten zu unterscheiden, die reifen abzudrehen und herunterzuwerfen. Der junge Affe bekommt bei Beginn der Dressur eine lange Leine um den Hals gelegt und wird den Baum hinaufgeschickt. Seiner Natur entsprechend beginnt er sofort mit dem Abdrehen der reifen sowie unreifen Früchte. Sobald er jedoch eine unreife Frucht pflücken will, zerrt der Malaye energisch ruckweise an dem Strick unter gleichzeitigem Zuruf mahnender, sich stets gleichbleibender Kommandos. Erwischt der Affe eine reife Nuss, so wird er durch freundliche Zurufe zum Pflücken derselben gereizt. Der Affe als begabtes Tier begreift sehr bald, worum es sich handelt und kann nach kurzer Dressur ungefesselt zum Abernten der Kokosnüsse verwandt werden.

Der Malaye hat aber nicht nur Sinn für die materiellen Seiten des Lebens allein, er ist auch ein grosser Freund der Musik und der Poesie, und, um davon ein Beispiel zu geben, will ich einige der bilderreichen malayischen Gedichte anfügen, die eines Verständnisses auch seitens des überkultivierten Europäers nicht entbehren, und zwar werde ich sie, wie alle schon genannten malayischen Ausdrücke, so wiedergeben, dass sie dem deutschen Zungenschlage geläufig sind.

„Pantunans" = malayische Lieder.

1.

Apa guna pasang palita
Kalu dida dengan sumbunja
Apa guna, bièr mein mata
Kalu tid ada sungunia.

Verdeutsch heisst dies:

Welchen Zweck hat es, die Lampe anzuzünden,
Wenn sie keinen Docht hat?
Und welchen, zu liebäugeln,
Wenn man sich nicht gerne hat?

2.

Saja heran karetta api
Diatas kawat dibaua hessi
Saja heran si djantung hati
Dia livat tida perenti.

Ich bewundere die Eisenbahn,
Oben Draht und unten Eisen,
Ich wundere mich über das Menschenherz,
Es läuft ohne aufzuhören.

3.

Tanam melatti di tana miring
Komari maur kesaua maur
Djangan petscheier kondenja miring
Komari mau kesana mau

Pflanze Jasmin auf einem Hügel,
Der sich nach beiden Seiten senkt,
Aber traue keinem Zöpfchen, das schief sitzt,
Es ist wetterwendisch.

4.

Burung darra burung marti
Ambil duk tarama rama
Mari mas marila hati
Mari tuduk hersama sama.
Ure ure daun angsana
Anak kadal menjub suling
Sore sore saja kasana
Sadia bantal dengan guguling.

Taube holt sich Bast vom Palmbaum,
Wo die Schmetterlinge spielen.
Komm mein Gold, komm mein Herz,
Lass uns hier zusammen liegen.
Grille sitzt auf dem Angsan-Blatt,
Flöte bläst die junge Eidechs,
Ich komm allabendlich herüber,
Hoffe Kissen und Liebchen bereit.

5.

Nona menjait badju kurung
Baba menjait tangan badjunja
Nona mati mendjadi burung
Saja mendjadi tjabang kajunia
Baba mandi dikali anke
Saja mandi di luar batang
Baba mati mendjadi Banké
Saya mendjadi kurung batang.

Nona näht das enge Jäckchen,
Baba näht dazu die Ärmel,
Wenn du stirbst, wirst du ein Vogel,
Werde ich der Zweig am Baume.
Baba badet im Flusse Anke,
Nona badet im Strome abseits,
Stirbst du, wirst du eine Leiche,
Werde ich dazu die Bahre.

6.

Banjak barang didalam gudang
Nanas satu saya irisin
Banjak orang berdjalan pulang
Nona satu saya tangisin
Baik haik menganjam nyiru
Njiru di anjam diatas bukit
Baik baik menangung rindu
Rindu, Rindu jang tahan djodi penjakit.

Viel des Vorrats in der Kammer,
Will nur eine Ananas schneiden,
Viele Leute gehen und kommen,
Um ein Mädchen muss ich weinen.
Gich wohl acht beim Siebeflechten,
Beim Siebflechten auf dem Hügel,
Gieh wohl acht auf Deinen Kummer,
Steter Kummer wird zur Krankheit.

7.

Djau datang kapal Surati
Prat bermuat ajer mawar
Djau datang sidjantung hati
Radjun di minum djadi penawa.

Weither kommt das Schiff von Suratti,
Schwer beladen mit Rosenwasser,
Weither stammt meines Herzens Herzblatt,
Tränke ich Gift es würde zur Labe.

8.

Prapa dalam sungei Palembang
'Saya brani membuang djalla
Prapa tadjem kris di Pingang
Saya brani membuang ndjawa
Tingi tingi si mata hari
Buat meliat pulan malakka
Ilang bini gampang di tjari
Ilang gendak badan Tjilakka.

Noch so tief sei der Fluss von Palembang,
Auszuwerfen wag ich die Netze,
Und wie scharf auch der Dolch an der Hüfte,
Wegzuwerfen wag ich die Seele.
Hoch am Himmel steht die Sonne,
Kann bis nach Malakka sehen,
Frau verloren, ist leicht zu suchen,
Die Geliebte verlieren, ist körperlich Elend.

Auch einige Melodien, nach denen vorstehende Pantunan (Gedichte) gesungen werden, oder von Gongs, Tantams und kupfernen abgestimmten, auf einem langen Gestell angebrachten, topfartigen Gefässen und Bambuschalmeien oder auch nur von Ziehharmonikas vorgetragen und vom Tanz der geschmeidigen Bajaderen begleitet werden, lasse ich folgen.

Wie sich das arbeitsreiche Leben des Pflanzers selbst gestaltet, habe ich bereits bei der Anlage und dem Bau der Pflanzung geschildert, bezw. geht dasselbe daraus hervor.

Der Pflanzer hat die Verwaltung und Oberaufsicht der ganzen Anlage in Händen und von Sonnenauf- bis Sonnenuntergang vollauf zu thun.

Der Manager, der Hauptleiter von den Malayen, Tuan besar, d. h. der grosse Herr, betitelt, steht über dem Ganzen und hat zu seiner Unterstützung, je nach Ausdehnung der Estate, wie die Pflanzungen in nieder-

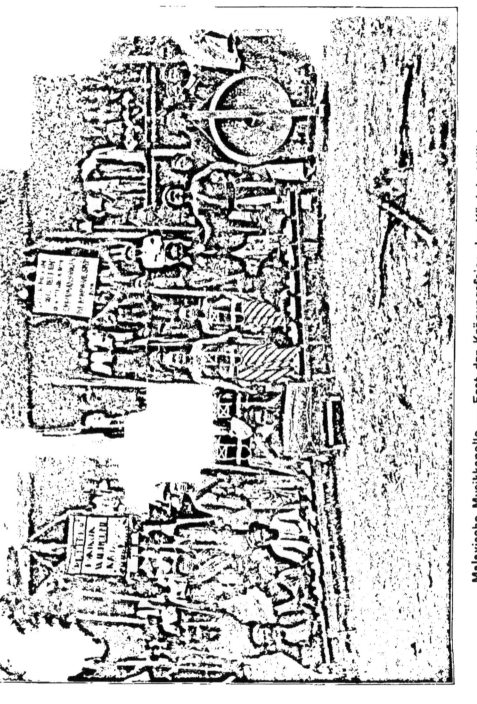

Malayische Musikkapelle — Fest der Krönungsfeier der Königin Wilhelma

ländisch Indien benannt werden, 2 oder mehrere
Assistenten zur Seite (malayischer Tuan kedjil = der
kleine Herr), und bei grossen Unternehmungen findet
auch ein Tuan krani = ein Buchhalter vollauf Beschäftigung. Ein jeder dieser Herren hat sein eigenes Haus und
eigenen Haushalt, und nur wo die Pflanzungsverhältnisse
es gestatten, wohnen 2 oder mehrere zusammen im ge-
meinschaftlichen Europäer-Congsihaus. Dies ist jedoch
seltener der Fall; meist liegen die Häuser, die der
leichteren Aufsicht halber in der Nähe der dem Einzelnen
zugeteilten Felder errichtet sind, halbstundenweit oder
mehr auseinander, und man ist schon genötigt, sich
gegenseitig Besuche zu machen, um sich einmal zu
sehen, wenn der Zufall ein Zusammentreffen während
der täglichen Arbeit nicht ermöglicht. Man glaube nun
aber ja nicht, dass sich die Pflanzer tagtäglich oder
besser gesagt Nacht für Nacht besuchten, das ist bei
Weitem nicht der Fall, dazu wird der Europäer in den
Tropen viel zu bequem, selbst wenn er zu Haus in der
Heimat zu den unverwüstlichsten Salonlöwen gezählt
haben sollte, und wenn abends bei der Heimkehr von
der Arbeit ein kühles Bad des Tages Last und Hitze,
Staub und Ärger heruntergespült hat, und der Pflanzer
lang ausgestreckt in luftigem Sarong und Kabaja oder
ähnlich leichtem Gewand auf seinem Rotanstuhl
(malayisch: Krossi malass = fauler Stuhl) liegt, sich
seine Cigarrette dreht und, um sich für das Abendbrot
zu stärken, ein Bittertche oder einen Dämmerschoppen
geniesst, dann bringt ihn so leicht keine Versuchung
von dem Stuhl herunter.

Es ist die Wirkung der Tropen, die Erschlaffung,
welche so viele ähnliche Gefühle zeitigt, zumal zur Zeit
der Feldarbeit, wenn die Luft von morgens bis abends
brühend heiss vor Hitze erzittert, und kaum die Nacht
etwas Linderung bringt. Dann ergreift die meisten
Europäer eine Apathie, eine Gehirndepression, gegen

die sich kaum einer zu schützen vermag, und wenn er
noch so sehr dagegen ankämpft, dann kommt das Faul-
fieber hier als wirkliche Krankheit zum Ausbruch, und
dringend zu erledigende Briefe an z. B. sich bangende
ängstliche Angehörige in der Heimat bleiben Wochen,
ja Monate hindurch unbeantwortet, bis die Depression
gewichen, was meist nach einem Witterungsumschlag,
Gewitter oder längere Kühlung bringenden Tropenregen
der Fall ist. Dann atmet alles wieder auf, freut sich
seines Daseins und sucht die Geselligkeit wieder auf,
die vordem förmlich gefürchtet war, da man sich durch
jede Person, die nicht zum direkten Haushalte gehörte,
in seiner Gemütsruhe gestört fühlte. Wehe daher den
Pflanzern, welche an den Hauptverkehrsstrassen ihre
Häuser haben errichten müssen, sie sind nie sicher vor
einer freiwilligen oder unfreiwilligen Einquartierung, die
ihnen jeder Tag, jede Nacht, jeder plötzliche Wolkenbruch bringen kann in Gestalt von anderen Herren,
welche, ermüdet von langem Ritt, ihrem Pferd etwas
Ruhe und sich selbst einen kühlen Trunk verschaffen
wollen, vom Wetter Überraschten, welche Schutz vor
dem Unwetter unter dem gastfreien Hause des Pflanzers
suchen und auch finden, denn die Gastfreundschaft unter
den Pflanzern Sumatras ist noch wie jene, von der uns
unsere Grossväter erzählten und die sie vom Hörensagen
kannten. „Leben und leben lassen“ ist die Devise des
holländischen und deutschen Pflanzers, welche drüben
in den Kolonien aufs Beste harmonieren, und es ist
bezeichnend, dass eine Menge holländischer Unternehmungen der Leitung von Deutschen anvertraut sind,
wie auch der Zufluss von Deutschen gerade nach den
holländischen Kolonien, speziell Sumatra, von Jahr zu
Jahr zunimmt; schade, dass hierdurch so viele tüchtige,
deutsche Kräfte unseren eigenen Kolonien verloren
gehen, aber dies liegt in den Verhältnissen und in der
den Deutschen viel sympathischeren holländischen

Kolonialverwaltung. Als äusserst wohlthuend empfindet er, dass das Beamtentum sich nicht überall spreizt und etwa arrogant auftritt, sondern nur zur rechten Zeit seine Pflichten zu erfüllen weiss, die auch selten mit den Gefühlen der Kulturträger kollidieren. Der Europäer ist in den holländischen Kolonien immer „Herr" und nur in leitenden Stellungen zu finden. Es giebt absichtlich keine europäischen Handwerker oder Arbeiter, denn erstens können sie, falls ihre Konstitution ihnen die Arbeit in diesem Sinne überhaupt ermöglichte, nicht mit den genügsamen inländischen oder chinesischen konkurrieren, und zweitens würde das Ansehen der Europäer den Eingeborenen gegenüber darunter leiden und sie mit ihnen mehr oder weniger auf gleiche Stufe stellen, und da nun ferner die meisten Pflanzungsgesellschaften ihre Beamten direkt in Europa oder wenigstens nur auf Empfehlung hin engagieren, so ergiebt sich hieraus zur grössten Annehmlichkeit des Pflanzers in Sumatra selbst, dass er durchweg nur mit gebildeten besseren Familien entstammenden Herren in Berührung kommt. Die Motive, die all diese veranlasst haben, ihre Wohnungen in den fernen Tropen auf unbestimmte Zeit ins Ungewisse aufzuschlagen, sind so verschieden wie die Menschen selbst.

Die Sucht nach Fremdem Abenteuerlichem, die Tropensehnsucht führt den einen, die Hoffnung auf baldigen Gewinn und Reichtum den zweiten, den dritten vielleicht die Geldverhältnisse in der Heimat, denen er drüben aufzuhelfen versucht, und viele treibt das leidige „Muss", das sie gnädig anf die Fährte nach Sumatra geleitet hat. Wie viele verabschiedete deutsche Beamte und Offiziere, vom Major bis herunter zum jungen Leutnant, finden dort ein standesgemässes Leben und ihnen zusagende Thätigkeit, die ihnen in der Heimat Niemand hätte bieten können, und wenn die Zeiten des schnellen Verdienens und Reichtümersammelns auch längst vorbei sind, so findet der Pflanzer doch auch schon in jungen Jahren ein pekuniär sorgenfreies Leben in verhältnismässig grossem Stil, das sich im Laufe der Jahre für ihn, wenn ihn seine Gesundheit nicht im Stich lässt, immer vorteilhafter gestaltet, und ihm auch gestattet, Ersparnisse zu machen und später als gewinnbeteiligter Menager oder Hauptleiter oft ganz beträchtliche Summen zu ersparen, die es ihm ermöglichen, nach etwa 15—20jähriger Thätigkeit als „gemachter Mann" in seiner Heimat eine sorgenlose wohlverdiente Ruhe zu geniessen. Wohlverdient, denn es ist ein arbeitreiches, an europäischen Vergnügungen, wie Geselligkeit, Theatern, Konzerten, Bällen, Reunions, Vorträgen und ähnlichem armes Leben, dazu umlauert von Gefahren, deren schlimmste die Krankheiten sind. Auch kennt der Pflanzer in seinem Beruf nicht einmal seine eigenen Sonn- und Festtage, nur Weihnachten und Neujahr wird gewissenhaft durch Liebesmahle, die sich durch ein Gemisch von Frohsinn und Sentimentalität, hervorgerufen durch die Bilder an die Kindheit und Heimat, auszeichnen, gefeiert. Zu diesen Festen kommen meistens die Herren von verschiedenen Pflanzungen, beritten oder zu Wagen, im internationalen Klub der nächsten Stadt, hier Tandjong Poera, oder auch, falls die Entfernung zu gross, bei einem Pflanzer zusammen, dem die nötigen Räumlichkeiten und Mittel zur gemeinsamen Feier zur Verfügung stehen. Noch bei Nacht oder am frühen taufrischen Morgen kehren die Pflanzer in kleinen Cavalcaden nach allen Richtungen der Windrose in die nahen oder stundenweit entfernten Estates zurück und gehen wieder ihren Obliegenheiten nach. Bei dieser Gelegenheit lässt der Übermut oft die Zügel schiessen, und da bei den grossen Entfernungen die Hauptverkehrswege öfters von Flüssen durchschnitten, welche bei Tage vermittelst Kähnen oder Fähren passiert werden, da sie zum Durchwaten zu tief und der

Krokodile wegen zu gefährlich sind, so kommt er hierbei oft zum Ausbruch. Ist nämlich der Fährmann am jenseitigen Ufer nächtlicherweile nicht wach zu rufen oder dauert es den Sprühteufeln der vom Fest Heimkehrenden zu lange und lockt dazu ein kühles Bad ganz erwünscht, so riskiert es der Erste, seinen schnaubenden Batackponnie zum Sprung in die Flut zu animieren, und meist folgen alle blindlings hinterher, um, vom Sattel herunter, neben dem Pferd schwimmend schnellmöglichst das andere Ufer zu gewinnen, denn unmittelbar auf den Sprung folgt die abkühlende Ernüchterung, und der boshafte Ausruf eines Witzboldes „Achtung, Achtung, Krokodil" warnt zu beschleunigterem Tempo; so gehts weiter im wilden Galopp bis zum nächsten Pflanzerhaus, woselbst Station gemacht und dem nach stundenlangen Ritt knurrenden Magen ein wohlbekömmliches Frühstück einverleibt wird. Sind nun die Kleider unterwegs bei dem wüsten Ritt gar zu sehr mitgenommen, so findet wohl auch ein Kleiderwechsel statt, und wenn auch die Staturen gänzlich verschieden, so behilft man sich, so gut es geht, und schickt die Sachen gelegentlich zurück; sitzt aber der ausgewechselte Anzug gut, nun so hat es damit meist aus Bequemlichkeit sein Bewenden und der eine trägt des anderen Sachen weiter, bis der Dobi durch gründliche Wäsche auch diese zu Grunde gerichtet hat und für die Neuequipierung seine Provision vom Schneider einsteckt. Solche grössere Pflanzervereinigungen im Klubgebäude finden jedoch auch statt bei dem Geburtstag der Königin von Holland und des deutschen Kaisers und dann, wenn sich einmal eine europäische Künstlergesellschaft, meist sogenannte Wiener Damenkapellen, an die Ostküste Sumatras verschlägt und mit ihrer Musik die Herzen der braungebrannten Männer erweichen will; und da bei diesen Gelegenheiten vor allem auch die verheirateten Europäer, Pflanzer, Kaufleute, Offiziere und Beamte der Regierung, mit ihren Damen erscheinen, so schliesst sich stets ein kleiner Ball an, bei dem es dem Pflanzer oft nach jahrelangem Entbehren ermöglicht ist, sein Auge an holder europäischer Weiblichkeit zu ergötzen und, der zu Liebe er das fürchterliche Opfer bringt, das Tanzbein in der Tropenhitze zu schwingen.

Überhaupt übt die europäische Dame einen sehr günstigen Einfluss auf den sonst ganz allein für sich lebenden Pflanzer aus, und das Haus des verheirateten Kollegen sieht daher oft mehr Besuch, als ihm und seiner Gattin lieb ist; aber im Haushalt, woselbst die Hausfrau schaltet, da sieht es doch so ganz anders, so viel einladender, freundlicher und poetischer aus, als im Heim des Junggesellen, dessen malayische, javanische oder japanische Haushälterin doch auch nur ihrem Gesichtskreis und natürlichem Taktgefühl entsprechende Anmut und Ordnung in das Haus bringen kann.

Diese Haushälterinnen, meist junge Mädchen, von ihren Eltern dem Europäer als Njei angeboten, werden je nach Alter und Schönheit für eine grössere oder kleinere Summe, welche sie, wie sie sich ausdrücken, zur Tilgung der Reiseunkosten und Schulden unbedingt nötig hätten, engagiert, oder die sich in Begleitung von Freundinnen und Anhang selbst eine solche Stelle suchen, besitzen, da sie eben dem Europäer in jeder Beziehung näher stehen, als anderen dort lebenden Nationen und einen verantwortlicheren Posten versehen, diesen Dienstleuten gegenüber eine gewisse Autorität, die sie eben befähigt, dem Haushalt und den Bedienten vorzustehen; und der Pflanzer übergiebt ihr so seinen ganzen Haushalt und die Verwaltung desselben, da er selbst in den wenigsten Fällen Zeit, Lust und Geschick hierzu hat. Der Unterhalt derselben, ausser dem alltäglich Notwendigen, das ja verschwindend gering ist, besteht in monatlichem Gehalt oder in Gestalt

Fluss-Scenerie — Zielübungen auf Krokodile

von Geschenken, Kleidern und Schmuck, und all dies
macht sich gut bezahlt, wenn die Njei gut einschlägt,
denn sie bewahrt durch ihre Aufsicht den Pflanzer,
ihren Herrn, vor Unterschlagungen, Diebstahl und
Schleudern im Haushalt von Seiten der Bedienten, dem
Koch, dem Boy, dem Wasserträger, dem Kutscher und
Grasschneider, alles Leute, die es im Lauf der Erfahrung zu einer grossen Raffiniertheit gebracht haben,
am Tisch des Europäers zu schmarotzen. Auf den
Pflanzungen selbst schafft sich der Europäer Unterhaltung und Erholung durch Zusammenkünfte an den
Zahl- oder Löhnungstagen, zum Scheibenschiessen,
Kegeln, Tennis oder sonstigem Sport, durch öffentliche
Tänzerinnen, welche, von grossem Gefolge und allerhand
Musikinstrumenten begleitet, sein Auge für einige Dollar
nächtlicherweile bei Fackel- und Lampenbeleuchtung
unter seiner Pendoppo (Vorhalle) entzücken oder durch
seltenere kleine Sampan- oder Flussdampferfahrten auf
den herrlichen breiten Strömen der Ostküste mit
ihren urwüchsigen, von Lianen durchflochtenen wild-
romantischen Ufern, um den sich am Ufer auf den
Sandbänken sonnenden Krokodilen eine Kugel auf den
Panzer zu setzen oder beim Schwanken des Fahrzeugs
vorbeizuschiessen und diesen Bestien so einen unheim-
lichen Schrecken einzujagen. Ob tödlich getroffen oder
gefehlt, verschwinden sie unter plötzlichem Aufbäumen
im Wasser nnd nur selten gelingt es, ein Stück auf der
Stelle zu strecken; die meisten gehen verloren, indem
sie untertauchen und erst, nachdem die sich bildenden
Verwesungsgase den toten Körper heben, den Fluss
weiter hinab gen See treiben. Diese Bestien vereiteln
viele Vergnügungen, und es ist ohne fortwährende
Lebensgefahr gar nicht möglich, sich sorglos den
Wellen zu einem fröhlichen Schwimmen anzuvertrauen.
Trotzdem liess ich mich einige Mal hierzu von einem
Holländer überreden, und es war ein selten wohlthuender

Genuss, sich endlich einmal wieder, zumal am frühen
Morgen, im Wasser zu tummeln. Seiner Meinung nach
folgten die Krokodile hier nie so weit den Flussläufen.
Wenige Tage später berichteten mir unsere Klings,
dass ein aussergewöhnlich grosses Buaya-Krokodil am
jenseitigen Ufer des Batang-serangan läge. Etwa eine
Stunde später war ich mit einem andern Herrn aus
Hannover, der mein Repetiergewehr nahm, zur Stelle,
und während ich aus meiner Büchsflinte mit Explosivgeschoss zwischen die Schultern hielt, drückte er seine
Kugel a tempo aufs Rückgrat ab. Im mächtigen Bogen
überschlug sich das wohl 6 m lange Krokodil kopfüber,
stürzte mit dem Rücken aufschlagend ins Wasser und
verschwand. Erst am nächsten Tag wurde es von
Malayen, die es in Sampans suchten, auf dem Grund
des Flusses mit Hilfe langer Stangen gefunden und gehoben. In dieser Weise oder von der Veranda aus betreiben ja wohl viele Pflanzer drüben die Jagd, und es
bietet sich ja auch hie und da Gelegenheit, von dort
aus einen glücklichen Schuss auf einen Nashornvogel,
auf Tauben, Sauen oder Hirsche, ja selbst, allerdings
in den seltensten Fällen, auf einen Tiger oder gar
Elefant zu tun, aber — das ist keine Jagd, das ist
Dusel, Zufall, von dem der Jäger, der das Zeug dazu
hat, nichts wissen will; „er" sucht das Wild lieber
in seinen Schlupfwinkeln im Urwald oder Lalang auf,
wenn er dadurch dort auch gerade keine körperliche
Erholung, wohl aber Befriedigung und stählendes Selbst-
bewusstsein empfindet. Doch von diesen Jagden später.
Das Land mit seinen nur zum Teil unterjochten Binnen-
bewohnern versteht es auch sonst, dem Pflanzer der
Nordostküste Überraschungen und nervenbelebende
Unterhaltung zur Genüge zu bieten und zählen hier-
unter vor allem die fast jährlich sich wiederholenden
Einfälle der Atjinesenhorden, welcher fanatische muha-
medanische Volksstamm sich mit der holländischen Re-

Mächtiges Krokodil, dicht bei Tandjong Poera erlegt

gierung in einem ständigen, bereits etwa 30 Jahre
zählenden Guerillakrieg befindet und immer erst nur
zum Teil unterjocht ist, während der in den unzugäng-
lichen Plateaus der Gebirge wohnende Atjeher, der sich
der Jagd, der Zucht und der Pfefferanpflanzung widmet,
sich noch völliger Unabhängigkeit brüstet, dank der
Unterstützung englischer privater oder politischer Juden,
die einen fortwährenden Waffenschmuggel betreiben und
so die Atjeher immer noch widerstandsfähig gegen
Holland halten, im Hintergrund den Wunsch, gelegentlich weitere Vorteile daraus zu ziehen. Jedoch Holland
weicht geschickt aus und verhindert nach Möglichkeit
die Ansiedelung von Engländern, ja sogar von Deutschen
in dem gefährdeten Bezirk, um so jeden gesuchten Ein-
wand zum Einschreiten von Seiten der betreffenden
Mächte von vornherein vorzubeugen und einer grösseren
Gefahr, als sie die Atjeher bieten, zu entgehen. Doch
das Netz der Bentengs (kleiner Forts) der holländischen
Kolonialtruppen schliesst sich stets dichter und dichter,
und in absehbarer Zeit wird auch wohl dies gefürchtete,
wilde freiheitsdürstende Volk die Segnungen der Kultur
geniessen, mögen auch noch Jahre darüber vergehen.

Sobald sich nun die Atjehhorden zu ihren periodisch
wiederkehrenden Raubzügen und Überfällen anschicken,
was meist durch gutbezahlte Spione aus den Nachbar-
stämmen der Gajus und Allas rechtzeitig berichtet wird,
sendet die holländische Regierung ihre Truppen nach
den gefährdeten Pflanzungen und Unternehmungen von
Europäern, wie Petroleumraffinerien, Holzsägereien und
ähnlichem, um diese Anlagen und vor allem das Leben
der Europäer bei einem eventuellen Einfall zu schützen.
Auch wir, an exponierter Stelle gelegen, rings von
Urwald umschlossen, hatten den Vorzug einer unverhofften Einquartierung, indem uns eines Spätnachmittags
der Kontrolleur von Tandjoeng Poera, ein Kapitän, ein
Leutnant und vierzig Mann, teils europäischer, teils

inländischer bezw.. javanischer Truppen aufsuchte und
uns erklärte, den Befehl erhalten zu haben, dass .der
Leutnant mit seiner Truppe für die Zeit der Gefahr
zu unserm Schutz hier bleiben und sofort eine Benteng,
ein provisorisches Fort, für die Besatzung. errichtet
werden müsse. Vorläufig wurde die Besatzung, so gut
es ging, in den Stallungen untergebracht, währenddessen
die Offiziere unsere Gäste waren und im befestigten
Menagerhaus Wohnung nahmen, bis sie es sich in einer
schnell von unseren Kulis und ihnen erbauten Ver-
pallisadierung bequem machen und ihre Rekognoszierungs-
märsche, die sich nur auf die Wege der Hauptplantage
·beschränkten, ausführen konnten. Auf unserem Vorwerk Darrat, etwa 1$^1/_2$ Stunden tiefer in den Urwald
vorgeschoben und mit dieser jüngeren Hauptplantage
nur durch einen in vielen Windungen sich durch
dichtesten hügeligen Urwald schlängelnden Fahrweg
verbunden, lebten zu dieser Zeit eine Europäerin, deren
Gatte auf längere Zeit abwesend war, mit ihren
2 Kindern, ein Tabaksassistent, ein Ingenieur für Petrol-
bohrungen und ein alter Holländer als Geometer und
Ölprospektor. Dieser letztere war bei der ersten Nachricht, die wir noch abends sofort nach Darrat
sandten, ausgerissen, ohne die übrigen genannten
Europäer von der Atjehergefahr persönlich und auf
Grund unseres Schreibens genauer zu unterrichten und
kam freudestrahlend, ob der vermeintlichen entgangenen
Gefahr, auf der Hauptplantage, als wir gerade zur
Beratung zusammensassen, auf dem Estatesponnie, das
gerade für diesen Fall Tag und Nacht gesattelt dort
stehen bleiben sollte, um im Notfall sotortige Hilfe holen
zu können, angesprengt, und wurde nach diesen Offen-
barungen von uns (wir waren zwei Pflanzer, der
Kontrolleur der Provinz, der Kapitän und der Leutnant
der Schutztruppe) in entsprechender, nicht misszuver-
stehender Weise begrüsst. Ich war über diese kopflose,

egoistische Flucht, zumal die anderen Europäer, und
vor allem unter Berücksichtigung der Gegenwart einer
deutschen Frau und deren Kinder, von ihm nicht einmal persönlich benachrichtigt waren, dermassen empört,
dass ich mich nicht enthalten konnte, meine Meinung
über dies sein Benehmen in unverblümter Weise zu
äussern, schnell den Repetierkarabiner ergriff, Revolver
und Hiebmesser umschnallte und auf dem noch
dampfenden Pferd des Flüchtlings auf demselben Weg,
den er gekommen, wieder durch die Nacht zurückraste.
Flüchtende javanische Kulis mit Weibern und Kindern,
die alle durch die eilige Flucht dieses Europäers mit
Recht erschreckt waren, begegneten mir, und endlich
in der Nähe des Hügels, auf dem das ebenfalls befestigte
Europäerhaus stand, angelangt, schwang ich mich vom
schweisstriefenden Pferd, dasselbe am Zügel nach-
führend, die Büchse in der Hand und schlich dem
vollständig dunklen Hause näher. Kein Licht, kein
Ton, unheimliche Stille, doch im Hinterhaus fand ich
zwei emsig packende chinesische Bediente, die schleunigst
flüchten wollten, und die bei meinem plötzlichen bewaffneten Erscheinen von grösstem Entsetzen gepackt
wurden. Nach Erkennen meiner Person lautes Freuden-
gehenl und dann Jammer und Angstgewinsel, als ich
ihnen offenbarte, dass sie bei mir ausharren müssten, denn
das ganze übrige Nest war bereits ausgeflogen mit Kind
und Kegel, und zwar, wie ich später hörte, unter
Führung ortskundiger Malayen, mitten durch den Urwald, um ja nicht auf dem Verbindungsweg mit den
Atjehern zusammenzustossen, nach der Hauptpflanzung
geflüchtet. Aus Ärger teils hierüber und um die
anderen chinesischen Kulis von der Flucht abzuhalten,
und somit die Tabaksernte zu retten, blieb ich da, und
nicht nur diese eine Nacht, sondern allein mit zwei
Chinesen einige Monate, während ich den Stand meines
Pferdes über Nacht in der ersten Zeit fortwährend

wechselte, um gegen alle Eventualitäten einigermassen geschützt zu sein, ohne aber auch nur einen Atjeher, noch weniger aber einen Soldaten der Schutztruppe, gesehen zu haben. Die Schüsse der Ersteren hörte ich nur einmal in der Ferne bei Nacht, in welcher sie, wie ich später hörte, den Petroleumquellen einer anderen Gesellschaft einen kurzen Besuch abgestattet hatten. Die chinesischen Kulis, die Tabaksarbeiter und einige der Bohrleute aber blieben, als sie sahen, dass ich auf vorgeschobenem Posten aushielt, in ihren Feldern und Scheunen und bei den Bohrlöchern bei der Arbeit. Ein einziges Mal, in der ganzen langen Zeit, bekam ich den Besuch des englischen Ingenieurs, der sich nach meinem und dem Befinden seiner Bohrlöcher, die Mangels Leitung eines Sachverständigen und der völlig fehlenden Kontrolle, mit der ich nichts zu thun haben wollte, und nur Interesse halber hie und da besichtigte, von Tag zu Tag mehr zufielen, erkundigen wollte. Während ich noch mit ihm auf der Veranda sass, von welcher man einen weiten Rundblick über die ganze, grösstenteils abgepflanzte Plantage hatte, sah ich unten auf der Pflanzstrasse einige Gajns, welche Spiondienste für uns versahen. Ich rief sie heran und hörte, dass sie nach Telaga Seyd, den Petroleumquellen der holländischen Ölgesellschaft, in der Nähe des Lepanflusses, und von dort weiter nach Pankalan Brandan, der Hauptraffinerie, wollten, um dort Näheres über den Stand der Atjeher zu erfahren, denn auf diesem Weg fallen die Horden regelmässig in die Provinz Beneden Langkat ein, zerstörend, sengend, plündernd, räubernd, mordend, was ihnen in den Weg kommt. Ich beschloss sofort, mich ihnen anzuschliessen, um mich an Ort und Stelle genau informieren zu können; da ich am meisten von der Gefahr bedroht war, und überredete Scott, den Engländer, mitzugehen. Meinen javanischen und chinesischen Aufsehern sagte ich Bescheid und dass ich abends zurück wäre, damit sie

Petroleumquelle im Urwald „Telaga Said"

nicht glaubten, ich sei, wie die anderen Europäer, ebenfalls nach der südlichen Richtung Boeloe Telang, unserer
Hauptanpflanzung, ausgerückt, und dann ebenfalls
flüchtig würden, schnallte Buschmesser und Revolver
um und nahm meine Büchse, und folgten wir nun unsern
Führern in den Urwald. Es gab hier keinen Weg,
keinen menschlichen Pfad, nur Wildwechsel, und besonders die der Elefanten, die bei ihren periodischen
Wanderungen von Flussthal zu Flussthal ziehen, dienten
uns als solche. Stundenlang in gleichmässigem Tempo,
ohne Aufenthalt, ging es weiter, und je mehr wir uns
dem Endziel näherten, desto stiller wurde es, und nur
hier und da wurde ein Ast gekappt, zu meiner Richt-
schnur für den Rückweg, den wir ja allein, ohne die
Führer, antreten mussten, weil diese weiter nach Brandan,
wo ebenfalls militärische Besatzung lag, marschieren
sollten. Endlich lichtete sich der finstere Wald vor
uns, und wir traten auf eine von Menschenhand ge-
schaffene Blösse, auf deren Mitte ein auf mächtigen
Pfählen errichteter Wartturm sich erhob. Wir erspähten
jedoch kein Leben in der luftigen Behausung, besichtigten
flüchtig eine „ewige Lampe“, in Gestalt einer 10 m aus
dem Boden ragenden eisernen Gasröhre, der brennende
Petrolgase entquollen, und richteten unsere Blicke erstaunt, ob solcher Stille und Verlassenheit, nach den
Bohrmaschinen und Kesseln, welche gleichfalls still da-
standen, während das rohe Erdöl ungehindert dem
nahen Flüsschen zulief, und dieses in einen förmlichen
Petroleumfluss verwandelte. Ein Funke nur, und die
ganze Gegend wäre in ein Flammenmeer verwandelt,
was auch später wirklich der Fall war. Schussfertig
nahten wir uns den Kulihäusern und -Ställen, die gewissermassen sich nur an den Rand einer breiten Wald-
strasse lehnten und äusserst ungesund gebaut waren,
ohne dem Wind auch nur den geringsten Zutritt zu
gestatten. Alles leer, verloddert und verlassen, auf einer

Feuerstelle unter dem Haus rauchte noch die Asche, ein Zeichen, dass hier eine urplötzliche Flucht statt- gefunden hatte, selbst Essenreste, Töpfe und Kleidungs- stücke lagen zerstreut umher, Pferde, Ochsen und Ziegen, alles war verschwunden und weggetrieben. — Sollten die Atjeher vor ganz Kurzem hier gewesen oder noch in der Nähe sein? — Selbst unsere Führer waren plötz- lich ganz Nerv, und doch hatten sie gegen uns, als Europäer, fast gar nichts zu riskieren. Wir verliessen den Weg und pürschten uns, wie die Jäger, am Rande des Waldes weiter einer grossen Blösse zu, in Mitte derer, nach Angabe der Gajus, das Europäerhaus stehen solle; endlich sichteten wir dasselbe und näherten uns, stets durch Stämme und Dickicht gedeckt, demselben bis auf Schussnähe. Zunächst blieb alles still in dem Haus, plötzlich huschte ein Farbiger über die Veranda, ein Zweiter bis Sechster erschien, alle mit Kisten und Sachen beladen, Lanzen und Gewehr in der Hand, und waren eben im Begriff, das Haus zu verlassen. Die Büchse im Anschlag an den Baum gelegt, rief ich sie auf malayisch an: „Wer da?“ Im Nu flogen die Kisten vom Rücken auf die Erde, und alle waren wieder im Haus verschwunden. Die Spione waren jedoch im Zweifel, ob es Atjeher wären, wagten sich selbst aber nicht aus der Deckung heraus, und nach kurzem Über- legen trat ich hinter dem Baum vor und rief laut, wer da sei, ich sei ein Europäer, ein „Tuan German“, ein Deutscher. Gleich darauf öffnete sich die Thür, und vorsichtig trat einer der Leute heraus. Er sah, dass ich ein Europäer war, rief die anderen aus ihrem Versteck, und nun unterhielten wir uns zunächst rufend, wobei ich erfuhr, dass es Bediente der geflüchteten Herren wären, welche in Bedeckung einiger Malayen zurückgekehrt seien, und vor allem die Getränke ihrer Herren nach Brandan in Sicherheit bringen sollten. Die Sache war Vertrauen erwekend, und wir mar-

schierten auf das Haus zu, um Näheres zu hören und
auch um unsern gewaltigen Durst an gutem Stoff zu
löschen, so lange er noch da war, und insofern war
unsere Ankunft gerade der rechte Moment, denn wenige
Minuten später hätten wir das Nachsehen gehabt, und
dann mit wehmütigen Gesichtern die Menge, aber ge-
leerter Flaschen des Amerikaners Montgommery, der
hier mit seinem erwachsenen Sohn sonst hauste, zählen
können.

. Diese hatten von Brandan aus abends vorher ebenfalls Nachricht vom Herannahen der Atjeher erhalten
und waren, ohne sich sonst um das Geringste zu kümmern,
sofort geflüchtet nach Brandan, und durch diese schnelle
Flucht alles, was von Kulis um sie war, natürlich ver-
leitet, ihnen im schnellsten Tempo nachzueilen, nur mit
dem Unterschied, dass sie Alles im Stich gelassen, die
Kulis jedoch das ihnen anvertraute Gut, so weit es
transportabel war, wie Vieh etc., mitgeschleppt hatten,
und nun mussten die Bediensteten unter steter Lebensgefahr auch noch andern Tags das Bier, den Brandy
und Whisky retten. Eine Kiste liess ich wieder auf-
brechen, entnahm derselben zwei Flaschen Bier, für
Scott und mich, und bedankte mich bei den flüchtigen
Besitzern für die grossmütige, ungewollte Gastfreundschaft auf einem Zettel, den ich der Kiste wieder bei-
fügte. Soweit war alles schön, doch nun begann der
wunde Punkt, denn ich wollte unbedingt noch abends
auf meinem exponierten Posten unter den Kulis sein,
da sie sonst sicher bei meinem Ausbleiben ausgerissen
wären, und die Arbeit in „Darrat" für immer verlassen
hätten. Scott jedoch standen bei dem Gedanken, diesen
ganzen langen, finsteren Pfad, den man ja leicht verlieren konnte, wenn man kein geübtes Auge für Merk-
male hat und kein Jäger ist, mit mir allein zurücklegen
zu sollen, die Haare zu Berge, und er wollte lieber mit
dem Gros, den Spionen, Bedienten und Malayen, nach

Brandan, und von dort vermittels Gelegenheit über
See nach Tandjong Poera und unserer Hauptestate zurückkehren, was immer einige Tage gedauert hätte,
und versuchte, mich zu gleichem Thun zu überreden.
Ich glaube, es war der schwerste Schritt in seinem
Leben, wenigstens bis dahin, und in Shanghai mögen
ihm weitere Ängste erspart bleiben; und wenn auch
nach schwerer Überwindung, so entschloss er sich doch,
mich zu begleiten. Einmal verirrten wir uns auch
wirklich für ½ Stunde, aber dann gings sicher vorwärts, wenn auch auf beflügelten Sohlen, denn die
Nacht durfte uns nicht überraschen und müde wurden
wir auch. Ein Schuss, den ich mir aber in der Stimmung,
in der ich mich befand, nicht verkneifen konnte, mit
Erfolg auf einen Zwerghirsch, der vorüber flüchtete,
abzugeben, machte sein Blut erstarren, und ich musste,
die leichte Beute auf der Schulter, auf dem ganzen
Marsch seine Vorwürfe erdulden ob dieses leichtsinnigen
Schusses, der die Atjeher auf uns lenken konnte, und in
allen Winkeln tauchten die gefürchteten Gestalten vor
seinem geistigen Auge auf. Wir kamen wohlbehalten,
wenn auch spät, zu Hause an, aber für die Nacht
wollte Scott mein Gast nicht bleiben. „hier kann
mein Fuss nicht länger weilen", und fort war er, in
der Dunkelheit verschwunden, auf dem Weg nach
Buloe Telang, wo wenigstens Besatzung lag. — Ich
blieb noch etwa einen Monat länger allein in Darrat, bis
die Ernte eingeheimst war, und der gesammte Umzug
zur Hauptestate, mit Mann und Maus, stattfinden
konnte. Seitdem blieb Darrat verwaist und verlassen, weit über ein Jahr hin, bis die Petroleumquellen wieder in Angriff genommen und das Öl
in meilenlangen Rohrleitungen nach der Küste, zur
jetzigen Raffenerie, geführt wurde. — Diese militärische
Besatzung erhielten wir nun jedes Jahr, hatten
dadurch viel Unruhe und Unkosten, und als eines Tags

durch berittenen Boten die Nachricht vom Kapitän
gesandt wurde, wir hätten die Atjeher stündlich zu erwarten, geriet der kommandierte Leutnant dermassen
in Aufregung, dass er am nämlichen Abend noch Alarm
schlug, als ein ebenfalls von der Unruhe angesteckter
Sergeant ihn von seinem Beobachtungsposten auf der
Hinterveranda auf ein sich gleichmässig wiederholendes
Geräusch aufmerksam machte, das mit dem fernher
schallenden Schlag einer Axt Ähnlichkeit hatte, und er
glaubte, dass die Atjeher einen Verhau am Wege an-
legten, obwohl wir keinen Stamm fallen hörten. Der
Herr des Hauses, ein Schweizer Namens Kollmus, und
ich wollten, an Ähnliches schon gewöhnt, der Sache auf
den Grund und aus dem Haus gehen, als uns betreffender
Herr bat, ja nicht die Thür zu öffnen, denn es könnten
sich dort Atjeher mit erhobenem Klevang angeschlichen
haben, uns zusammenschlagen und das Haus überrumpeln,
was nämlich einem Freund von Herrn Kollmus gerade
einige Jahre vorher passiert war, glücklicherweise ohne
jenem das Leben zu kosten, da er in den Graben unter
die Brücke stürzte und dort unbeobachtet von den
Atjehern für tot liegen blieb, bis dieselben von Polizeitruppen verjagt werden konnten. Wir gingen doch,
wenn auch unter den nötigen Vorsichtsmassregeln, und
fanden, dass dies Geräusch durch nichts weiter verursacht wurde als durch gleichmässig vom Dach des
Hintergebäudes auf eine Tonne herabfallende dumpf-
tönende Regentropfen, denn kurz vorher hatte es ge-
regnet. Auf diese und ähnliche Weise bringen die
Atjeher fast alljährlich etwas Aufmunterung und Abwechselung in das gleichförmige Leben der Pflanzer,
die an diesen gefährdeten Bezirk anstossen, und es
wirkt fast wohlthuend auf die mit der Zeit abgestumpften
Nerven, vor allem der Phlegmatiker, denen hierbei ein
heilsamer Schreck, gleich der Elektricität, durch die
Glieder fährt und sie aus ihrer Lethargie, der zu leicht

drüben Viele verfallen, aufrüttelt. Derjenige, der gegen dieses gefährliche Abstumpfen der Nerven und der Energie sonst ankämpfen will, thut gut daran, sich mit irgend einem Sport zu befassen, noch besser aber und viel nervenbelebender und stählender wirkt, was dort den meisten Pflanzern so nahe gelegt wird, die Aus- übung der ewig abwechselnden, Licht und Schatten, Gefahr und Freude spendenden Jagd in den Tropen.

Jagd in den Urwäldern Sumatras.

Vier Jahre in der Provinz Unter-Langkat als Assistent vorstehend beschriebener Tabakplantage Boeloe Telang thätig, widmete ich meine freie Zeit ausschliesslich der Jagd. Durch sie lernte ich den Urwald in seiner ganzen geheimnisvollen Pracht und Erhabenheit, aber auch in seiner düsteren Undurchdringlichkeit, all' seinen Schrecken und ebenso die Beschwerden eines Eindringens in den- selben kennen.

Wohl viele Europäer, welche, ehe sie als Pflanzer nach Sumatra gingen, in den heimischen Wäldern zum Vergnügen und zur Erholung die Jagd betrieben, lassen dort ihre Büchse rosten, da sie, durch einige resultat- lose und mühevolle Versuche abgeschreckt, sich darauf beschränken, nur jenes Wild zu erlegen, das bis in die Nähe ihrer Wohnungen wechselt. Doch die Geduld selbst des leidenschaftlichsten Jägers wird nur zu oft auf eine harte Probe gestellt, und es bedarf der grössten Ausdauer sowie Willenskraft, um das edle Weidwerk nicht völlig aufzugeben. Wird dagegen seine Mühe, zumal auf gefährlicher Jagd, mit Erfolg gekrönt, so stachelt dies die Leidenschaft nur noch mehr an, und er gedenkt nicht ferner des ihm widerfahrenen Ärgers und der Plagen, denen er ausgesetzt gewesen ist.

In Nachstehendem will ich es versuchen, dem deut- schen Leser und Jäger ein Bild vom Urwald zu geben,

Ein Teil meiner „Sumatra-Jagdtrophäen"

dabei aber gleich bemerken, dass selbst die lebhafteste Beschreibung noch weit hinter der Wirklichkeit zurückstehen wird.

Der Urwald, der sich vom kultivierten Küstenlande bis an die hohen Berge erstreckt, ähnelt einer grünen, lebenden, jedoch undurchdringlichen Mauer. Mächtige Urwaldriesen von 80 und mehr Meter Höhe, die schon Jahrhunderte den Stürmen getrotzt, ragen vereinzelt daraus hervor, andere wiederum stürzen unter dem Wüten von Stürmen zusammen, nebenstehende mit sich reissend, und geben dadurch Hunderten von jungen Pflanzen Licht und Nahrung. Ein dichtes Gewirr von Lianen und Schmarotzerpflanzen findet in dem ewig feuchten Boden üppige Nahrung, es verwehrt der Sonne, in das undurchdringliche Dunkel ihre Strahlen zu senden. Von den hohen Baumkronen hängen Luftwurzeln hernieder, die, sobald sie den Boden erreichen, von neuem Wurzel schlagen, zu kräftigen Stämmen werden und vereint mit den Lianen ihren Mutterstamm schützend umgehen. Dieses Netz bleibt auch nach dem Absterben und Verfaulen des alten Stammes bestehen und bildet so eine durchbrochene Säule von Schlingpflanzen und Orchideen mannigfachster Art. Erstere sind ebenso wie der Rottan (Spanisch Rohr) zum grössten Teil mit Stacheln bewehrt, doch kommt letzterer hauptsächlich in den Sümpfen vor, in denen auch glatter und gedornter Bambus in dichten Hecken wuchert, vereint mit der Klubipflanze, die sich wälderartig in Form von Palmwedeln aus dem Sumpfe erhebt und über und über mit Dornen besäet ist. Der Jäger, der sich in einen solchen mit dem Rottan tjintjin (Ringrottan) bewachsenen Sumpf verirrt und sein Messer verliert, ist ohne Hilfe anderer rettungslos verloren.

Oft gerät er auch mit einem strauchartigen Gewächs in Berührung, das im verstärkten Maasse die Eigenschaft unserer Brennnessel besitzt, nur hat es leider

nicht deren Blätter, um den Europäer vor der Berührung
zu warnen. Aus all' diesem geht hervor, dass der
Jäger selten ein grösseres als 30 Schritte weites Schussfeld um sich hat, meistens jedoch ein geringeres; ja,
nicht selten gelangt er an Stellen, wo er, seine Hände
von sich streckend, dieselben nicht mehr sieht. Und
dennoch ist die Birsche die einzig lohnende Jagdart,
denn der Anstand ist der Mücken und Blutegel wegen
erstens zu unangenehm und zweitens kann man von
einem eigentlichen Wechsel des Wildes kaum reden, da
es in seiner Ruhe bei Tag doch zu oft durch Raubtiere
aufgestöbert wird, überall seine Äsung findet und daher
im Walde sehr unregelmässig auf die ausgetretenen
Pfade tritt. Aber auch ein Birschgang ist nicht viel
angenehmer, doch belästigen die Moskitos beim Gehen
und überhaupt tagsüber (sie sind am lästigsten bei Sonnenuntergang) bei weitem nicht so schlimm; auch die Blutegel, die an feuchten Stellen den Boden des Waldes
buchstäblich fast bedecken und sich an dem Menschen
gierig emporwinden, fehlen ihr wandelndes Ziel leichter.
Dennoch muss der Jäger einiges Blut lassen und findet
bei der Rückkehr entweder unter den Strümpfen oder
am Rücken einige dieser widerlichen Sauger vor, an
denen er dann durch deren Verbrennen mit Schwefel-
hölzern Rache nimmt. Sich völlig gegen diese Schmarotzer
zu schützen, ist unmöglich, denn sie klettern äusserst
geschickt, an der Kleidung sich ansaugend, aufwärts
und finden auch immer eine Stelle, wo sie unter jene
gelangen können. Die Bisse sind, abgesehen von dem
ewigen Blutverlust, nicht gefährlich, nur ist es ratsam,
sich an den Füssen zu schützen, weil durch das Reiben
der Schuhe an den Wunden oft böse Geschwüre entstehen. Da die dünnen, geschmeidigen Tiere sich durch
die Maschen der Strümpfe hindurchdrücken, trug ich
solche von Leinen und steckte auf Gamaschenart die
Hosen in dieselben, die einzige Möglichkeit, die Blut-

Tualang oder Königsbaum auf Boeloe Telang

egel (patjet) von den Füssen fernzuhalten. Die ohne
jede Beschuhung laufenden Malayen reiben sich Füsse
und Waden mit grünen Tabakblättern ein, jedoch ver-
fehlt dies Mittel seinen Zweck, sobald der Fuss nass
wird, was ja auf der Jagd bei der Aufnahme und dem
Folgen der Fährten durch Flüsse und Sümpfe fortwährend geschieht.

In jedem Thal bietet sich mehr oder weniger ein
Sumpf, und gerade diese Gegenden, in denen Thäler
und Höhen oft wechseln, sind die beliebtesten Standorte
des Wildes. Wasser ist in den Urwäldern Sumatras
stets vorhanden, denn eine Unmenge von kleinen Adern
quillt aus all' den Schluchten und Sümpfen hervor,
kleine Bäche bildend, die sich schliesslich mit den
riesigen Strömen aus den Bergen vereinen. In der
eigentlichen Regenzeit schwellen diese schnell und hoch
an, überfluten oftmals ihre Ufer, welche immer höher
als das hinterliegende Land sind, drängen die kleinen
Nebenflüsse in die Sümpfe zurück und bilden dann inmitten des Urwaldes unheimliche, schwarze Ströme
oder Seen.

Alle Wild- und Raubtierarten flüchten geängstigt
auf die Hügel, die wie Inseln aus dem Wasser emporragen; viele, welche an den Uferrändern Schutz suchten,
werden von den Hügeln durch breite Wasserstrecken
abgeschnitten, bei dem Höhersteigen der Fluten mit
fortgerissen und fallen den Krokodilen zur Beute.

Das ist die Jagdzeit für den unerschrockenen Jäger,
jetzt ist das Wild auf kleinere Gebiete beschränkt, denn
auf dem tiefliegenden Lande ist alles tot und stumm,
und nur das Lärmen der Affen tönt aus den Wipfeln
der im Wasser stehenden Fruchtbäume, begleitet von
dem krächzenden Geschrei und Lachen der Nashornvögel,
das hier und da das weithin schallende ochsenartige
Gebrüll des Mawas (Orang Utan) unterbricht. . . . .

Während meines Dortseins war an der NO.-Küste die grösste Überschwemmung seit Menschengedenken, stand doch selbst die kleine Hafenstadt Tandjong Poera (oder Klambir) unter Wasser, und der Verkehr konnte nur auf Kähnen stattfinden. Gerade in jenen Tagen hatte ich den grössten Erfolg, ja mehr, als wenn ich zur Zeit der Trockenheit Monate hindurch meine freie Zeit der Jagd gewidmet hätte. Auf einem kleinen, schwanken Kahn (Sampan), von zwei muskulösen Malayen gerudert, fuhr ich den tosenden Strom stundenlang hinauf, wobei sie oft beim Aufsitzen auf einem unter Wasser schwimmenden Baum oder bei gar zu viel Wellenüberschlag in die Fluten springen mussten, während ich mit einer Kokosschale das Wasser aus dem Kahn schöpfte, dann in einen kleinen Nebenfluss einlenkte, ohne die Ruder ordentlich brauchen zu müssen, da uns der gegen das Land drängende Strom von selbst führte. An einem Hügel oder hochliegenden Terrain sprang ich aus dem Kahn, schlug mich mit dem Jagdmesser bis zur ungefähren Mitte der „Insel" durch, oder birschte an einem Pfad dahin, unterdessen die beiden Malayen, erstere im Kreise umrudernd und lärmend, mir das Wild vor die Büchse trieben. Schwer mit Beute beladen, die ich an Querhölzern befestigt zu beiden Seiten des Kahnes im Wasser hängen liess, kehrte ich oft in jenen Tagen nach Hause zurück.

Doch auch zur Zeit der Trockenheit, wenn der Jäger keinen Kahn zu brauchen glaubt, kann es ihm leicht passieren, dass ihm der Rückweg abgeschnitten wird, falls er in der Frühe einige kleine Bäche durchwatet hat, die bei seiner nach einigen Stunden erfolgten Rückkehr zu 8 bis 10 Fuss tiefen, unübersehbar breiten Strömen angeschwollen sind, — und all' dies bei schönstem Wetter, währenddem in der Ferne in den Gebirgen der Donner gerollt hatte. Ein Wolkenbruch in den Bergen ist gleich einer Überschwemmung in der

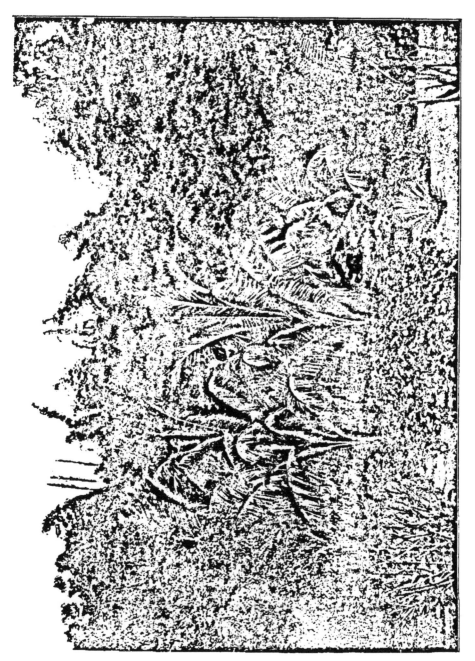

Bambudickicht und Rottanpalmen

Ebene; innerhalb weniger Stunden wird aus dem träge dahinschleichenden Fluss ein brausend schäumender Strom, der die mächtigsten, sich an das Ufer anklammernden Riesenstämme an ihren Wurzeln abspült, mit sich fortreisst und das Land überflutet, den Jäger tückisch umringend.

Nun ist der Kompass wertlos geworden, wenn der Jäger oder sein malayischer Begleiter nicht eine Hügelkette kennen, die sich bis nach ihrer Wohnung hinzieht. Das Verlaufen des Wassers kann nicht abgewartet werden, da in den Bergen das Wetter leicht mehrere Tage fortdauert; die einzige Rettung ist also: tüchtig arbeiten und ein Floss bauen. Mit dem starken, 2 Fuss langen Messer, dem Parang, das der Jäger nie vergessen darf, bei sich zu führen, werden schnell 9 bis 10 schenkeldicke Balken von ca. 15 Fuss Länge aus weichen Holzstämmen geschlagen, mittelst Rottan durch Querhölzer verbunden und in das Strombett geschleppt. Auf dem gebrechlichen Fahrzeug lässt sich der mit den Gefahren spielende, zum Äussersten gebrachte Jäger, völlig im Nassen sitzend und vor anderen Unannehmlichkeiten nicht gesichert, vom tückischen Wasser nach der Nähe seiner Behausung treiben. Ein zweifelhaftes Vergnügen, das ich einstens durchzukosten hatte!

Nach meiner Ankunft in Sumatra war ich zunächst einige Zeit bei einer bekannten Familie zu Besuch und übte die Jagd in den ersten Tagen nur den gebahnten Wegen entlang aus, erlegte einige Nashornvögel, auf dem Nachtanstand einen Keiler, der dicht bei dem Hause des öfteren den dort gepflanzten Kartoffeln (ubi Kayu) seinen Besuch abstattete, weiter einige Tauben, Kantjils und Flugeichhörner. In kurzem hatte ich ein unangenehmes Gefühl überwunden, das jeder Europäer in ein solches Land mitbringt, nämlich die Furcht vor Schlangen, die ja in Mengen durch giftige und nicht giftige Arten vertreten sind und vor denen man sich

8*

nur durch Vorsicht uud Ruhe schützen kann. Das
wirksamste Mittel zur Verteidigung und zu deren Ver-
nichtung ist der Stock, den der Pflanzer auf seinen
Gängen nie aus der Hand lässt. In kurzem nur will
ich den Leser mit den sonderbarsten Tiergestalten
Sumatras vertraut machen und dann zu meinen Jagden
übergehen.

Plauderei über Nashornvögel Sumatras.

Als sonderbare Tiergestalten muss ich erwähnen:
die fliegenden Hunde (Kalong), die oft zu 50 und mehr,
einer dem andern folgend, am Nachthimmel lautlos erscheinen und den Fruchtbäumen zuflattern, um dort
angelangt sich einem desto lebhafteren Gedanken-
austausch und Frass hinzugeben. Das fliegende Eich-
horn (Taguan), von Hauskatzengrösse, das nachts seine
Baumhöhle verlässt, um, von Baum zu Baum schwebend,
unhörbar und schattengleich den Fruchtbaum zu erreichen, seinen Hunger zu stillen, und noch in der
Nacht auf demselben Weg zurückkehrt. Aus einem
hohlen Stamm, neben meinem Haus, schoss ich eines
Morgens ein Flugeichhornpaar, ein mächtiges graues und
ein schwarzes mit rostrotem Bauch, das durch Stock-
hiebe gegen den Stamm veranlasst wurde, seine gemeinsame Wohnung zu verlassen. Der Flattermaki
(Kaguan), ebenfalls von Katzengrösse, der, wie der
Taguan, auch mit einer behaarten Flughaut ausgestattet
ist, in seiner nächtlichen Lebensweise diesem entspricht,
jedoch viel heimlicher und seltener ist.

Die Flugeidechse, ein zierliches Geschöpf von knapp
Handspannlänge, die es infolge wunderbar geformter
Rippen, die mit einer dehnbaren Flughaut verbunden
sind, ermöglicht, von Baum zu Baum bis 10 m und mehr
Entfernung zu streichen, um so dem Insektenfang nach-
zuspringen, bezw. zu fliegen. Das Schuppentier, ein

einsamer stiller Höhlenbewohner, der Plumplori, der Quastenstachler, der Gottesanbeter, das wandelnde Blatt und viele Andere, alles Gestalten, die den Naturfreund und Jäger veranlassen, immer bewundernder, staunender und aufmerksamer die schier unendliche Schöpfung zu beobachten. Wie viel Unentdecktes muss dort noch sein heimliches Leben fristen.

Diesen stummen, heimlichen und wunderbaren Nachtgebilden der Natur schliessen sich die die Urwaldungen belebenden und ebenfalls wunderbaren Gestalten der mächtigen Nashornvögel an, mit denen ich im Nachstehenden die deutsche Leser- und Jägerwelt etwas bekannt machen will.

Man kann sich den sumatraischen Urwald nicht ohne diese Vögel denken, denn sie sind das belebende Element desselben, ausser den Affen, den einzigen Geschöpfen, die sich anmassen können, einigermassen mit diesen im Wettkampf um Geschrei und Radau wetteifern zu können.

Wohl kein Tag vergeht, ohne dass der Jäger (Touristen und Bummler wagen sich nicht in den Urwald hinein), durch den Urwald schreitend, das nicht weniger als melodiöse Geschrei oder den über „Kilometerweite“ hörbaren Flug der Nashornvögel vernimmt. Meist paarweise, oder in grösseren Flügen oder Familien, hört und sieht man diese wunderbaren Vögel mit den sonderbaren, mächtigen Schnäbeln, die ans Gigantische grenzen, rauschenden Flugs vorübersausen, einige Arten in einer Höhe weit über den Kugelschuss hinaus, andere, die die Höhe der Baumwipfel nicht übersteigen.

Mir sind sieben verschiedene dieser Art bekannt, die in Sumatra leben, und von diesen gelang es mir, sechs in mehr oder weniger Exemplaren zu erlegen; nur der Jahrvogel blieb für meine Kugel, dank seiner Vorsicht oder ausserordentlichen Höhe beim Flug, unerreichbar, trotzdem ich ihn oft gesehen.

Der grösste, zugleich charakteristischste und häufigste unter ihnen ist der gemeine Nashornvogel (malayisch burung angang), und desto mehr nimmt mich's Wunder, gerade diesen in zoologischen Gärten oder Museen so selten oder nie gefunden zu haben. Es ist der einzige unter der ganzen Gattung, von dem man von einem wirklichen sogenannten Horn reden kann, und dies ist zugleich auch dem Verhältnis der Grösse des Vogels entsprechend, das bei weitem stärkste unter allen. Diese mächtigen Vögel sind nun das gerade Gegenteil von jenen stummen Nachtgestalten, die ich oben erwähnte, und man glaubt es kaum, wie es möglich ist, dass ein · Vogel selbst dieser Grösse diese mächtige, weithinschallende Stimme hervorbringen kann. Und wie verschieden wiederum sind die Stimmen der einzelnen Arten untereinander. Da klingt die Stimme des „Burung angang" ngang ngang warock rock, und weithin hörbaren Flugs kommt der mächtige Vogel dahergezogen, um sich auf dem nächsten hohen Tualang- oder Königsbaum einzuschwingen, kurz Umschau haltend, und dann durch verstärktes Gekrächz sein Weibchen zur weiteren Folge heranzulocken. Kaum hat dasselbe unter verdoppeltem Gegengeschrei folgend aufgebaumt, und einige Schnabelhiebe gegen die Äste des Stammes gethan, als auch der Erstangekommene den Flug fortsezt, und sich das Spiel so lange wiederholt, bis das Pärchen endlich auf einem Fruchtbaum angelangt seine Ruhe und Kröpfung findet.

Gerade diese Art der Nashornvögel scheint eine Liebhaberei für kultivierte Gegenden bezw. offenes, von Wald umsäumtes Kulturland zu begen. Und jeder dieser vorgenannten, hohen, säulenartigen Königs- oder Bienenbäume, welche gerade der Bienen wegen, die gern ihre Waben an die Äste desselben hängen, von Feuer und Axt verschont bleiben, und nach dem Gesetz möglichst verschont bleiben müssen, ebenso wie alle Fruchtbäume, werden vom Burung angang als beliebtester Ruhepunkt gewählt. In einem solchen völlig freistehenden Königsbaum, nur etwa 200 m von einem malayischen Kampong (Dorf) entfernt, entdeckte ich das Höhlennest dieses Vogels und sah gerade das Männchen beschäftigt, sein eingemauertes, brütendes Weibchen mit Atzung zu versehen und es in hingebender Treue zu pflegen. Vom Weibchen konnte ich mit Mühe nur die äusserste Schnabelspitze erkennen. Mit dem Feldstecher beobachtete ich dieses Paar oft, und scheute sich das Männnchen nach einigen Tagen gar nicht mehr vor mir, auch wenn ich mich auf etwa 50 m vom Baum ruhig beobachtend hinsetzte. Die Kröpfung bestand durchweg aus roten haselnussgrossen Früchten, von denen eine Menge im Kropf Platz fand und dem Weibchen zugetragen wurde. Oft dauerte es Stunden, bis das Männchen wiederkam, und mag das brütende, eingemauerte Weibchen sich wohl oft wie eine eingemauerte Nonne den traurigsten Betrachtungen über Hunger und Sterben hingegeben haben. Es wird wohl nicht allen Lesern bekannt sein, dass sich eben diese Vogelgattung im Gegensatz zu allen anderen im Nestbau wesentlich unterscheidet. Gemeinsam hacken Männchen und Weibchen an einem geeigneten Stamm, der vielleicht eine bereits natürliche Höhlung enthält, das angefaulte Holz heraus, bis das Loch genügend gross ist, das gewaltige Weibchen aufzunehmen, und soweit wäre alles zum Brutgeschäft fertig. Nach den nötigen Vorbereitungen schwingt sich das Weibchen in seine Baumhöhle und verharrt in derselben, bis die Mutterpflichten erfüllt sind, und während dieser ganzen Zeit wird ihm vom Männchen unermüdlich die Nahrung zugetragen. Das Wunderbare dabei ist, dass das Männchen sofort nach Besitzergreifung des Nestes den Eingang zu demselben, und somit auch das Weibchen, mit Lehm und Erde etc. absolut dicht vermauert und

nur für die Schnabelspitze des Weibchens einen ganz
schmalen Ritz offen lässt, der demselben nicht einmal
gestattet, den ganzen Kopf zum Fenster herauszustrecken,
sondern nur die äussere Spitze des Schnabels, um
wenigstens die ihm vom Männchen herzugetragene
Atzung aufnehmen zu können.

Und nun denke man sich unter dem Nashornvogel
angang nicht etwa einen solchen von der Grösse eines
Spechtes, sondern ein fast adlerartiges Gebilde von der
Grösse eines Truthahns. Diese Spezies ist, wie ich
bereits bemerkte, die wenigstens in Kulturgegenden am
häufigsten auftretende, und man kann von einer eigentlichen Jagd auf denselben kaum reden, denn der Pflanzer
und Jäger erlegt ihn meistens in der Nähe seiner
Wohnung oder Pflanzung, ja oft genug mit der Kugel
von der Veranda aus. Wer ein Paar längere Zeit beobachtet hat und etwas Ausdauer besitzt, braucht sich
nur an einen Baum, der gewöhnlich als kurzer Ruhepunkt benutzt wurde, zur rechten Zeit gedeckt aufzustellen, und fast mit Glockenschlag baumt der mächtige
Vogel auf und fällt der Kugel zum Opfer. Oft gelingt
es auch, das 2. Stück, das bald nachfliegt, wenn es den
Fall seines Genossen nicht gesehen, ebenso zu erlegen,
und — mit fast absoluter Sicherheit ist dies anzunehmen,
wenn der erste Nashornvogel z. B. nur geflügelt wurde
und unter mächtigem, fast furchterregendem Gebrüll zu
Boden stürzt und sich dem Jäger in Achtung gebietender
Stellung unter Bedrohung seines mächtigen spitzen
Schnabels stellt. Noch ist der Jäger beschäftigt, den
Versuch zu machen, sich diesem sich wütend brüllend
verteidigenden Vogel zu nähern, um ihn unschädlich zu
machen, da saust auch schon der oder die Genossin
durch die Baumwipfel, um sich nach dem Gefallenen
umzusehen, und riskiert oft einen fast direkten Angriff
auf den Jäger, der dann, wenn er ob der plötzlichen
Überrumpelung nicht gar zu verblüfft oder oft auch

erschreckt ist, leichtes Spiel hat, den zweiten Vogel und
auf solche Entfernung sogar mit Schrot zu erlegen. Mir
ist es überhaupt nur in solchen Fällen, wie der eben
geschilderte, oder aber auch, wenn ich die Blättertrommel
anwandte, gelungen, Nashornvögel dieser Grösse mit
Schrot zu erlegen, sonst war ich stets, sei es beim Flug
oder beim Aufbaumen, genötigt, die Kugel sprechen zu
lassen, da die Entfernung zu gross bezw. zu hoch war.
Was man unter der sogenannten Blättertrommel zu verstehen hat, habe ich s. Z. bereits beschrieben und will
nur noch wiederholen, dass durch Aufeinanderlegen von
kräftigen grossen Blättern und durch Trommeln auf
dieselben mit einer schwanken Gerte ein unregelmässiges
Geräusch verursacht wird, das eben sonst in dieser Art
im Urwald, wo sonst so viele Töne laut werden, nicht
existiert, — und eben dies, also die Gier nach etwas
Neuem, die Neugier, soll die Tiere des Waldes veranlassen, heranzukommen in den Bereich des Geschosses,
und diesem Ruf folgen thatsächlich viele Tiere, wie ich
oft selbst erprobt habe, und unter ihnen allen sind fast
stets die ersten — die Nashornvögel. — Die zweite Art
derselben, die mir am häufigsten aufgestossen ist, ist
der burung Tekuck, und dieser Name ist seinem Ruf
entsprechend so bezeichnend für den ebenfalls mächtigen
Vogel, dass ich ihn im Folgenden nur Tekuck nennen
will. Dieser Vogel unterscheidet sich vom ersten zunächst durch seinen Schnabel, der nicht krumm, sondern
gerade und spitz und mit einem kolbenartig nach oben
abgerundeten Höckeraufsatz, rot gegen den sonst hell-
gelben Schnabel, versehen ist. Ausserdem unterscheidet
er sich von jenem durch eine völlig nackte, scharlach-
rote, weitfaltige Kehlhaut, die ihn, ebenso wie sein Stoss,
aus dem zwei Mittelfedern in der Art des Argushahns weit
hervorragen, genügend von allen anderen Nashornvögeln
kennzeichnet. Seinen malayschen Namen verdankt er
ebenso wie der Erstgenannte seiner Stimme, die mit

den Silben **Tekuck** mehrmals wiederholt Kuck-Kuck-Kuck, immer schneller und noch schneller fortsetzt und mit einem plötzlichen, fast hämisch klingenden Hähähähähä endigt. — Den ersten dieser Art sprach ich im Morgendämmern im hügeligen Urwald, als er auf hohem Baum aufhakte, als Argus an und erlegte ihn mit der Kugel, ihm zugleich, wie nachstehend geschildert, meinen ersten Orang Utan nebst Jungen verdankend.

Die von sämmtlichen Nashornvögeln bevorzugtesten Gegenden sind die dem Tiefland und den hohen Gebirgen zwischengelagerten Hügel- und Bergwaldungen (ich rede in all' meinen Artikeln über Tierwelt Sumatras ausschliesslich über die Nord-Ost-Küste, da mir diese durch eigene Beobachtung genau bekannt ist), und an geeigneten Orten trifft der Jäger tief innen im finsteren Urwald oft bis zu 50 und mehr dieser gigantischen Vögel auf einem einzigen mächtigen Fruchtbaum versammelt, die hier eifrig und unter ohrbetäubendem Geschrei ihrer Nahrung nachgehen. Bei dieser Höhe der Urwaldriesen, von denen sich der deutsche Jäger kaum einen Begriff machen kann, ist nur der Kugelschuss möglich, aber auch erschwert durch das oft zu dichte Blätterdach und das Hin- und Her- und Durcheinanderstreichen dieser mächtigen Vogelgestalten. Jedoch bei dem brüllenden, krächzenden Geschrei verhallt der Büchsenschuss oft ungehört, und es ist mir oft genug gelungen, drei und vier verschiedene Arten von ein und demselben Baum herunterzuholen, selbst wenn ich noch eine Anzahl Fehlschüsse zu verzeichnen hatte.

Der Grösse nach schliessen sich den oben bereits Genannten zunächst an der Doppelnashornvogel mit zweiteilig gebuchtetem Schnabelaufsatz und der Jahrvogel, dessen Horn sich aus verschiedenen, mit den Jahren sich vermehrenden (daher der Name) wulstartigen Ringen zusammensetzt. Diesem letzteren Vogel habe ich mich

Mein Haus in „Darat" auf Boeloe-Telang

leider nie auf Büchsenschussweite (100 bis 120 m) nähern können; er ist meiner Beobachtung nach der scheueste unter allen Nashornvögeln, der selbst in den fernsten, von der Kultur unberührten Urwaldungen, wohin der Mensch selten kommt, beim Anblick desselben aber auch sofort abstreicht und in beschleunigtem Flügelschlag das Weite sucht. Den Doppelhornvogel konnte ich innerhalb 4 Jahren nur zweimal als solchen mit Sicherheit ansprechen, und zwar das erste Mal von der Veranda meines Hauses aus, das auf hohem Hügel einsam stand, inmitten von gerodetem Urwald und Tabaksfeldern, die wiederum rings von Urwald in des Wortes verwegenster Bedeutung eingeschlossen waren. In diesem Hause hatte ich bereits früher 2 Jahre meines Tropenlebens verlebt, mir eine schwere Malaria zugezogen, war dann auf die später zu öffnende Hauptplantage übergesiedelt und kam durch Zufall wieder in mein früheres Heim für die Dauer eines Vierteljahres. Die Atjeher hatten mal wieder einen ihrer Raub- und Schreckenszüge unternommen und näherten sich unserer Pflanzung. Die holländische Regierung sandte zu unserem Schutz 40 Soldaten nebst einem Offizier, die sichs in einer schnell von unsern Kulis und ihnen erbauten Verschanzung auf der Hauptplantage bequem machten und ihre Recognoscierungsgänge nach Möglichkeit auf die Wege der Hauptplantage beschränkten, was ich ja bereits schilderte.

Die erste Nacht verlief naturgemäss bei dieser Aufregung schlaflos und kaum erschien der neue Tag, da brauste es über das Blätterdach des Hauses und es hackte auf etwa 80 m vor der Veranda ein prächtiger Doppel-Nashornvogel auf, den ich mir nicht verkneifen konnte, mit der Kugel herunterzuholen; es war ja der erste, den ich lang ersehnte, den ich zum erstenmal zu Gesicht bekam. Kaum hatte ich die stattliche Beute in Sicherheit gebracht, da erblickte ich auch schon den

zweiten Doppelhornvogel auf einem ferner stehenden
Tualangbaum. Jedoch ehe ich mich auf Kugelschuss
nähern konnte, strich er ab und blieb für die Dauer von
2 Tagen verschwunden. Am 3. Tag endlich, als ich
im fröhlichen Galopp auf meinem Battakponnie von den
Feldern nach Hause zurücksprengte, erblickte ich das
Weibchen wiederum auf einem Tualang, der nur etwa
50 m vom Wege abseits einsam stand. Ich parierte
das Ponnie, konnte im Schritt vorbeireiten und den
mächtigen Vogel in Musse betrachten. Er hielt mich
ruhig aus, und darauf basierte ich meinen Plan. Mein
Haus lag nicht weit, weshalb ich demselben in beschleunigtem Tempo zustrebte, meine Büchsflinte ergriff und schnell wieder auf demselben Weg zurückritt.
Noch sass der Ersehnte auf dem betreffenden Baume,
von Ast zu Ast springend und die Äste mit seinem
derben Schnabel bearbeitend. Im Schritt näherte ich
mich demselben, stets den Fahrweg einhaltend, glitt
sacht vom Pferd, dasselbe am Zügel führend, und kam
so auf ziemlich weiten Büchsenschuss heran. Ein Näher
war nicht geraten, immer langsamer führte ich das
Pferd, blieb stehen, legte die Büchsflinte auf den Sattel,
zielte, und im Feuer lag Nashornvogel und der Schütze,
der noch einige Schritte geschleift den Zügel los und
das scheu gewordene Ponnie durchgehen liess. Das
alles kam so plötzlich, dass ich nicht einmal beobachten
konnte, wohin der Vogel gefallen, und ob er vielleicht
nur schwer verletzt doch noch nach dem ersten Fall
einige Flügelschläge gethan haben mochte. Ich suchte
das ganze im Jahre vorher übersichtliche, mit Tabak
bebaute und nun mit hohem Lalang und Gestrüpp
wieder bewachsene Gelände rings um den Stamm ab,
konnte aber nichts finden, bis endlich zwei Chinesen, mit
dem durchgegangenen Pferde zurückkehrend, mir suchen
halfen, und deren Hin- und Herstreifen es endlich gelang, die seltene Beute, in einem verwachsenen Graben

liegend, an dem ich verschiedene Male erfolglos vor-
übergegangen, verendet aufzufinden. — So war denn
das Pärchen vereinigt, wurde sorgsam abgebalgt, mit
Asche, Allaun und Naphtalin bearbeitet und dann in
Staniolblätter aus grossen Theekisten sorgfältig eingewickelt. So lagen denn diese seltenen Trophäen
mit Argus, Strausswachtel und anderen stumm vereint und vorläufig präpariert, bis ich sie eines Tages
auspackte und ausser zerfressenen Federn nur noch
Häute und Schnäbel vorfand, da das Übrige von Ter-
miteu, Ameisen und Kakerlaken als willkommenes
Fressen befunden worden war, und so ging es mir mit
vielen Haar- und Federbälgen.

Ausser diesem Pärchen Doppelnashornvögel habe
ich in der Freiheit nie wieder einen solchen zu Gesicht
bekommen, erst nach Jahr und Tag einen armen Gefangenen, der, an einen Strick gebunden, an der Küste
zum Verkauf angeboten wurde.

Neben den im Vorstehenden genannten mächtigen
Vertretern ihrer Sippe beherbergt Sumatra nur noch
zwei mir bekannte kleinere Arten Nashornvögel, welche
nur etwa ¹/₃ der Grösse jener erreichen. Von diesen
traf ich die eine Art, welche sich durch völlig weissen
Schnabel kennzeichnet, nur paarweise oder einzeln an.
Beide sind sehr scheu, und gelang es mir, obwohl sie
gerade nicht rar zu nennen sind, doch selten einen
dieser Art zur Strecke zu bringen. Meist war es Zufall, der ja in den tropischen Urwaldungen gang und
gebe ist, und der Jäger, der denselben durchpirscht,
kann sich darauf gefasst machen, gerade das Gegenteil
von dem zu finden, wofür er seine Büchse oder Flinte
geladen hat, und aus diesem Grunde führte ich stets
Büchsflinte mit schwerer Ladung für alle Fälle. Es
ist mir dies oft zunutze gewesen. Ich pirschte auf
einen Kidiang-Hirsch und schoss einen malayischen
Kragenbär; ich bummelte aufs Geratewohl in eine

Gegend, wo stets Sauen vorkamen und streckte mit
einer Kugel mein erstes Rhinoceros. Ich schlich mich
an einen balzenden Blajanhahn (malayischen Fasan) an
und erlegte eine Sau auf wenige Schritte mit Schrot.

Vermessungen vorzunehmen, schritt ich mit einigen
Malayen durch den Urwald und gab den ersten Schuss
(leider erfolglos) auf vor meinem Hund flüchtende
Elefanten ab. Um meine Schädelsammlung zu er-
gänzen, näherte ich mich einem Schweinsaffen, der sich
frech auf einen breiten Weg im Walde stellte, ohne
Miene zum Weichen zu machen, und streckte mit der
Kugel einen Samburhirsch, der gerade den Weg überfiel, als ich anlegte, und den Schweinsaffen, der nicht
wich, mit dem Schrotlauf, dem ich noch einen Fangschuss folgen lassen musste. Ich schickte meine Hunde
in eine Sumpfdickung, dicht an der Pflanzung, um
Sauen zu hetzen, sah den grossen Schatten eines Vogels,
blickte nach oben und schoss einen dieser weiss-
schnäbeligen Nashornvögel, der schnellen Flügelschlages
über mich hinwegeilen wollte. Es ist zumal für den
Deutschen und Preussen ein ungemein anziehendes Bild,
diesen schwarzweiss gebänderten Vogel über die grau-
grünen Wipfel der Bäume, gegen deren Farbe er sich
prächtig abhebt, hinwegstreichen zu sehen, und als ich
ihn zum erstenmal erblickte, musste ich unwillkürlich
denken, der preussische Aar in lebender, farben-
entsprechender Gestalt, nur schade, dass er kein Adler ist.

Weithin schallendes quikendes Geschrei, genau dem
bekannten Todes- und Angstgebrüll geschlachtet werden-
der Schweine entsprechend, lockte mich in eine tiefe,
dicht bewaldete Schlucht, und ich machte mich
mindestens auf einen Panther oder Tiger gefasst, der
eine Sau geschlagen haben musste, weshalb ich mich
sehr vorsichtig näher schlich, und was erblickte ich —
einen starken Flug von Nashornvögeln der kleinsten
Art, die sich eifrig unter oben beschriebenem zänkischen

Geschrei daranmachten, einen Rambutanfruchtbaum seiner köstlichen Früchte zu berauben. Ein Schuss, und die Radaugesellschaft, die mich so schmählich betrogen hatte, war bis auf einen, den Erlegten, auf Nimmerwiedersehen verschwunden. Der schwarz- und weissgezeichnete Schnabel mit verhältnismässig nur kleinem Hornaufsatz kennzeichnet diesen Vogel zur Genüge von allen anderen seiner Familiengenossen, und man erkennt ihn in der freien Natur sofort an diesem und in der Vogelwelt einzigartigen Geschrei. Entweder sind es Sauen oder er, ein zweites giebt es nicht. Dies Geschrei, das der Europäer zunächst nun und nimmer als von einem Vogel herrührend erkennen würde, erinnert mich (von meinem Thema einen Augenblick abschweifend) an eine fusslange Eidechsenart, den „Gecko", der zu seinem Aufenthalt mit Vorliebe menschliche Wohnungen aufsucht und ein Geschrei von sich giebt, das den Fremdling, den Europäer, unbedingt an den Ruf der Henne erinnert, die vermeldet, dass sie soeben die Pflicht des Eierlegens vollendet hat, und es giebt thatsächlich nichts Komischeres, als so bekannt klingende Laute von solchen Vertretern einer fremden fernen Welt hervorgebracht zu hören.

Die Nashornvögel, die ich erlegte, dienten mir zunächst zur Vervollkommnung meiner Sammlung an Bälgen bezw., nachdem die Ameisen und Kakerlaken ihr Werk verrichtet, an Schnäbeln, sodann zum Futter für meine wilden Bestien wie Nebelparder, Wildkatze, Plumplori, Pythonschlange nnd meine Hunde etc. Nachdem ich jedoch nach einem erstmaligen Versuch festgestellt hatte, dass die kräftige Brust dieses Vogels thatsächlich nicht hinter Rinder- und Kuhfleisch zurückstand, liess ich mir später oft von den erlegten grösseren Nashornvögeln ein prächtiges Nashornvogelsteak braten, das mir immer recht mundete.

Orang.Utan-Jagden..

Allabendlich und früh ám Morgen erscholl der Schrei
der Hirsche sowie das Balzen der Argusfasanen von
den Hügeln hernieder·uńd lockte mich mit unwidersteh-
licher Macht.hinaus in. den Wald. Mit Kompass und
einem Fläschchen Kognak versehen, mit einer guteń
Büchsflinte Kal. 16 — Kugeln Mod. 71, 84 — und
einem Parang bewaffnet, machte ich mich am 29. August
früh auf, um einen Argus, der seinen Ruf laut und
anhaltend, nur von kurzen Pausen unterbrochen, hören
liess, anzubirschen. Ein kleiner.Pfad, der, durch das
Heraustragen von Bauholz · entstanden, in den Wald
hineinführte, brachte mich bald in die Nähe des stolzen,
aber sehr scheuen Vogels. Schritt für Schritt vorspringend,
kam ich bis auf 30 Gänge an ihn heran, doch konnte
ich den Fasan, der am Boden stehen musste, des dichten
Unterholzes wegen nicht wahrnehmen; beobachtend ver-
harrte ich daher mit gespanntem Gewehr. Plötzlich
ein Rascheln, ein schwerer Flügelschlag, und schon
ausser Schussweite strich der Argus einer hohen Baum-
krone zu, von der er sofort weiterzog und verschwand.
Ich begab mich nach dem Balzplatz, welcher im Kreise
von 4 bis 5 m Durchmesser durch den Fasan von Blättern
und·Ästen vollständig gereinigt war, und erblickte in
der Krone eines Baumes senkrecht über mir ein zweites
Stück Federwild, das ich seines langen Spieles wegen
ebenfalls für einen Argusfasan hielt und mit der Kugel
herunterholte. Es fiel in schräger Linie etwa 80 Schritte
von mir zu Boden, denn die Kugel hatte ihm, wie
sich später fand, den Steiss durchbohrt. Während ich
dem Fallenden nachschaute, bemerkte ich auf einem
zweiten Baume ein rotes Ungeheuer, das am Stamme
emporkletterte und mich dann, grunzende Töne ausstossend, anstierte. Ich erkannte in ihm den Orang
Utan oder Mawas, wie er allgemein von den Malayen

der Nord-Ostküste benannt wird, lud schnell eine neue
Kugel und gab Feuer. Sofort auf den Schuss rutschte
der Mawas auf einen Ast zurück, hob den einen Arm
in die Höhe und stürzte, sich nach hinten überschlagend,
laut aufstöhnend zur Erde nieder; auf dem Rücken
liegend, fletschte er sein fürchterliches Gebiss.

Nach einem erfolglosen Versuch, ihn mit dem Messer
abzufangen, da er mir immer nach den Kleidern griff,
jagte ich ihm eine zweite Kugel durch den Schädel,
worauf plötzlich lautes Schreien und Quäken ertönte
und sich von der Seite der Mutter ein von mir bis dahin
nicht bemerktes Junges löste, das mich anfletschte
und an einem Bäumchen hinaufzuklettern begann. Ich
schlug letzteres um, ergriff den kleinen Orang, der die
Finger meiner linken Hand tüchtig mit Zähnen und
Nägeln bearbeitete, während ich mit der Rechten den
Riemen meiner Patronentasche abriss und ihm damit
die vier Hände auf den Rücken schnürte. Das alte
Weibchen, dem die erste Kugel den linken Oberarm
und die Handwurzelknochen der Rechten zerschmettert
hatte, bedeckte ich mit Ästen und holte den erlegten
Vogel, der sich nun aber nicht als Argus (Uau), sondern
als Nashornvogel (burung Tekuk) entpuppte, steckte
dann meinen linken Arm zwischen die gefesselten Hände
und den Rücken des kleinen Wildlings, gegen dessen
Angriffe auf meinen Arm ich mich durch Nasenstüber
verteidigen musste und brachte die teuere Beute
keuchend nach den nächsten Gebäuden am Waldesrand,
wo chinesische Kulis wohnten, denen ich dieselbe
zur Obhut übergab. Da ich damals der malayischen
Sprache noch nicht mächtig war, machte ich ihnen
durch Gesten verständlich, dass ich die Mutter des
„Kleinen" erlegt hätte und sie nun holen wolle. Endlich
verstanden sie mich, brachten Rottanstricke herbei und
folgten mir in den Wald. An Ort und Stelle angelangt,
banden sie dem Mawas Vorder- und Hinterhände zu-

sammen, steckten einen Stock hindurch, hoben ihn auf die Schultern und trugen ihn so aus dem Wald.

Voran zwei Mann mit dem verendeten, dann zwei mit dem jungen Mawas und dem Nashornvogel und ich zum Schluss, so zog ich in die Plantage, wo meine Bekannten wohnten, ein, gefolgt von etwa 50 javanischen Männer und Frauen, die alle das wunderbare, ihnen nur vom Hörensagen bekannte Tier anstaunten. Mein Freund, der schon 13 Jahre im Lande weilte, hatte bis dato noch keinen Mawas im Freien gesehen; ich hatte somit für den Anfang riesiges Glück.

Der junge Orang, ich nannte ihn August, kam zunächst in eine grosse Kiste; die Haut der Alten streifte ich ab und spannte sie an der Sonne zum Trocknen aus. August nahm vom ersten Tage Milch und Pisangfrüchte, die ich ihm reichte, an, versuchte auch nicht mehr zu beissen, und nur dann, wenn ich ihm gestattete, unterm Haus spazieren zu gehen, und er die Haut der Mutter erblickte, zu welcher er sofort flüchtete und in deren Haaren er sich mit seinen hakenartigen Fingern festklammerte, schrie und tobte er, sobald ich ihn wegnehmen wollte. Von da an durfte ihm dieselbe nicht mehr vor Augen gebracht werden, und nach vier Tagen zeigte er dieselbe Anhänglichkeit an mich wie vorher an seine Mutter. Neigte ich mich zu ihm, so legte er seine Hände um meinen Hals, umklammerte mit den Füssen meine Brust und liess sich gern so umhertragen. Nur unwillig liess er mich los, um dann stundenlang ruhig auf einem Kissen auf der Veranda oder bei einem kleinen Schweinsaffen unterm Haus zu sitzen. Nahten sich fremde Menschen, so barg er sein Gesicht unter den Händen oder schrie und beruhigte sich erst, wenn ich ihn zu mir genommen. Zeigte ich ihm eine Pisangfrucht und rief ihn, so stieg er von seinem Kissen auf dem Stuhl herunter, spitzte sein Mäulchen und kam, wie ein alter Mann auf Krücken geht, angehumpelt,

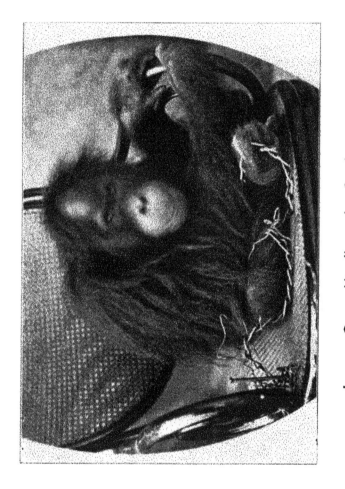

Junger „Orang Utan", an den Stuhl gekettet

indem er die beiden Arme steif und breit von sich auf den Boden stellte und nun den Körper mit den Beinen nach vorn warf. Dann ergriff er die Frucht mit einer Hand und humpelte an seinen Platz zurück, dabei fortwährend Umschau haltend und komische Grimassen schneidend. War ich zu Hause, blieb August immer artig und langweilte sich nie. Hatte ich mich jedoch auf einige Stunden entfernt, so fing er an Allotria zu treiben, kletterte überall herum, so z. B. in das Dach, und liess sich an der Kette der Hängelampe herab. Kam er dann bis an diese, so sah er, dass sie noch zu hoch über dem Tisch hing, um den Sprung wagen zu dürfen, wurde ärgerlich und schlug mit den Händen auf der Glocke herum, bis sie in Stücke zerfiel. Solche Turnübungen machte er öfters, und so war ich genötigt, ihn tagsüber anzubinden; nachts jedoch nahm ich ihn in mein geräumiges Bett, woselbst er mir zu Füssen ruhig schlief und im Gegensatz zu kleinen Kindern sich sehr manierlich betrug, ausgenommen die drei ersten Male. Nach ein und einem halben Monat begann er etwas schwermütig zu werden, beschmutzte sich mehr als früher, und ich musste ihm für die Nacht sein Kissen in eine Zimmerecke bringen. Pisangs, die ich ihm nun reichte, steckte er wohl in das Maul, ohne sie jedoch zu fressen, Milch verschmähte er ebenfalls. Sein Bäuchlein wurde hart, die Glieder steif, und trotz Anwendung von Medizin konnte ich ihn nicht am Leben erhalten. Als ich am 22. Oktober von einem Ausgang nach Hause zurückkehrte, streckte er mir seine Hand entgegen, die Äuglein wurden matt, Schaum trat ihm vor das Maul und er starb. — Mir war's, als ob eine Menschenseele entflohen wäre.

Eines anderen Tages, am 19. September, war ich im Begriff, kurz vor Sonnenuntergang auf einem Wege durch den Urwald nach Hause zurückzukehren. Der Wind heulte in den Lianen und Gipfeln der Bäume;

ein heftiges Unwetter schien hereinbrechen zu wollen. Lautes Knacken von Zweigen linker Hand über mir liess mich aufschauen, und ich erblickte die Grundlage eines grossen Nestes, aus dem sich ein langer Arm hin und her bewegte, fortwährend Äste brechend und hereinziehend. Nach kurzem Beobachten blieb ich stehen, klatschte kräftig in die Hände, und im Nu erschien ein halberwachsener Mawas auf dem Nest, der, auf die Arme gestützt, sich vornüber neigte und mich verblüfft anstierte. Eine Minute war er unschlüssig, was er thun sollte, dann schwang er sich langsam höher in das Astwerk und glotzte mich, dumpfe Töne ausstossend, an. Um ihn nicht zu stören, ging ich einige Schritte weiter; sofort stieg der Mawas zu seinem Lager zurück, brach schnell noch einige Äste, wölbte sie über sich zu einem Regendach zusammen und war bald hinter diesem verschwunden. Das Unwetter brach jetzt mit Heftigkeit los, so dass ich vor Nässe triefend in meinem Heim anlangte.

Am nächsten Morgen gegen 7 Uhr ging ich wieder zu der Stelle und schlug mit einem Stock gegen den Baum, worauf mein „Bekannter vom Abend zuvor" mürrisch auf der Bildfläche erschien, sich aber rasch in die höchsten Baumkronen zurückzog, um nie mehr in seinem Hause zu übernachten.

Seit jener Zeit habe ich bei meinen Streifereien Gelegenheit gehabt, noch 11 Orang Utans zu beobachten und einige auch zu erlegen, doch kann ich nur zwei Fälle erwähnen, in denen der Mawas, anstatt sich zurückzuziehen oder mich nicht zu beachten, Anstalt machte, mich anzugreifen.

Es war zwei Jahre später, eine aufgeregte und interessante Zeit, die ich bereits schilderte, denn die Atjehs waren wieder in holländisches Gebiet eingefallen und trieben sich auch in der Nähe unserer Plantage umher. Ein Leutnant und 40 Mann inländischer wie auch

europäischer Soldaten verschanzten sich auf derselben,
um uns ihren Schutz angedeihen zu lassen. Während
dieser Zeit lebte ich auf einem Vorwerk, das eine Stunde
von der Plantage tiefer im Urwald lag. mit derselben
aber durch einen Fahrweg verbunden war, um die
ängstlich gewordenen Kulis bei ihrer Arbeit, den letzten
Rest ihrer im Feld stehenden Tabaksbäume noch abzuschneiden, festzuhalten und ihnen denselben ab-
zunehmen. Ein alter Holländer, der auf dem Vorwerk
(Darat) Petroleumbohrversuche zu leiten hatte, war bei
der Nachricht von den Atjehs bei Nacht und Nebel
entflohen, da er sich auf der Plantage unter dem Militär
sicherer fühlte, und so musste ich mich nun mit seinen
Leuten auch dieser entsetzlich langweiligen Beschäftigung unterziehen.

Um meinen Proviant zu erneuern, begab ich mich
am 19. September, genau 2 Jahre nach der Begegnung
mit dem nestbauenden Mawas, nach der Plantage,
während mein chinesischer Wasserträger hinter mir
herlief. Der Weg führte in zahlreichen Windungen
durch das mit dichtem Urwald bestandene Hügelland.
Rechts und links war auf 20 m alles gekappt worden,
damit der Weg trocknen konnte, und hier wucherte
üppig wilder Pisang, Lalang, Schilf und junger Busch·
Als ich eben einer Windung folgte, raschelte es im Schilf,
worauf ein riesiger Orang Utan aus demselben hervorkam
und mir einige Schritte entgegentrat. Dann richtete er
sich ein wenig in die Höhe, starrte mich mit seinen
kleinen Augen wütend an und näherte sich mir abermals. Meinen Revolver, den ich immer bei mir trug,
seitdem mich ein Javane im Opiumrausch (Amok) an-
gefallen und mit dem Parang an der Schulter ver-
wundet hatte, feuerte ich schnell zweimal kurz hinter-
einander auf das „Untier" ab und sprang dann rasch
einige Schritte zurück. Als ich mich umsah, bemerkte
ich zu meinem Vergnügen, dass der Waldmensch eben-

falls Kehrt gemacht hatte und wieder dahin verschwand, woher er gekommen. Hart am Wege stand ein dicht mit Lianen bedeckter Ringgasbaum, und an ihm sah ich den Mawas hinaufklimmen. Abermals sprang ich näher und feuerte zwei weitere Schüsse auf seinen Kopf ab, worauf er mit wütendem Brüllen antwortete, sich mit der Hand den ihm von der Wange herabrieselnden Schweiss abwischte und sofort das dichte Blättergewirre annahm.

Den Chinesen sandte ich nun schnell nach meinem Hause, um Gewehr und Munition zu holen, doch behielt ich sein Parang vorsichtshalber bei mir. Der Mawas rührte sich nicht, und ich konnte sein Versteck mit bestem Willen nicht wahrnehmen. Einige daherkommende Bandjarezen (von Borneo) hielt ich zum Transport meiner Beute fest, denn sie war mir so gut wie sicher. Endlich kehrte mein Wasserträger mit der Büchse zurück, und ich gab noch drei Schüsse in das Blättergewirr ab, ehe der Mawas zum Vorschein kam. Nun zielte ich ruhig und feuerte. Der Koloss stürzte, hielt sich im Fall noch wenige Augenblicke an einigen Lianen und lag dann auf dem Rücken (alle von mir geschossenen Orang Utans fielen auf den Rücken) im Schilf vor mir, öffnete noch einige Male krampfhaft seine mächtigen Kiefer und war verendet.

Mit Hilfe der Bandjarezen und des Chinesen schaffte ich ihn nach Hause, nahm die Maasse auf und streifte ihn ab, um seine Haut und den Schädel meiner Sammlung einzuverleiben.

Gesamtlänge = Spannweite war . . . 2,42 m,
Körperlänge inkl. Kopf auf dem Rücken 0,87 „,
 „   ohne „ gemessen   0,72 „,
Brustumfang . . . . 1,00 „,
Vorderarm mit Hand . . . . 0,69 „,
Hinterarm bis Ferse . . . . 0,57 „,

Die Haut des grössten von mir erlegten „Orang Utan"

Handlänge	0,27	m,
Fusslänge	0,35	„
Breite } des Gesichts	0,28	„
Länge }	0,27	„
Spannweite, Hinterfüsse	1,85	„
Rückenbreite	0,50	„
Handbreite	0,095	„
Fussbreite	0,085	„
Haare am Steiss	0,49	„
„ in der Achselhöhle	0,44	„
„ im Kinnbart	0,18	„
„ auf dem Mittelfinger	0,12	„

Die Malayen nannten dies Exemplar wohl seiner stärkeren Behaarung wegen Mawas-Kuda, das heisst:

Mawas = Orang Utan = Waldmensch,
Kuda = Pferd = Pferdewaldmensch.

Einen Orang Utan erlegte ich noch am 16. Januar des folgenden Jahres. Er war mein letzter, weil mir hierbei die Jagd auf diese Menschenaffen durch einen Fehlschuss verleidet wurde.

Ein Bandjareze, der im Busch einen jungen Orang Utan gesehen und mir dies mitgeteilt hatte, brachte mich an Ort und Stelle. Auf einem Rambutanfruchtbaume erblickte ich einen erwachsenen Orang Utan, der sich an den Früchten labte, während ein noch ganz junger dicht bei ihm an den Ästen hing. Auf einem anderen Baume sah ich zwei weitere Mawas, welche alle grösseren Äste ihrer Rinde beraubt und wahrscheinlich verzehrt hatten. Bei unserem Erscheinen ertönte dumpfes Gurgeln, und die Mutter ergriff das neben ihr hängende Junge, um es mit sich in die Baumkronen zu nehmen. Das war, was ich wünschte, denn dem Jungen in den Bäumen nachzuklettern, wäre vergebliche Mühe gewesen, so aber hoffte ich, das Glück würde mir, wie auf meiner ersten Jagd auf Orang

Utans am 29. August des ersten Jahres, hold sein, und ich könnte die Mutter erlegen, damit sie mit dem Jungen herunterfiele. Schnell war sie indes in die nächststehenden höchsten Bäume geklettert und bot mir kein Ziel zu sicherem Schuss. Die Höhe war beträchtlich, und nur, um mir den jungen Mawas nicht entgehen zu lassen, feuerte ich auf die Alte. Ein Wutgeschrei entfuhr drei Mawaskehlen, das ersehnte Junge hingegen stürzte nach einigen Sekunden mit völlig zerschmettertem Schädel zur Erde. Ich verwünschte die Mawasjagd bei diesem traurigen und zugleich ärgerlichen Abschluss, denn ich hätte zu gern an einem zweiten Orang Utan all' meine freie Zeit verschwendet, um einen netten Hausgenossen zu haben, und um ihn später nach Europa zu überführen.

Unausgesetzt brüllten die Überlebenden auf uns herab und zogen sich gemeinschaftlich auf denselben Baum zurück. Es waren wohl ein Männchen, ein Weibchen und ein noch halbwüchsiger Mawas. Letzterer kam uns, die wir ruhig bei dem erlegten Jungen standen, immer näher, schüttelte wütend an allen Ästen und stieg in die Baumkronen senkrecht über uns. Ihm folgte erst das Weibchen und darauf das Männchen, indem sie ihre Kehlsäcke aufbliesen und dumpfe, schreckerregende Töne ausstiessen, dabei ebenso, wie der dritte, fortwährend an den Zweigen rüttelten, so dass das trockene Holz zu Boden fiel. Vorsichtig rückten sie dann immer mehr und mehr heran, stiegen über unseren Köpfen in etwa 60 m Höhe in die Baumkronen, und nun fing ein Regen von dünnen und dicken dürren Ästen an, dass wir, um nicht getroffen zu werden, etwas Deckung suchen mussten. Die alten Mawas kletterten bei unserem Rückzug bis 30 m Höhe an den Bäumen abwärts, blieben jedoch dann sitzen, und als ich mich ihnen darauf ahermals näherte, brüllten sie ununterbrochen und brachen Zweige ab, die dicht bei uns herniederfielen, so dass der Bandjar bat, wir möchten doch weglaufen. Da ich nicht die Absicht hatte, nur zu morden, so schulterte ich meine Büchsflinte und lenkte meine Schritte heimwärts. Ali Ussup, mein Begleiter, hatte sich einen Arm des erlegten Orang abgeschlagen und untersuchte eifrig seine Muskeln. Auf mein Befragen, was er da mache, antwortete er treuherzig: „Eisen suche ich, denn aus dem Eisen der Arme des Orang Utan verfertigen die Schmiede die besten Messer!" Leider war sein Suchen vergebens!

Jagd auf Büffel (Karbau).

Zu Zeiten, in denen ich zu anstrengenden Jagden nicht recht aufgelegt war, aber doch eine oder zwei Stunden meiner Musse dem edlen Weidwerk widmen wollte, birschte ich gern einen Pfad am Batang Serangan-Fluss entlang, der durch die Atchinesen - Panik entstanden war und die direkte Verbindung zwischen uns und Tandjong Slamat, einer Nachbarplantage jenseits des Flusses, bildete. Selten hatte ich diesen Pfad vergebens betreten, denn Sauen, Kantjils und Hühner gab es hier in Menge, auch traf ich öfters auf Nashornfährten, die eines „Karbau" hatte ich jedoch weder je gesehen noch geahnt, denn man hört an der Ostküste fast nie mehr von wilden Büffeln. Hingegen erblickte ich diesmal die unverkennbare Fährte eines solchen und folgte ihr bis an ein kleines Gewässer, das dem Büffel zur Suhlung gedient hatte, denn der Boden war von den Läufen zerstampft. Die Fährten wiesen nach den verschiedensten Richtungen, ein Zeichen, dass dies ein Standort des seltenen Wildes war. Da aber erstere nicht mehr ganz frisch erschienen, dachte ich an keine Folge, sondern birschte auf dem Pfade weiter.

Vergebens lauerte ich dem Büffel zu verschiedenen Tageszeiten auf, opferte manchen freien Tag, und nur einmal hörte ich ihn durch den Wald brechen, ohne dass ich zu Schuss gekommen wäre.

Endlich, nach fast einem halben Jahr, als ich eine Schleusenreparatur vornehmen liess, kam ein Javane, den ich zum Rottansuchen in den Busch gesandt, atemlos zu mir gelaufen und berichtete, dass ein Karbau ihn bis dicht an den Waldesrand verfolgt hätte. Sofort sandte ich nach meiner Büchse, denn mein Haus lag nicht allzu weit, und birschte dann bei gutem Winde vorsichtig nach der mir von dem Javanen angegebenen Richtung. Noch ehe ich den Büffel erspähen konnte, hörte ich auf kurze Entfernung sein Schnauben. Durch einen Baumriesen gedeckt, blieb ich mit gespannter Büchse stehen. Auf 40 Schritte vor mir bricht der Karbau aus dem Dickicht, die schweissunterlaufenen Augen drohend auf mich gerichtet. Mit den gewaltigen spitzen Hörnern berührt der Riese leicht den Boden, plötzlich aber schnellt er den Kopf in die Höhe, legt die Hörner auf den Rücken und nähert sich unter kurzem Schnauben. Die Büchse im Anschlag erwarte ich ihn. Da, auf 30 Schritte, noch einmal dieselbe Kopfbewegung, kurzes Schnauben und fliegende Erdschollen! Nun aber kracht mein Schuss, und tödlich, in den Schädel getroffen, bricht der Büffel in die Kniee, legt sich auf die Seite und streckt die Läufe gen Himmel. Auf meinen Schuss eilten sofort wie Aasgeier Javanen herbei, stürzten sich auf das verendete Wild und schnitten ihm mit den Parangs den Hals durch, damit es schweisse, denn als Mohammedaner dürfen sie geschossenes Wild nicht geniessen. Da ich das Wildbret doch nicht verwerten konnte, überliess ich ihnen den ganzen Büffel, nur sollten sie den Europäern der Plantage, es waren mit mir deren drei, je 20 bis 30 Pfund desselben und mir ausserdem den Schädel bringen. Den Vorarbeiter der javanischen Kulis, den Mandur, machte ich noch dafür verantwortlich, dass ersteres richtig an die Herren ab-

Schädel der von mir gestreckten Nashörner und des
indischen Riesenbüffels „Karbau"

geliefert werde, und begab mich nach dem Hause meines Kollegen, um ihm mein Jagdglück zu erzählen und es daselbst auch zu begiessen.

Endlich, nach stundenlangem Warten, erhielt jeder von uns etwa 4—5 Pfund Wildbret und ich den abgenagten Schädel.

Alles übrige, Knochen, Eingeweide und Haut mitinbegriffen, hatten die Javanen mit ihren Frauen und Kindern nach Hause geschleppt oder im Busch versteckt, um es abends zu holen und dann an die Chinesen etc. zu verkaufen. Von den 10 und mehr Zentnern Wildbret konnten die Kerls in ihrer Gier dem Jäger und Geber nicht einmal 50 Pfund zur Seite legen. Von dem Karbau war an der Schussstelle nichts mehr zu erblicken, nur der vom Schweiss gefärbte Boden zeugte von seiner Erlegung. Glücklicherweise hatte auch der Mandur für seine Küche gut gesorgt, und so konnte ich ihm die Last, die er seiner geliebten braunen Gattin aufbürden wollte, tragen helfen, seine Portion aber sandte ich den anderen Herren.

Bemerken will ich zum Schluss noch, dass die Entfernung zwischen den Hörnerspitzen 83 cm beträgt.

Begegnung mit Nashörnern.

Die ersten Weihnachten in den Tropen hatte ich bei meinen Bekannten auf Serapoh gefeiert und ritt am nächsten Tage auf einem Battakponie zur Plantage zurück, stellte das ermüdete Pferd in den Stall und begab mich zu Fuss auf dem oben erwähnten Weg nach dem Vorwerk.

Unter Aufsicht des Hauptmandur arbeiteten daselbst Javanen, um Brücken und schlechte Wegstellen auszubessern. Bei meiner Ankunft meldete mir der Anführer, dass dicht am Wege ein Badak, d. i. ein Nashorn, stände. Da ich nur einen kleinkalibrigen Revolver

bei mir führte, schrieb ich an den nächstwohnenden
Europäer schnell einen Zettel, der die Bitte um eine
Büchse enthielt, und sandte einen Javanen damit fort.
An der bezeichneten Stelle stand der Dickhäuter und
äste sich ungestört an den jungen Wald- und Pisang-
blättern; keine 20 Schritte befand ich mich von ihm,
auf dem Wege selbst, doch war ich durch einen ent-
wurzelten Baumriesen, der mich von dem Nashorn
trennte, sowie einen kleinen Bach, dessen Ufer tiefer
Morast bildete, hinlänglich geschützt. Nach längerem
·Beobachten brach sich ein zweites Nashorn durch die
Büsche, eräugte mich, trat bis an den Baumstamm
heran, auf welchen es seinen hässlichen Kopf mit den
noch hässlicheren „Schweinsaugen“ legte, und „stierte“
mich stupid an. Sein vorderes Horn war glänzend
schwarz und etwa 20 cm hoch, das zweite dagegen nur
gering. Mit der Büchse in der Hand hätte ich spielend
eine Nashorn-Doublette machen können, es · verging
jedoch ¹/₂ Stunde und noch eine, ohne dass mein Bote
zurückkehrte. Den Dickhäutern schien die Anwesenheit
eines Menschen auch nicht gleichgültig zu sein, oder
brannte die Sonne schon zu heiss, kurz, sie zogen
langsam in den Schatten des Urwaldes zurück und
verschwanden. Endlich erschien der abgesandte Javane,
jedoch ohne Büchse, denn er hatte den betreffenden
Europäer nicht angetroffen, und so wandelte ich ärgerlich meine Strasse weiter. Der Anblick dieses Wildes
liess mir keine Ruhe mehr, und sobald es meine Zeit
erlaubte, nahm ich die frischen Fährten auf, die ich
durch meinen Jäger, einen gewandten und mutigen
Gajor, namens Assan, ausmachen liess, und folgte ihnen
oft stunden-, ja tagelang durch Bäche, Sümpfe, Dornen
und Busch.

Vom 1. bis 3. März des folgenden Jahres feierten
die Eingeborenen ein Fest. Assan aber hatte einen
grossen Sumpf entdeckt, in dem sich tagtäglich Nas-

hörner suhlten, auch standen dort einige Bäume mit der Bua-kayu-Frucht, einer Lieblingsäsung dieser Dickhäuter. Somit brach ich mit Assan am erstgenannten Tage auf, um zum soundsovielten Male mein Weidmannsheil zu versuchen.

Nachdem wir einige Hügelketten durchschritten, kamen wir in flaches Land und näherten uns dem Lepan-Flusse, der sein rechtes Ufer oft überströmt und das Land in einen fürchterlichen Sumpf, die Paya Atjeh, verwandelt hatte. Das erste, was unsere Aufmerksamkeit fesselte, war ein Menschengerippe, dem jedoch Kopf und einige Glieder fehlten, auch war keine Kleidung mehr zu erkennen; es mag ein armer Verirrter gewesen sein, der hier eines schrecklichen Hungertodes starb. Fährten von Nashörnern durchkreuzten den Sumpf nach allen Richtungen, doch konnten wir denselben nicht folgen, da uns überall dichte Zäune von Klubipflanzen entgegenstarrten. Ein Wasserlauf, grünschillernd und von Lintas*) belebt, bot die einzige Gelegenheit, tiefer in den Sumpf zu dringen, und nur mit Widerwillen folgten wir ihm, oft bis über die Schenkel in den übelriechenden Schlamm einsinkend. Jede Baumwurzel, die über den Sumpf emporragte, wurde von uns aufgesucht, um uns gegenseitig die widerlichen Blutegel abzulesen und Ausschau zu halten. Nach etwa 2stündigem Waten erblickte Assan auf 100 m von einem kleinen Baum herab ein starkes Schwanken von Klubipalmen, schloss somit auf ein Badak, das sich dort suhle. Langsam und vorsichtig birschten wir vorwärts, und konnten bald ein Klatschen sowie ein Plätschern vernehmen, hielten die Büchsen bereit und schlichen weiter. Da plötzlich tiefe Stille, dann ein Krachen und Schlagen, begleitet von einem wilden Durchbrechen der Dornen und Sumpfpflanzen,

---

*) Grosse, gefährliche, nur im Wasser lebende Blutegel.

und wieder trat Stille ein. Ich bog und wand meinen
Körper, um etwas sehen zu können, und erblickte endlich, auf etwa 60 Schritte, ein Nashorn, das ganz langsam vor uns weiter wechselte. Noch einige Schritte,
und es musste auf eine freie Stelle treten, die mir ein
günstiges Schussfeld bot. Assan hatte ich instruiert,
auf meinen Schuss ebenfalls zu feuern und sofort wieder
zu laden. Unsere Lage war kritisch, denn wenn uns
das gereizte Nashorn annahm, so mussten wir uns auf
die zweite Ladung verlassen; eine Flucht in dem tiefen
Morast und dem dornigen Gestrüpp war unmöglich.
Die Entscheidung nahte: ich hielt auf den Kopf und
drückte ab, Assan's Büchse gab das Echo, und vor uns
lag ein dichter Nebel von Pulverdampf, so dass wir
nicht des geringste wahrnehmen konnten. Schnell
sprang ich seitwärts in die Dornen, lud rasch den ab-
geschossenen Lauf und erwartete den „Ansturm" des
Nashorns. Aber zu unserer Freude geschah nichts dergleichen, und als sich das Schussfeld endlich übersehen
liess, näherten wir uns behutsam dem Wilde. Schweiss
war das einzige, was wir erblickten, und die Rotfährte
führte in gerader Flucht durch das Gewirr der Sumpfpflanzen.

Zunächst ruhten wir auf einer etwas trockenen
Baumwurzel, gaben uns dem Genuss einer Cigarrette
hin und tauschten unsere Vermutungen aus, dann unterzogen wir uns der erschrecklich mühsamen Folge, denn
immer tiefer versanken wir in den Tritten unseres
kranken Wildes, das ausserdem die dornigen Gewächse,
die uns Kleidung und Haut zerrissen, durcheinander-
und ins Wasser getreten hatte. Wir konnten nicht
weiter und mussten die Sache aufgeben, um im Sumpf
nicht von der Nacht überrascht zu werden.

Nach dem Kompass schlugen wir uns in gerader
Linie aus dem Sumpf und traten hierauf völlig erschöpft

den Heimweg an. Einige Tage später brachte mir Assan den Schädel des Nashorns — jedoch ohne die Hörner —, das Bewohner des Lepan-Flusses verendet aufgefunden; wie sie sagten, hätte das Badak letztere nicht mehr aufgewiesen, sie waren also gestohlen. Eine Kugel hatte den linken Kinnbacken und den Hals durchbohrt; von der anderen wussten die Leute nichts zu melden, da der kranke Dickhäuter auf der Einschussseite liegend verendet war.

Im Monat Juni und Juli hatte mich ein Hannoveraner besucht, der ein tüchtiger Klavierspieler und vorzüglicher Gesellschafter, leider aber nicht im geringsten Jäger war. Ein neues Mauser-Repetiergewehr Kal. 11,5 mm, das ich mir in Europa hatte anfertigen lassen und das ich um diese Zeit zugesandt erhielt, wollte ich einschiessen. Am 1. Juli entschloss sich mein Besuch, jedoch erst nach vielem Zureden, mich auf einem Jagdausflug zu begleiten; er schulterte das Repetiergewehr, während ich die treue Büchsflinte und das lange Weidmesser mitnahm. Ich suchte einen Teil des Urwaldes auf, den ich noch wenig begangen, der aber auf Sauen viel versprach. Wir stiessen auf Wildwechsel, die uns den Weg sehr erleichterten, doch nachdem wir an zwei Stunden ohne Resultat herumgebirscht waren, wurden meinem ungeduldigen Begleiter die vielen Patjets (kleine Blutegel) zu lüstern, weshalb er den Batang Serangan-Fluss aufzusuchen beabsichtigte, um an ihm sich nach Hause zu begeben. Ich wollte noch etwas tiefer in den Busch dringen, und so trennten wir uns. Nach längerem Birschen wurde ich durch Brechen und Plätschern in einem kleinen, aber dicht bewachsenen Sumpfe aufmerksam; ich glaubte, auf Sauen zu Schuss zu kommen.

Kugel und Posten hatte ich geladen, suchte daher unterm Winde an das Wild heranzukommen. Das Geräusch verlor sich mehr und mehr nach einem anstossenden Hügel zu. Von einigen Bäumen gedeckt, schlich ich näher und hörte die Sauen über den Hügel wechseln. Weiter birschend, stiess ich auf frische Fährten, aber nicht auf die der vermeintlichen Sauen, sondern eines Nashorns. Zehn fernere Schritte brachten mich auf den Hügel, und dort stand, 20 Schritte weit, das Badak, mir seine Kehrseite zeigend. Viel Zeit zur Beobachtung blieb mir nicht, denn der Koloss wurde aufmerksam, wendete den Kopf zur Seite und äugte nach rückwärts. Ich zielte nach der Augengegend und drückte ab. Wie angewurzelt stand ich und wartete, den Finger am Postenlauf, den Erfolg des Schusses ab. Doch schon im Feuer musste der Dickhäuter zusammengebrochen sein, denn er lag bereits auf der Seite. Eine zweite Kugel war nicht nötig, da die erste etwas tief hinterm linken Ohr eingedrungen war und, wie ich später nach Abkochen des Schädels bemerkte, das Hinterhauptbein völlig zerschmettert hatte, worauf sie in der rechtsseitigen Schädeldecke stecken geblieben. Mit meinem Jagdrevolver Kal. 450 machte ich einen Schiessversuch auf die Stirn, woselbst die Kugel zwar den Stirnknochen zerschmetterte, aber nicht ins Gehirn drang.

Das erlegte Stück konnte nicht alt sein, denn sein vorderes Horn maass 11, das zweite dagegen nur 5 cm.

Mit dem Jagdmesser schlug ich ihm die Hörner ab, was keine leichte Arbeit war, und wurde hierbei durch fernes Schreien gestört. Ich erkannte die Stimme meines treulosen Gefährten, der auf meinen Zuruf keuchend und schweisstriefend herbeieilte. Schon von weitem hörte ich ihn über mein Repetiergewehr schimpfen, und er erlangte erst seine Ruhe wieder, als ich ihm meine Jagdbeute zeigte. Zunächst hatte er sich verirrt, dann auf eine Sau einen Schuss abgeben wollen, der jedoch versagte, und war hierauf ziellos

Bälge des Wickelschwanzbärs (Binturong) und eines Nebelparders.
Letzterer ging mir nach langer Gefangenschaft leider ein.

umhergeirrt, ohne den ersehnten Fluss zu finden. Ein Bär, der einen Stamm zersplitterte, um an den Honig zu gelangen, den die Bienen in den hohlen Stamm abgesetzt, hatte ihm einen nicht geringen Schrecken eingejagt, denn das Vertrauen auf das Gewehr war ihm nach dem ersten Versager verloren gegangen, und er freute sich, meinen Schuss zu hören, der ihn schnell an meine Seite brachte. Gemeinsam und in fröhlicher Stimmung traten wir den Rückweg an, fanden auch den zersplitterten Baumstamm, aber Meister Petz hatte sich schon salviert. Am Abend feierten wir im Kreise der anderen Europäer das Erbeuten meiner Jagdtrophäe und die Rettung des unfreiwilligen Bärenjägers.

Missglückte Bärenjagd.

Am 15. Februar begleitete ich einen Holländer, welcher kurze Zeit auf der Plantage thätig war, um mittelst Dynamits das Sprengen von Bäumen zu versuchen, zu seiner Arbeit in den Wald. Gewohnheitsmässig schulterte ich meine geladene Büchsflinte, doch nahm ich keine Reservemunition mit, da es höchst unwahrscheinlich war, auf Wild zu stossen, denn die zu sprengenden Bäume standen nahe am Verkehrswege. Diesmal spielte mir meine Nachlässigkeit einen Streich. Mein Battakhund lief voraus und windete; da ich einen Kidjang (Cervus muntjac) fährtete, machte ich mich schussfertig und birschte, hinter mir her der Holländer, vorwärts. Auf 50 Schritte vor mir passierte ein Bär über einen kahlen Hügel, eräugte mich und stand einen Augenblick still. Ich zielte nach der Brust, und mit kurzem Brummen brach Petz zusammen. Gerade wollte ich an ihn herantreten, als ein zweiter, stärkerer, auf den — wie ich dachte — Gestreckten zuging, ihn beschnüffelte und, indem er sich erhob, sich mir stellte. Ich hatte nur noch eine Schrotpatrone zu verschiessen, rief deshalb laut nach meinem Begleiter, der auch herbeilief. Der zweite Bär ging jedoch zu Holz. Ich bat den Herrn, mir sein Colt Repetier-Gewehr, das 12 Kugeln enthielt, zu leihen, was er aber entschieden abschlug. Plötzlich richtete sich der anscheinend verendete Bär etwas auf, rollte etwa 10 Schritte den Hügel hinunter und blieb dort wieder liegen. Nun ersuchte ich den Herrn, dem Bär noch eine Kugel zuzusenden, was auch geschah, aber mit dem unverhofften Resultat, dass Meister Petz völlig auf die Pranken kam, einem umgefallenen Baumstamm zukroch und hinter diesem, trotz einer dritten Kugel, verschwand. Als alles Bitten um das Gewehr meines Gefährten umsonst blieb, folgte ich mit einer Schrotpatrone eine kurze Strecke der Spur, allein vergebens, und so ungern ich es that, musste ich umkehren, denn mit zwei Bären „anzubinden", dazu gehört nebst der Waffe auch die entsprechende Munition. Auf der Schussstelle angelangt, fand ich auf einem Blatt nichts wie drei Tropfen Schweiss.

Ich eilte nun nach Hause, steckte eine genügende Zahl von Patronen zu mir und kehrte in Begleitung einiger Malayen und Hunde zurück, aber auch eine gründliche Nachsuche unter ihrer Mithilfe fruchtete nichts. Es war weder ein Bär noch eine deutliche Spur zu sehen, und selbst die Hunde nahmen die kaum wahrnehmbare nicht eifrig auf. Alle Bäume wurden jetzt genau nach einer Höhlung untersucht, jedoch vergebens, nur hoch oben in den Ästen eines Fruchtbaumes bewegte sich etwas, was ich für einen der sehr häufigen Siamang- oder Imbau-Affen ansprach.

Auf einmal erblickte ich eine lange Rute, und da die Siamangs „schwanzlose" Affen sind, so wurde ich aufmerksam. Nun erkannte ich in ihm ein noch nie gesehenes, jedoch aus Brehm bekanntes Tier, nämlich den Binturong, von den Engländern schwarze Bärenkatze genannt, legte an, und langsam löste sich auf meinen Schuss der Wickelschwanz der Viverra, die dann herabfiel. Schwer getroffen stellte sich die Katze dennoch, mit ihrem scharfen Gebiss meinen Hund bedrohend. Um ihn, der wutentbrannt zufassen wollte, vor gefährlichem Schlagen zu schützen, gab ich noch einen Schuss ab, der tödlich wirkte. Vor meinem Hunde musste ich den Balg wahren, denn der von diesem ausströmende bisamähnliche Geruch schien ihn in hohem Grade zu reizen.

Die Maasse des erlegten Stückes waren:

Gesammtlänge 135 cm,
Rute 65 „ .
Vorderlauf 30 „
Hinterlauf 31 „
Kopflänge 15 „ ,
Kopfbreite 11 „ , zwischen den Ohrpinseln gemessen.

Der Magen enthielt nur kleine Körner, von roten Beeren stammend. Merkwürdig war die Lunge gestaltet, indem sie deutlich 4 grosse und 3 kleine Flügel aufwies.

Der malayische Name ist „Turun turun".

Python tigris.

In der Nacht vom 13. auf den 14. Mai im Atchinesenjahr, als wir Pflanzer die Nächte im befestigten Managerhaus zusammenwohnten, wurde ich durch das Geschrei der chinesischen Bedienten aus dem Schlafe geschreckt, und als ich vernahm, dass eine grosse Schlange im Hühnerstall sei, sprang ich aus dem Bett, zog eine warme Jacke an, ergriff mein scharfes Messer und die Doppelflinte und stand gleich darauf zwischen den entsetzten Chinesen. Eine durch das Scharren der Hühner entstandene Oeffnung am Boden liess ich zunächst durch einen Sack verschliessen und leuchtete dann mit einer Lampe von aussen in das Hühnerhaus. Die Chinesen zeigten in eine Ecke, doch konnte ich mit bestem Willen

nichts erkennen als einen grossen Hühnerkorb. Ich
liess eine Stange durch das Gitter stecken, um von
innen eine Lampe daran zu hängen, worauf ich mit
schussfertigem Gewehr und gezogenem Messer den
Stall betrat. Ich schloss die Thür hinter mir, um ein
Entweichen der Schlange zu verhindern, und befestigte
eine Lampe an der Stange. Dann schoben die Chinesen
dieselbe weiter vorwärts, worauf der Hühnerkorb in der
Ecke lebendig wurde und sich als eine riesige Python
(malayisch: Ular sawa) entpuppte. Die Schlange hob
den Kopf und züngelte nach dem verdeckten Loche.
So gut es das schlechte Licht gestattete, zielte ich nach
dem Kopf und gab einen Schrotschuss ab, worauf ich
jedoch schleunigst nach der Thüre retirierte. Die
Schlange lag wieder still in sich zusammengerollt.
Einige Lichter brachten nun mehr Helle in das Dunkel,
und ich konnte den auf dem Körper liegenden zer-
schmetterten Kopf des Ungeheuers erblicken.

Mit einer langen Stange versuchte ich jetzt, der
Schlange eine Schlinge über den Kopf zu legen, wobei
sie mir noch durch Heben desselben half. Als die
Schlinge sass, zog ich aus Leibeskräften an ihr und
schliesslich die Schlange selbst aus dem Stall. Nun befestigten die Chinesen noch eine weitere Schlinge am
Schwanzende und banden die lang ausgestreckte an
weit auseinander stehende Pfähle. Darauf begann das
Abhäuten, wobei die Schlange solche kräftige, kork-
zieherartige Bewegungen machte, dass sie mich von
sich herunterdrehte, denn ich stellte mich auf sie, um
das Abhäuten zu erleichtern und um sie genau zu messen.

Es betrug:

    die Gesammtlänge 6,40 m,
    der Leibesumfang 0,56 „ an dickster Stelle,
    die Kopflänge 0,20 „,
    die Kopfbreite 0,14 „.

Die Haut der von mir nachts im Hühnerstall geschossenen Tigerschlange
(auf dem Bild noch ungegerbt und eingetrocknet)

In ihrem „geräumigen" Leib hatte sie schon 9 Hühner eingepfercht, und es wurde der Stillung des Hungers der Unersättlichen wohl nur durch meinen Schuss ein Ziel gesetzt. Der Körper der Schlange und die noch ganz frischen Hühner wurden von den Chinesen als willkommenes „Fressen" mit nach Haus geschleppt.

Ob ich mich in jener Nacht um einen Meter in der Länge geirrt, wage ich nicht zu behaupten, doch misst die Haut jetzt noch knapp 8 m.

Saujagden.

Widerspruch reizt! — und gerade diesem Umstande verdanke ich den ersten auf Sumatra erlegten Keiler. In den ersten Tagen meines dortigen Aufenthaltes wurde ich oft genug von verschiedenen Herren meiner Jagdpassion wegen geneckt, und als es so weit ging, dass einer derselben, Herr Pilaar, sagte: „Na, sobald Sie die erste Sau oder den ersten Hirsch erlegen, soll Ihnen meine Doppelflinte gehören, die ich nun schon seit 8 Jahren führe und vor deren Mündung noch kein Stück Wild der höheren Jagd geriet!" — da war es denn doch zu viel für meine deutsche Jägerehre, und beweisen wollte ich den Gelegenheitsjägern, bei denen man auch die charakteristische Parodie anwenden konnte:

„Ich schiess' den Hirsch mit Posten tot,
Dass dreimal Rad er schlägt,
Den Rehbock schiesse ich mit Schrot,
Auch wenn er nicht gefegt!" etc.,

dass zwischen einem passionierten und sich vor nichts scheuendem deutschen Jäger und einem „Veranda- und Chaiselongue-Schiesser" doch ein gewaltiger Unterschied ist.

Diana verlässt ihre getreuen Jünger nicht, und mir war sie diesmal besonders hold, indem sie mir Gelegenheit zu einer unerhofften Revanche gab. Das Haus des genannten Herrn P. lag ca. 500 m von

meinem damaligen Wohnsitze hart an der Pflanzstrasse
der Plantage Sehrapoh, und der vor 2 Jahren für den
Tabaksbau kultivierte Boden war wieder mit undurch-
dringlichem, 3—4 m hohem Dschungel bedeckt. Der
javanische Wächter des Herrn P. bewohnte eine kleine
Hütte auf nur ca. 80 Schritte Abstand vom Hause
seines Gebieters, und um sie herum hatte er einen
Garten mit meterhohe Stauden tragenden Kartoffeln
(Ubi caju) angelegt, der, wie man mir sagte, von Sauen
des Nachts öfters besucht wurde. Zu meiner un-
beschreiblichen Freude fand ich dies bei einem Morgen-
gange am anderen Tage bestätigt, und zwar hatten
die Sauen ungestört unter den Knollen „gewütet",
zumal sie sich längst an die Erdschollen gewöhnt
hatten, mit denen sie der ob dieses unreinen Besuches
erboste Javaner (Mohammedaner) schon Wochen hindurch bewarf, sobald er sie bei einem nächtlichen Rund-
gange in seinem Garten brechen hörte.

Heidenfroh war der Kerl, als ich ihm versprach,
ihn von dieser „schwarzen Gesellschaft" befreien zu
wollen unter der Bedingung, dass er seinem Herrn
nichts von dieser meiner Absicht mitteile und mir
mitten durch die Kartoffelstauden eine meterbreite
Schneise schlage. Ohne irgend jemand ein Wort zu
sagen, denn ich mochte nach einem eventl. resultatlosen Anstande nicht noch mehr gehäuselt werden,
machte ich mich nach völliger Dunkelheit auf und
sass um 7 Uhr mit ziemlich günstigem Winde am
Ende meiner Kartoffelschneise, die gespannte Büchsflinte über den Knieen, während der kurzen Pfeife gewaltige Rauchwolken entströmten, die ich dann leise
über Hände und Gesicht ziehen liess, denn die Zahl
der Mosquiten, die mich gierig überfiel, spottet jeder
Beschreibung, und es gehörte in diesem Falle ausser
einem guten Posten Passion eine Selbstverleugnung zu
dem Sau-Anstand, die für manchen unbegreiflich er-

scheinen mag. Aber es galt um meine Jägerehre, die ich von Anfang bis zu Ende hochgehalten und die ich hier als Tropenjäger unangetastet wissen wollte. So harrte ich 3 volle Stunden in diesem schauerlichen Mückenbade in vollster Dunkelheit, da der wenig klare Sternenhimmel mir kaum 30 Schritte Gesichtsfeld gönnte. Alles still, stumm und schauerlich, denn an die Schlangen hatte ich mich damals, es war genau der 8. Tag meines Tropenlebens, auch noch nicht gewöhnt. Plötzlich vernahm ich deutlich ein Brechen und Schmatzen auf kurzen Abstand, konnte aber nicht die geringste Bewegung der Kartoffelstauden erkennen. Die Pfeife glitt behutsam zu Boden, und ebenso vorsichtig erhob ich mich und fasste die Büchse fester, den Finger am Abzug. So stand ich einige Minuten, und nachdem ich mich durch das Ohr genau der Stelle vergewissert hatte, auf der das Wild brach, ahmte ich erst leise, dann vernehmlicher das Pfeifen einer Maus nach. Sehr naturgetreu muss es wohl nicht geklungen haben, denn plötzlich ein kurzes „ua“ und wildes Durchbrechen, darauf trat Stille ein, dann wieder eine kurze Flucht, und auf der schmalen Schneise stand ein Schatten, aber nur für einen Moment, denn schon krachte der Schuss und beleuchtete mit langem Feuerstrahl die „abfahrende“ Sau.

„Oäää“ klangs markerschütternd durch die auf einmal belebte Nacht, noch einen plumpen Fall hörte ich und alsbald Hundebellen, Menschenstimmen. Der javanische Wächter stürmte mit einer Laterne herbei, und vorsichtig durchstöberte ich mit neugeladener Büchse die Pflanzung, das mannshohe Lalanggras, und — da lag er, mein erster Sumatra-Keiler, der Lohn meiner Ausdauer von drei Stunden. (Wie wenig Zeit im Vergleich zu vielen meiner späteren Jagden und doch war's damals schon eine Leistung für mich!) Herr P., durch den Schuss aus tiefem Schlafe geweckt, ahnte nicht, dass

er ihm die rostige Flinte kosten könne, welche ich
jedoch nicht annahm, ich schenkte ihm vielmehr einige
Pfund Wildbret zur Erholung von dem Schreck und
zur Verbesserung seiner Ansicht über deutsche Jäger.
Der Gedanke an die Möglichkeit, nachts zu jagen, anstatt sich hinter das schützende Mosquitonetz ins Bett
zurückzuziehen, hatte in seinem Jäger (?)-Gehirn keinen
Raum. Chinesen, die wohl den Schweiss gewittert
haben mussten, waren plötzlich zur Stelle, und bald
lag der Keiler, geschickt von ihnen zerwirkt, in der
Küche meiner lieben Wirte, bei denen ich die ersten
Wochen zubrachte.

Das war das erste Stück Schwarzwild, und weitere
sollten folgen.

Einige der von mir geschossenen Sauen verdankte
ich dem Zufall, falls ich Pirschgänge aufs Ungewisse
so nennen darf, und wiederum einige meinen vorzüglich
scharfen, unermüdlichen inländischen Battak - Hetz-
hunden, deren gute Eigenschaften ich ihnen, offen
gesagt, nicht extra andressiert hatte, die vielmehr ihrer
natürlichen Veranlagung zuzuschreiben waren. So
hetzten sie z. B., es war am 12. November, im dichtesten
Walde ein Stück Wild, das sie durch einen kleinen
Fluss, in den ich das Wild sowie meine drei Hunde
deutlich plumpsen hörte, verfolgten, und diese Hatz
zog sich so tief in den Busch, dass ich schliesslich
nichts mehr vernehmen konnte. Nach ca. $^{3}/_{4}$ Stunde
klang wieder das wütende Gekläff an mein Ohr, wieder
Klatschen der vier Körper in den Fluss, und 30 Schritte
an mir vorbei jagte ein kapitaler Keiler, dessen unauf-
haltsamer Flucht meine Kugel und eine sich an-
schliessende Postenladung ein Ziel setzte. Und nun
die Wut und Freude der Hunde, die mit Wonnegefühl
ihre Fänge an der Schwarte versuchten! Er war das
schwerste Stück Schwarzwild, das ich drüben je erlegte,
und sein Gewicht betrug nach Aufbruch 193 Pfund.

Während der Zeit der Hatz hatte ich meinen Standpunkt nicht verändert, ebensowenig ein andermal, drei Tage später. Ich befand mich im bergigen Gelände und stand gerade in einer Schlucht, als meine Hunde mir von weither eine Bache zuhetzten, die den steilen Hang herunterflüchtete, die Schucht durchquerte und im letzten Augenblick, ehe sie im Dickicht verschwand, von mir mit dem besten Blattschuss, den ich je abgegeben habe, erreicht wurde und der sie im Feuer sofort verendet zusammenbrechen liess. Die Kugel sass wie abgezirkelt, Mitte Blatt Ein- und Ausschuss! Das macht des Weidmanns Herze froh, Weidmannsheil und Horridoh!

Was für wunderbare Gebilde sind denn diese Hottentotten-Hütten in Miniatur, die ich da vor mir habe? so fragte ich mich einst, als ich auf eine der im Urwald äusserst selten vorkommenden Lichtungen trat, die anstatt mit Buschwerk mit Lalanggras bewachsen war. Ich zählte deren 8 bis 10 Stück, und da ich mir ihre Bedeutung absolut nicht erklären konnte, machte ich mich schussfertig, suchte vergebens nach dem Eingang, nahm zur Vorsicht noch mein langes Hiebmesser zur Hand und war mit einem tüchtigen Satz auf der mir nächststehenden Hütte, in die ich bis zu den Knieen versank, etwa gerade so, als wenn man auf einen Heuhaufen springt, mit denen jene Behausungen frappante Ähnlichkeit haben. Diese war also von den unbekannten Bewohnern verlassen, und ich hätte doch zu gern ihre Bekanntschaft gemacht!

Donnerwetter, was ist denn das?! Das mannshohe Gras um mich herum wird lebendig, überall springt und schlupft es umher, und ich kann auch nicht das Geringste sehen. Hierhin, dahin halte ich mein Gewehr, komme jedoch nicht zum Abdrücken, verlassen will ich die Heubarrikade aber auch nicht, denn der Teufel mag wissen, worauf ich dann trete. Die Bewegung verzieht sich nach einer Richtung, und ich recke und dehne den Hals ohne Resultat. Mit einem zweiten entschlossenen Satze bin ich heraus aus meiner Schanze und laufe den anderen Hütten zu, von denen ich sofort wieder eine im Sprung nehme. Diesmal stosse ich aber auf einen harten Körper unter der Wölbung und schlage lang hin. Schweinerei! — wahrhaftig, ich hatte recht, denn neben mir aus einem verdeckten Loch „sauste" eine Sau und hinterher ein Gewimmel von Frischlingen. Das war also des Rätsels Lösung: „Wochenbetten des Streifenschweins!" Als ich mich schnell erhoben, sowie vom Staunen und nicht minder Schreck erholt hatte, war's für einen Schuss zu spät, das Rudel war „ausgewandert", grollend und grunzend ob der verursachten wenig zarten Störung, und das Sauendorf lag still und ruhig wie zuvor, jetzt aber verwaist. Ich untersuchte nun eines dieser „Nester", das halbkugelig in Meterhöhe aus langem Lalanggras, dicht und kunstvoll fest verschlungen von fussdicker Decke, aufgerichtet war und gegen Regen vollständig geschützt schien.

Eine brühende Wärme schlug mir aus dem sehr sauber und geglättet gehaltenen Inneren entgegen. Um diesen Kessel zu öffnen, musste ich gut $1/2$ Stunde mit Händen und Messer arbeiten. Ich glaube auch mit Recht behaupten zu können, dass die Sauen jene Wochenbetten nicht nur des Wetters wegen errichten, sondern um vor allem ihre Jungen und sich selbst vor Tigern und Panthern zu schützen, die keinesfalls durch die versteckten und sehr, sehr eng gehaltenen Ein- und Ausgänge einzudringen vermögen. Bis dato hatte ich eine solche Intelligenz und ein solches Verstandesvermögen in einem Schweinsgehirn nicht vermutet, und man kann ihm hiernach diese Eigenschaften kaum absprechen.

Die interessante Beobachtung machte ich im November, in welchem Monat ich ja auch die beiden letzterwähnten Sauen mit Hilfe meiner braven vierläufigen Gefährten erlegte. Doch ich „sollte noch mehr Schwein" in jenen Tagen haben, denn es war gerade die Zeit der grossen Überschwemmung, von der ich bereits berichtete und die alles Tiefland in unendliche Seen und Sümpfe verwandelte, so dass das Wild sich auf die Berge und Hügel flüchten musste, um dem sonst sicheren Tode zu entgehen. Sämmtliche sich im Tiefland erhebenden Hügel waren so in zeitweise Inseln umgestaltet. Hier stattete ich am 14. November dem „Schweinsdorf" meinen Besuch ab und war sicher, diesmal die borstigen Herrschaften zu Hause zu treffen. Im dreisitzigen schmalen Sampan (Canoe), von zwei sehnigen Malayen gerudert, erreichte ich nach einigen Schwierigkeiten und Sturzbädern jene Gegend und sprang ans Land, um mich an einem günstigen Platze aufzustellen, währenddem die Malayen, als Treiber fungierend, die neuentstandene Insel umrudern und nach Möglichkeit Radau verüben sollten. Kaum betrat ich das Innere, als ich auch schon mit dem sofort schussfertigen Gewehr einen Zwerghirsch (Kantjil Blanduk) mit Schrot zur Strecke brachte. (Hier möchte ich aber für meine Person gegen die früher citierte Parodie Verwahrung einlegen und demjenigen der geehrten Hirschgerechten, der dieses zarte Miniatur-Hirschmodell nicht kennen sollte, mitteilen, dass jenes Kantjil nur die Grösse eines starken wilden Kaninchens erreicht.) Ich hing es an meinen Patronengürtel und befand mich bald vis-à-vis dem Sauendorf, wo ich hinter einem grossen Termitenhügel Aufstellung nahm und dem Geläute meiner zweibeinigen Meute lauschte. Da ich auf Tigerspuren gestossen war, hatte ich meine Vollkugel gegen ein Explosivgeschoss vertauscht, und kaum war dies geschehen, als auch schon vor mir, auf 50 Schritte Entfernung, Bewegung in den Grasspitzen entstand, worauf ich mich gebückt hinter dem Hügel, das Gewehr schussbereit, beobachtend verhielt. Der Kolben

lag an der Backe, etwa 8 Schritte vor mir teilte sich der
Lalang, und ein Gebräch, dem ein listiges Augenpaar
folgte, schob sich sichernd hervor. Ein leiser Druck
gegen den Abzug, und wie ein Sack klappte die Sau
zusammen. Der Schuss war ein Signal zum allgemeinen
Aufruhr, es wurde lebendig im Gras und Gebüsch, und
schnaubend, grunzend stürmte ein Rudel gegen die
Treiber zurück, die nun ihrerseits schrien: „Toean, ada
babi oetan!" (Herr, es sind Wildschweine da!) und mit
Knüppeln und Schreien die Sauen zurückschreckten. In
dem hohen, schwanken Grase konnte ich die Bewegungen
des flüchtenden Wildes vorzüglich erkennen und wechselte
dann auch verschiedene Male meinen Stand, als eine
Bache mit 6 bis 10 Frischlingen an mir vorbeiflüchtete,
so dass mir kaum Zeit zum Zielen blieb und ich den
letzten der Frischlinge mit dem linken Lauf radikal
fehlte, wenigstens fand ich nachher keinen Schweiss;
die Flüchtigen hatten das Wasser angenommen. Es
fehlte an Zeit zum Absetzen, denn schon folgte ein
Keiler in wuchtigen Fluchten, den meine Kugel derart
in die Halswirbel traf, dass sie ihn sofort umwarf.
Schnell wurde er wieder hoch, um mich anzunehmen,
brach jedoch glücklicherweise auf 20 Schritte vor mir
in die Hinterläufe zusammen, so dass ich nun genügend
Frist gewann, schnell neu zu laden und seiner schäumenden
Wut mit einem Fangschuss ein Ziel zu setzen. So
hatte ich fast mehr Wildbret als nötig und rief die
Malayen herbei, damit sie die Strecke in den Sampan
brächten. Das Kantjil wurde sehr von ihnen beliebäugelt,
aber vom Schwarzwild wollten sie durchaus nichts
wissen, denn es sei haram (unrein), und selbst mein
Versprechen, ihnen das Kantjil zu schenken, wenn sie
die Sauen nach dem Sampan schleppten, konnte sie nicht
erweichen. Ich bin sicher, dass der eine sich nur vor
dem anderen schämte, denn Gollok, mein bester Jäger,
der dabei war, leerte seine Flasche Bier, die ich ihm

stets nach anstrengender Jagd überreichte, mit Wonne-
genuss in meiner Badekammer, wohin er sich immer
vor den Augen der bösen, verleumderischen Welt zurückzog, und bat da Allah vielleicht auch um Verzeihung,
natürlich stets „für dies eine Mal nur". So liess ich
sie dann Rottan suchen, währenddem ich den Sauen die
Hessen durchstach, 2 Tragbäume abschlug und nachher
mit dem Rottan zusammenband. Hierauf streifte ich
an den Enden des Tragbaumes die Rinde, welche die
Sauen berührt hatten, ab, und nun half den streng-
gläubigen Kunden kein Widerstreben und keine faulen
Ausreden, denn so trat ich ihrem mohammedanischen
Glauben nicht zu nahe, und haram brauchten sie auf
die Weise nicht anzurühren, sondern nur schön und
glatt geschältes Holz. Da der Sampan die Beute nicht
trug, schlugen wir noch 2 Querhölzer, die wir über
den Kahn legten; dann hingen wir auf jeder Seite eine
Sau, mit den Läufen nach oben, längs des Fahrzeuges
ins Wasser, so dass erstere aus demselben hervorragten,
worauf das schwanke Getährt weit höher aus dem Fluss
als vorher stand und bedeutend ruhiger den brausenden,
Bäume mit sich führenden, wildreissenden Strom hinab-
glitt. Der Keiler wog aufgebrochen 141, die Bache
dagegen, der durch die Kugel der Schädel völlig zerschmettert war, nur 113 Pfd. Sie trug auf der rechten
Keule eine 2 cm tiefe und 6 cm lange scharfgeschnittene
Wunde. Woher? Vielleicht von Freund und Galan
oder Feind, von Keiler oder Tiger.

Und nochmals, am 18. November, hatte ich das
Weidmannsheil, etwa 200 m von jener Lalanglichtung,
im dichten Wald, eine Bache aus geringzähligem Rudel
herauszuholen. Ich hatte dasselbe angepirscht, war
aber wahrgenommen worden, und das Rudel verschwand
im Dschungel.

Trotzdem folgte ich äusserst vorsichtig noch einige
Minuten, als ich ein Stück Schwarzwild durch das

Blättergewirr auf 80 Schritte bemerkte, doch vermochte
ich nur hier und da einen dunklen Fleck zu erkennen,
ohne dass sich Kopf oder Keulen unterscheiden liessen.
Ich gab Feuer, worauf ein Klagen ertönte, das ich nie
und nimmermehr für den „Todesschrei" einer Sau gehalten haben würde, so markerschütternd laut und
fremd klang er, und trotzdem war es ein solcher, denn
als ich hingeeilt, lag die Bache bereits verendet; die
Kugel hatte die Kreuzwirbel durchbohrt. Ein Schuss
aufs verkehrte Ende, und doch so schnell tödlich
verlaufen.

So hatte ich in sieben aufeinander folgenden Tagen
fünf Sauen, ein Kantjil, verschiedene Nashornvögel und
Tauben erlegt; es war aber auch ein seltenes Weidmannsheil, das ich jedoch besonders dem tagelangen Hoch-
wasser zu verdanken hatte, denn zur Trockenzeit bin
ich zu wiederholten Malen im Busch gewesen, ohne
auch nur einen Borstenträger gesehen zu haben; z. B.
ein Jahr überhaupt keinen.

Ein solches Resultat aber lässt viele aufgewendete
Mühe vergessen und zeigt dem getreuen Jünger Dianens
wenigstens, dass Ausdauer auch ihre Belohnung findet,
sei es früh oder spät, und gerade hierin liegt der
Hauptreitz der Jagd und ein ewig neuer Sporn, denn
ohne Mühe kein Preis!

Balzjagd auf den Argus-Fasan.

Bereits sind einige Jahre dahin, seit es mir ver-
gönnt war, auf den prächtigsten und stolzesten aller
Balztänzer, den vorsichtigen, scheuen Argus (Argus
giganteus Tem.), zu jagen, aber als ob es heute wäre,
steht sein Bild in unvergesslicher Erinnerung lebhaft
vor meinem geistigen Auge. Wer kennt ihn nicht dem
Bilde oder wenigstens dem Namen nach, der seine Eigenschaften so vortrefflich wiedergiebt, den malayischen
Pfau mit den Argusaugen! Wenn auch weit entfernt

von der schillernden Pracht des ihm nabe verwandten indischen Pfaus (Pavo cristatus), und wenn auch sein Gefieder in lässiger Haltung im allgemeinen sogar als ein recht einfaches bezeichnet werden muss, so ist man doppelt erstaunt und steht wie gebannt, wenn der Hahn zur Zeit der Balz angesichts seiner Hennen die bisher verborgen gehaltene Pracht seines Gefieders mit unbeschreiblicher Grandezza entfaltet. Wenn der Stoss gen Himmel steht und die ausgestreckten Flügel die reich mit „Augen" bedeckten breiten und die feinpunktierten blauschäftigen Federn, die den Boden fegen, zur Schau bieten, wenn der Argus den mit der kleinen blauen Haube gezierten Kopf mit den blitzenden Lichtern in die Höhe wirft, seinen weithintönenden schrillen Balzruf ausstösst, in koketter Haltung auf seinem eigens zur Balz hergerichteten Tanzplatz einherstolziert und die Hennen auf Kilometerentfernung zu sich heranlockt, so kann der Beobachter dieses ungemein anziehende Bild des eitlen Gecken, hat er es nur einmal im Urwalde erschaut, nie wieder vergessen, und dies um so weniger, als es selbst dem ausdauerndsten Jäger nur ausserordentlich selten gelingt, ein Zeuge dieses Hochzeitsreigens zu sein.

Ich habe noch keinen scheüeren Vogel als den Argus kennen gelernt und ihn selbst, obwohl ich mitten in seinem Revier wohnte und seine Stimme morgens, mittags und abends in mein Haus schallte, nur verhältnismässig wenig zu Gesicht bekommen; und doch galt ganz besonders ihm zur Balzzeit mein Besuch. Mein damaliges Haus stand am Rande einer breiten und tiefen abgeholzten Schlucht, die sich nach der einen Seite in die Pflanzung der Plantage erstreckte und sich nach der andern in unberührten, jungfräulichen Urwald verlor. Zwanzig Schritt hinter meinem Hause Urwald, vor mir die Schlucht in einer Breite von ca. 200 m, dann wieder dichter Urwald, durch den sich nur ein breiter Fahrweg,

die einzige Verbindung nach der kultivierten Küste,
bergauf, bergab in vielen Krümmungen schlängelte.
Es war ein Urwald-Hügelland von nur etwa 80 m
Höhe über dem Meeresspiegel, von keiner anderen
Lichtung als unsrer Pflanzung unterbrochen. Von
meinem Hause aus in gerader Linie höchstens 400 m,
also vom doch öfters belebten Fahrwege nur 200 m
Entfernung, balzte stetig ein Argushahn, oft stundenlang mit nur kleinen Unterbrechungen (zur Zeit der
Balz alltäglich), und reizte mich durch seinen lauten
Balzruf „Uau, Uau, Uau" (malayisch: Burung Uau), der
in allen Modulationen vorgebracht wird, bis zu den
höchsten Tönen, wobei die Stimme zuletzt grell fast
überschnappt.

Es wurde mir nicht schwer, den Balzplatz selbst
ausfindig zu machen, denn der Hahn gab mir deutlich
die Richtung an, jedoch als ich in die Nähe kam, verstummte er und verschwand ungesehen und ungehört.
Der Platz befand sich auf dem höchsten Punkte des
Hügelkammes, umgeben von dichtem Gebüsch, Bäumen
und Lianengewirr und überschattet von den hohen
Kronen der Urwaldriesen. Ein verfallener, verrotteter
Baumstumpf begrenzte auf einer Seite die Tanztenne.
Mit Recht kann der Balzplatz als solche bezeichnet
werden, denn sie war dergestalt von allen Gräsern,
Farren, Ästchen und Laub gereinigt worden, dass man
deutlich erkennen konnte, der Hahn habe sich freien
Spielraum für seinen Tanz verschaffen wollen, damit er
seine Füsse oder sein Gefieder nicht verletze oder be-
schmutze. — Den ganzen Hügelkamm entlang lief ein
schmaler Wildpfad, der quer über den Balzplatz führte,
und von hier gingen mehrere kleine Pfade nach allen
Richtungen auseinander. Auf dem Rückweg begann
ich, aber erst auf 20 Schritt Entfernung vom Balzplatz,
um den Hahn durch die Veränderung nicht zu ver-
grämen, die über den erst erwähnten Wildpfad

wachsenden und hängenden Ästchen und Lianen weg-
zukappen, um mir so einen geeigneteren Zugang zu
schaffen. Innerhalb eines Monats versuchte ich wohl
fünfzehnmal zu verschiedenen Tageszeiten in dunklem
Jagdanzug das Anbirschen, und es gelang mir fast
stets, die letzte Entfernung auf dem Bauche rutschend,
mich auf Schussnähe heranzuschleichen und zwar bis
hinter einen mächtigen Baumstamm, bei dem endlich
angelangt ich mich vorsichtig aufrichtete, um meine
Glieder zu recken nach der ungewohnten und anstrengenden Kriecherei. Nun versuchte ich das Blätter-,
Busch- und Lianengewirr mit den Augen zu durch-
dringen, um den dicht vor mir balzenden und in den
höchsten Tönen entsetzlich schreienden Argus auf dem
Boden zu entdecken. Oft hörte der Hahn, ohne ein
Geräusch meinerseits, ohne dass ich auch nur die
geringste Bewegung gemacht hätte, um die heran-
schwärmenden Moskitos oder die sich lechzend auf mich
schlängelnden Blutegel zu vertreiben, mitten in seiner
Balz plötzlich auf und verstummte. Ich glaubte mich
trotzdem nicht bemerkt und hielt aus. Wenn der Hahn
sich nach einer halben Stunde oder länger noch nicht
hören liess, schlich ich mich näher und fand den Platz
leer, ohne auch nur einmal durch mein Erscheinen den
Argus zum plötzlichen Aufstehen veranlasst zu haben.
— Manchmal vernahm ich auf fünfzig und mehr Meter
Entfernung vom Balzplatz schweren Flügelschlag, aber
den Hahn selbst hatte ich noch nie zu Gesicht bekommen.
— Ich stellte neue Versuche an, indem ich mir durch
das Gestrüpp von meinem Versteck (dem Baume) aus
kleine Schiessscharten und Durchblicke mit dem Hiebmesser schlug, und so gelang es mir, den Hahn wenigstens
sekundenlang bald vor diesem, bald vor jenem Ausguck
teilweise zu Gesicht zu bekommen, ohne jedoch im
rechten Moment den Finger krumm machen zu können.
Denn hatte ich vorsichtig den Lauf nach rechts geführt,

so war der Hahn zur Linken, und umgekehrt; hielt ich den Lauf eine Viertelstunde lang nach einer Richtung hin, so war ich sicher, dass der Argus scheu jene Richtung mied; es war zum Tollwerden! In mehr oder weniger langen Pausen hörte ich kurzen Flügelschlag, und der Hahn verstummte für einige Zeit, während welcher ich, kaum zu atmen wagend, am Boden kauerte. Wenn diese plötzlich eingetretene, fast unheimliche Pause tiefsten Schweigens ebenso jäh wieder von dem durchdringenden „Uau etc." unterbrochen wurde, schreckte ich förmlich zusammen, so nah erklang nun auf einmal der Balzruf des ersehnten, mit „Argusaugen" bewaffneten Vogels. — Bei solchem Zusammen- und in die Höhe-schnellen (in dem Glauben, der Hahn müsse mich bemerkt haben, so nah erklang seine Stimme) erblickte ich in ca. 3 Meter Höhe vom Boden sein Spiel und einen Teil seiner Flügelfedern, doch im selben Moment war er auch wieder lautlos verschwunden, und kurz darauf hörte ich ihn in grösserer Entfernung davonstreichen. Wie ich sofort feststellen konnte, hatte der Hahn auf dem angefaulten oben erwähnten Baumstumpf gestanden, hier längere Zeit still verharrt und dann sein Balz-geschrei wieder begonnen. Dies musste sein Beob-achtungsposten gewesen sein, und wie mich eine weitere Untersuchung der Örtlichkeit belehrte, führte ein stark belaufener Pfad von der Rückseite des Stammes nach dem Balzplatz. Hier musste der Hahn stets so plötz-lich verschwunden sein, und ich änderte hiernach meinen Jagdplan. Zunächst schlug ich von meinem Versteck aus eine schmale Schneise nach dem Baumstumpf, ver-deckte die frühern Durchblicke mit frischen Zweigen und sass am nächsten Morgen vor Sonnenaufgang in meinem „Schirm". Die Zweige troffen von feuchtem Tau, und bald fühlte ich Gewehr, Hände, Hals und Gesicht von den widerlichen Blutegeln so bedeckt, dass es mich anekelte und ich entsetzt und schleunigst nach

Argushahn in balzender Stellung nebst Henne

Hause flüchtete, um mir in der Badekammer die verhassten Blutsauger abzulesen und sie durch Feuer und Salz zu vernichten. Wenn die Sonne am höchsten stand und den Boden und die Gesträuche ausgetrocknet hatte, waren diese Bestien weniger zahlreich, und so beschloss ich, nur noch zur Mittagszeit den Balzplatz zu besuchen. Mit trocknen. frischen Kleidern rückte ich aus zum nahen Ziel. Durchnässt von Hitze und Anstrengung beim Anbirschen, langte ich in der Nähe meines Deck-Baumes an und erwartete nach beendeter Pause des Sicherns seitens des Argus den erneuten Beginn der Balz, der nicht lange auf sich warten liess. Noch einige Schlangenbewegungen, und ich konnte mich hinter dem schützenden Baum erheben und brachte meine Flinte sofort in Anschlag auf den betreffenden Baumstumpf. Eine Ewigkeit dünkte mich das Balzgeschrei, untermischt vom Schleifen • der Flügelfedern auf dem Boden, bis es plötzlich verstummte und eine schlanke Vogelgestalt vor dem Korn meiner Flinte sass. — Ein Druck, wenige Sätze durchs Dickicht — und der stolze, endlich überlistete Argus lag vor mir verendend auf seinem Ausguck.

Fröhlich eilte ich heim, um die prächtige Jagdtrophäe von fast 2 Meter Länge und über 1 Meter Spannweite sorgfältig abzubalgen und den Balg zu präparieren für spätere Zeit. In starke Stanniolblätter, aus Theekisten, die ich nach Möglichkeit verdichtete, packte ich den kostbaren und mir so wertvollen Balg, reichlich mit Naphtalin bestreut, ein. So konnte er es aushalten, bis ich eine Sendung nach Europa machen wollte, um den Hahn in seiner herrlichen Balzstellung mir zeitlebens zu erhalten. Die Zeit kam, und in freudiger Erwartung, endlich den Balg mal wieder in Augenschein zu nehmen, öffnete ich die langgestreckte Umhüllung, und — mit wahrem Entsetzen fasste ich in die losen Federn, die auch schon teilweise von den gierigen Ameisen an-

gefressen waren, welche von der Haut auch nichts mehr
übrig gelassen hatten! — Es vergingen fast $2^1/_2$ Jahr,
ehe ich wieder das Glück hatte, nach langen vergeb-
lichen Versuchen einen zweiten Argushahn zu erlegen,
der, von meinem malayischen Jagdbegleiter zufällig
aufgestört, direkt über mich wegstrich, und den mein
Schuss herunterholte. — Dass es dem Jäger so selten
gelingt, gerade den Argus vor sein Rohr zu bringen,
liegt zunächst in der ausserordentlichen Scheu des
Vogels, der, seiner Grösse entsprechend, genugsam
vom zahlreich vertretenen Raubzeug belästigt werden
mag, dann aber auch in seinem sich der Natur so
ausserordentlich anpassenden Gewande, das es dem Argus
ermöglicht, sich, am Boden laufend und duckend, zumal
im dichtverschlungenem Urwald, den er nie verlässt,
jedem menschlichen Auge zu entziehen. — Dem Eingeborenen des Landes, dem Malayen, fällt schliesslich
jeder Argus, auf den er es abgesehen hat, zur Beute,
denn jener, mit den Gewohnheiten des stolzen Vogels
von Jugend auf vertraut, braucht nur einen Balzplatz
ausfindig gemacht zu haben, um einfach auf jedem den
Platz berührenden Pfade seine sichern Schlingen, die
ich vorstehend bereits beschrieben habe, anzubringen.
Gar bald sitzt der Vogel, am Ständer gefangen, fest,
und wartet auf seine Erlösung. — Noch lebt der Argus
in ungezählten Mengen in den mit Urwald bestandenen
Hügeln und Bergen Ost-Sumatras, dank den von Höhen
eingeschlossenen mächtigen Sümpfen, über denen Moskitos
zu Milliarden wimmeln, aus denen die Fieberdünste
aufsteigen und den Europäer von der Kulturarbeit, dem
Vernichten des Urwaldes, und weiterem Vordringen
zurückschrecken durch das Gespenst der Malaria.

Begegnung mit Elefanten und deren Jagd.

Am 26. November, zur Zeit des Buschkappens,
brach ich, begleitet von einem Malayen, namens Sialang,

früh am Morgen auf, in der Absicht, das von diesem
übernommene Abschlagen von Wald zu besichtigen,
steckte einen Revolver Kaliber 450 sowie mein Jagdmesser in den Gürtel, und war so für den kurzen Gang
von etwa zwei Stunden genügend gerüstet. Erst führte
mich ein Pfad in den Urwald, und nach etwa ½ Stunde
erreichte ich mein Ziel. Hier sollte eine neue Tabak-
pflanzung angelegt werden; ein grosser Teil des zu
schlagenden Waldes war unter den Bliungs (Äxte) der
Malayen bereits gefallen und bedeckte in wildem Chaos
den Boden. In kurzer Zeit sollte er dem Feuer zum
Frass werden, denn der Mensch will seinen Gelüsten
fröhnen, und denen musste der majestätische Wald geopfert werden. Um über Wurzeln, Stämme und Baumkronen hinweg zu gelangen, hatte ich oft mein Messer
zu gebrauchen und die den Weg sperrenden Schlinggewächse durchzukappen. So kam ich in einer Stunde
in den düsteren Schatten des jungfräulichen Urwaldes.
Den Rückweg wollte ich mir erleichtern, nämlich im
stehenden Walde einen Wildwechsel, deren es eine
Menge und nach allen Richtungen hin gab, aufsuchen,
und auf ihm meiner Wohnung zustreben. Da mein
Begleiter behauptete, einen solchen zu wissen, ging er
voran, und ich arglos etwa anderthalb Stunden hinter
ihm her. Auf meine erstaunte Bemerkung, dass wir
noch keine Lichtung, die auf die Plantage schliessen
liess, erblicken könnten, sagte er lächelnd, ich möge
ganz beruhigt sein, er kenne den Wechsel bezw. Pfad genau.
Noch eine und eine weitere Stunde verfloss ohne Aussicht, aus dem Walde herauszukommen. Der Himmel
war schwer mit Wolken bedeckt, und da ich für den
beabsichtigten, unbedeutenden Gang auch keinen Kompass
mitzunehmen für nötig befunden hatte, konnte ich mich
bezüglich der Himmelsgegend nicht zurechtfinden. Nun
wollte ich umkehren, um die 3½ Stunden durch den Busch
und 1½ Stunde über den geschlagenen Wald zurückzu-

legen, aber mein Sialang erklärte bestimmt, mich in spätestens einer halben Stunde aus dem Walde zu bringen.

· Mittagszeit war längst vorüber, und mein Magen wurde ungeduldig; ich hatte in der Frühe ausser Tabak, Papier und Streichhölzern nichts mitgenommen. Mein Pfadsucher stiess plötzlich einen freudigen Ruf aus; vor uns floss ein Bach, — der sein Wasser aber zu unserer Linken weiterführte. Ich stand ratlos, denn morgens hatten wir ebenfalls einen kleinen Fluss, den Boeloe Telang, passiert, jedoch lief dessen Wasser auch zu unserer Linken, das Flüsschen vor uns konnte also unmöglich der leztgenannte sein, wenn ihn mein Begleiter auch dafür hielt. Er war mit dem besten Willen nicht von dieser Meinung abzubringen, zeigte sich aber erfreut, in der Nähe eines Wassers zu sein, und beschloss, dem Laufe desselben zu folgen; denn nach der Küste zu oder nach einem grossen Fluss musste es schliesslich doch führen. Wir erreichten eine weite Ebene, welche von dem sich immer mehr vertiefenden und verbreiternden Fluss in erschrecklich krummen Windungen durchzogen wurde. Anfangs schritten wir im Wasser vorwärts, da uns hier im Flussbett die Schlinggewächse und Dornen weniger hinderlich waren als im Busch; schliesslich stieg uns das Wasser jedoch bis über die Hüften, wir mussten das Ufer erklimmen, und uns, immer den Fluss in Sicht, mit dem Messer durchschlagen.

Fortwährend stiessen wir auf respektable Mengen von Nashornlosung, waren jedoch auf ein Zusammentreffen mit einem solchen Dickhäuter keineswegs vorbereitet, da uns meine treue Büchsflinte fehlte. Trotzdem nahmen wir die gebahnten Wechsel an, denn ohne diese war das Gehen, zumal dicht am Flusse, durch die Menge von Schilf, Bambus und Rottan, welche Pflanzen in dem feuchten Grunde die beste Nahrung fanden, fürchterlich erschwert. Gegen 4 Uhr nachmittags wendete sich endlich mein Malaye zu. mir und gestand, was mir schon seit Stunden bekannt war, dass er sich gänzlich verirrt habe. Todmüde setzten wir unsern Gang mühselig fort, denn wir wussten, dass in zwei Stunden finstere Nacht herrschen werde; dazu kein Proviant und keine guten Waffen! Auf der anderen Seite des Flusses knackte und brach es langsam nach dem Ufer, also auf uns zu, durch. Zweifellos war es ein Wild, und ich schöpfte Hoffnung, im günstigsten Fall irgend ein Stück mit dem Revolver erlegen zu können; denn wer konnte wissen, wie lange unsere Irrfahrt dauern würde, und ohne jede Nahrung hätten wir solche Strapazen keine 3 Tage ausgehalten. Leise schlich ich an den Fluss, versank bis an den Hals im Wasser und näherte mich vorsichtig der gegenüberliegenden Seite. Dort stand ein grosser Gettabaum *), hinter dessen mächtigen Wurzeln ich mich barg und auf das vielleicht zur Tränke ziehende Wild wartete. Immer näher, immer lauter kam es heran, 20 Schritte von mir bewegten sich bereits die Pisangstauden, dann ein Fall, und eine derselben lag am Boden. Ich stierte, zum Äussersten entschlossen, dem an den Stauden sich ässenden Wilde gespannt entgegen. Wieder rückte die Masse näher, und wie gebannt stand ich plötzlich vor dem, was sich meinen Blicken nun darbot. So nahe, dass ich mit den Augen in die Höhe sehen musste, brach vor mir der Kopf eines Elefanten durch das Gebüsch, und mit dem Rüssel ergriff er hochhängende Zweige und schlug sie hin und her. Vom Platz verschwinden, den Revolver in die Tasche stecken, in den Fluss springen, hinüberschwimmen, das Ufer erklimmen und den wegeilenden Malayen festhalten, — das war das Werk eines Augenblicks. Letzterer riss sich los und verschwand im Walde, ich — des-

---

*) Gummibaum.   Der Verf.

gleichen. Nach fürchterlicher Hetze standen wir beide
bis an die Kniee in einem Sumpf, der uns in der Aufregung so recht als beliebte Suhle der Elefanten erschien und deshalb gerade kein freudiges Gefühl in
uns erweckte. Wir verschnauften ein wenig und begannen
dann die Suche nach dem Fluss. Von dem Elefanten
hörten wir nichts, obwohl Sialang behauptete, er habe
ihn an den Fluss herantreten sehen, wohl nur in der
Absicht, mich anzunehmen. Endlich stiessen wir auf
unsere Wasserstrasse, aber ein zweiter Schreck, wir
fanden unsere alten Spuren, waren also im Kreise
gelaufen. Missmutig verfolgten wir zum zweitenmale
unseren Weg und kamen an einer Biegung des Flusses
wieder an die Stelle, wo vorher der Elefant gestanden.
Die Dunkelheit war hereingebrochen, aber ich wollte
unbedingt aus der Nähe des Dickhäuters und zwar vorwärts. Nach einigem Hin- und Herreden fügte ich
mich der Anweisung des Malayen, das Ufer auf der
Seite zu betreten, wo vorher der Rüsselträger gestanden,
denn jener glaubte sicher, dass er uns durch das Wasser
gefolgt wäre. Keine Hand konnte ich mehr vor meinen
Augen sehen, trotzdem durchquerten wir abermals den
Fluss und stiegen am jenseitigen Ufer ans Land.
Meinen Revolver nahm ich in die Linke, während ich
mit der Rechten mein Messer erfasste und nun, mit halb
geschlossenen Augenlidern vorwärts dringend, mich
durch das Holz schlug. Sialang schritt dicht hinter
mir. Das Blut stockte, die Glieder versagten. Plötzlich sprang vor mir, unter dumpfem Getöse, etwas vom
Boden auf, stiess schreckenerregende Laute aus und
flüchtete, nahe an mir vorbei, etwa 50 Schritte tiefer
in den Busch, fürchterlich brüllend, schnaubend und
trompetend, dass der Boden erzitterte. Ohne Überlegung
that ich einige Schritte zur Rechten und fiel bis über
den Kopf in den Fluss, gewann schnell das andere Ufer
und lauschte. Ein kaum zu beschreibendes Brummen

erklang laut von jener Seite. Dann rief ich: „Sialang,
wo bist Du, komm' herüber!" Von weither erscholl die
Antwort zurück: „Herr, was war das?" worauf ich rief:
„Ein Rudel Sauen, komm geschwind hierher!" Ich hörte
einen Fall ins Wasser, und bald stand Sialang, am
ganzen Körper zitternd, vor mir. Nun sagte ich ihm,
dass es der Elefant gewesen sei, und möglichst leise
schlichen wir am Ufer dahin, stiegen dann ins Wasser
und wateten resp. schwammen stromabwärts, das Gebrüll
hinter uns lassend. Noch etwa $1/4$ Stunde hielt die
Erregung unsere Kräfte aufrecht, dann aber, trotz
aller Energie, versagten sie, ich erfasste eine vom Ufer
herabhängende Wurzel und zog mich aufs Trockene.
Sialang that desgleichen. Unsere Knie schlotterten,
ich nahm einen Arm voll Schilf, schob dasselbe hinter
mich, streckte mich darauf und ruhte wohl eine Stunde,
ohne ein Wort zu reden. Dann fühlte ich eine angenehme Wärme und ein Kribbeln, das von kleinen
Ameisen herrührte, auf deren Lager ich mich niedergelassen. Einzuschlafen fürchtete ich mich, denn ich
kannte das Sumpffieber, die Malaria, zur Genüge, und
als auch noch ein dünner kalter Regen stundenlang
auf uns herabrieselte, blieb ich erst recht auf dem
Ameisenhaufen. Nun durchsuchte ich meine Taschen
nach Rauchutensilien, aber Tabak, Papier und Streich-
hölzer waren völlig durchnässt, somit unbrauchbar. Da
Sialang auch nicht schlafen konnte, wandte ich mich
an ihn mit der Bitte um Tabak und Feuer. Wahrhaftig, er hatte noch etwas, denn als praktischer und
mit dergleichen Erlebnissen vertrauter Malaye hatte er
sein sämmtliches Rauchzeug in sein Kopftuch gebunden,
und so vor zu viel Nässe bewahrt. Ein Feuer hätten
wir gern angezündet, um uns gegen die Moskitos zu
schützen, doch daran war nicht zu denken, denn alles
Holz hatte der Regen durchnässt. Wir drehten uns
also einige Cigarretten und rauchten sie, aber mit

geteilten Empfindungen. Bald war auch der Tabak zu Ende, und nun durchwühlten wir unsere Taschen nach trockenem Papier. Ich führte ein dickes Notizbuch, dessen mittlere Blätter nur wenig von der Feuchtigkeit gelitten hatten, bei mir, riss sie heraus, einerlei, ob wichtige Notizen darauf verzeichnet waren, und drehte daraus Papiercigarretten, die uns einen wahren Genuss bereiteten. So verging die schier endlose Nacht. Beunruhigt wurden wir nicht weiter, nur hörten wir hin und wieder uns fremde Tierstimmen. Kaum war es Licht, so trachteten wir die steifgewordenen Glieder beweglich zu machen und brachen dann auf, um den fast aussichtslosen Versuch, aus dem Urwald zu kommen, von neuem zu wagen. Stunden vergingen ohne jede Aussicht. Ich hoffte, auf Leute zu stossen, die, da ich nicht zu Hause eintraf, jedenfalls in den Wald gesandt waren, um mich zu suchen; aber nichts dergleichen war zu hören. Jetzt lernte ich ein Gefühl kennen, das ich bei meinem Begleiter bisher bewundert, und das der Malaye mit den Worten „apa boleh buat" (etwa „ja, was ist da zu thun!" „Es hilft doch nichts!") ausdrückt, nämlich nicht Angst, sondern was noch viel schlimmer ist, stupide Gleichgültigkeit gegen Gefahr und Tod.

Da, gegen 11 Uhr, drang ein Geräusch an mein Ohr, das meine abgestumpften Nerven wieder belebte, ich hörte Menschenstimmen; Sialang schüttelte ungläubig das Haupt. Noch einmal vernahm ich sie und machte Sialang darauf aufmerksam, der mich jedoch besorgt ansah und fragte, ob ich verrückt wäre, denn hier gäbe es keine Menschen. Zum drittenmal hörte ich die Stimmen, und ohne auf meinen Begleiter zu achten, stürmte ich, so schnell es meine müden Glieder und die Schlingpflanzen erlaubten, vorwärts. Rettung! Vor mir lag breit und glänzend der mir bekannte Batang Serangan-Strom, und auf ihm trieb ein mit Chinesen bemannter Kahn (Sampan). Ich feuerte meinen Revolver ab, winkte und schrie aus Leibeskräften, bis mich die Langzöpfe erblickten, dann ruderten sie heran, und ich sprang in den Kahn, durchdrungen von dem Gefühle der Dankbarkeit gegen ein höheres Walten.

Ich bat um Thee, der mir trotz recht schmieriger Tassen sehr mundete, ebenso wie die mit Oel getränkten chinesischen Strohcigarretten. Noch eine halbe Stunde mussten die Chinesen ihre Kehlen anstrengen, um Sialang heranzurufen; endlich erschien er, stieg in den Sampan und knickte, Allah dankend, bewusstlos in sich zusammen.

Nach kurzer Zeit landete der Kahn auf der Nachbarplantage Tandjong Slamat; ich suchte das erste Europäerhaus auf und machte von der schönen Sitte Gebrauch, indem ich trotz Abwesenheit des Herrn dessen Kleidung nach einem vorangegangenen Bad mit der meinen vertauschte, mir tüchtig auftischen liess und seinem Kognak alle Ehre erwies. Durch einige Zeilen benachrichtigte ich ihn von meiner Ankunft, und als er erschien, erkannte ich in dem Herrn des Hauses Herrn Mürry, einen Bekannten, der das letzte Weihnachtsfest bei mir mitgefeiert hatte. Während wir uns freudig begrüssten, fuhr ein Wagen über die Brücke und in ihm sass mein Manager, der alle Hebel in Bewegung gesetzt und am Abend vorher unter Leitung eines Holländers Hundert und einige Leute mit Gewehren und Hörnern in den Busch gesandt hatte, um mich zu suchen. Auch hier wollte er Signale abgeben und nach mir forschen lassen, welcher Mühe ich ihn durch mein plötzliches Erscheinen freudig enthob. Zu Wagen kehrte ich in mein Heim zurück, brauchte eine tüchtige Schwitzkur und habe glücklicherweise nicht die geringsten bösen Folgen davongetragen, während mein getreuer Pfadpfinder sein Irregehen durch wochenlanges Fieber und eine Augenentzündung büssen musste. Die Lehre, die ich aus diesem Abenteuer zog, war: nie wieder den Wald ohne einen Kompass zu betreten.

Der Beginn des nächsten Jahres brachte mir die Aufgabe, die Grösse und Bodenbeschaffenheit des Thales, das ich in jenen schreckensvollen Tagen kennen lernte und das mir für eine Tabakanpflanzung günstig erschien, zu untersuchen. Zu diesem Zweck brach ich am 23. Januar frühmorgens mit Kompass und Büchse auf, um einigen Malayen einen Punkt inmitten des Dschungels anzuweisen, von wo aus sie nach angegebener Himmelsrichtung bis zu etwa vorkommenden Hügeln Schneisen schlagen sollten. Die Malayen, es waren fünf, hatten sich für eine Woche mit Proviant versehen, da sie im Walde bleiben und sich eine Hütte bauen mussten, um sich nicht gar zu weit von ihrer Arbeit zu entfernen. Der Anführer derselben, namens Gollok (d. h. Messer), bat mich, ihm für seinen Schutz im Urwald eine Waffe zu geben, und so überreichte ich ihm ein altes Snidergewehr schweren Kalibers und einige Patronen. Da ich den Rückweg allein machen wollte, nahm ich meinen bissigen Battakhund Setan mit und schlug mich mit den Malayen, nach dem Kompass genau nach Nordwest, durch den Wald. Erst mussten wir steile Hügel erklimmen, bergauf, bergab, bis endlich das Terrain etwas flacher wurde, und kleine Bäche und Sümpfe die Hügel ablösten. Nach zweistündigem, angestrengtem Marsch wurde mein Hund unruhig, stürmte dann wild nach einem Sumpf zu unserer Linken und gab Laut. Mit gespannter Büchse lief ich hinterher, um dem Wild den Wechsel abzuschneiden, denn dass es zurückflüchtete, hörte ich an dem Halsgeben Setans. Auf 100 Schritte vor mir, das Dschungel war hier etwas licht, zogen aus dem Sumpf heraus in majestätischer Ruhe drei Elefanten. Ich riss die Büchse an die Wange, um den ersten durch einen Schulterschuss zu lähmen, doch besann ich mich anders, da ich Explosivgeschosse bei mir führte und erst ein solches statt der im Laufe sitzenden Vollkugel laden wollte. Wie schnell auch das Umladen ging, so waren die Elefanten doch schon zu meiner Rechten hinter dem Dickicht verschwunden, und ich hörte nur meinen mutigen Begleiter, Setan, weiter Laut geben.

Nach kurzer Folge hatte ich einen der Riesen auf etwa 60 Schritte vor mir. Mein Hund sprang ihm vor dem Rüssel herum, den der unruhig werdende Elefant fortwährend hin und her schleuderte, und es schien der Koloss vor dem Hund mehr Angst zu haben als umgekehrt. Da ich befürchtete, dass das seltene Wild flüchtig werden, mir somit entgehen könnte, feuerte ich auf dessen Brust einen Schuss ab. Ein Wutschrei, ein schwerer Fall, hierauf ein Durchbrechen der Unverletzten, dann war alles still. Mein Setan kam zu mir, ich aber lief unwillkürlich eine kurze Strecke zurück, lud von neuem meine Büchse und rief die zurückgebliebenen Malayen herbei. Als ich ihnen mitteilte, dass einer der Dickhäuter gestürzt sei, ging Gollok, der das Snidergewehr führte, und Bajan, ein zweiter Malaye, mit auf den Anschuss, doch alles war verschwunden. Der seitlich von dem Angeschossenen aufgerissene Boden, die unter seiner Wucht zerknickten Bäumchen und der ziemlich reichliche Schweiss erleichterten es uns, der Fährte nachzugehen. Nach kurzer Zeit erscholl wieder das kurz abgebrochene Gebrüll der Elefanten und zeigte mir, wo ich sie zu suchen hatte. Etwas weiter zurück folgten mir die beiden Malayen. Bald erspähte ich die Dickhäuter: der Kranke stand bis an den Bauch in einem Sumpf, die anderen rechts etwa 50 Schritte von ihm entfernt. Ich hatte nur für den Angeschossenen ein Auge, birschte mich an einen grossen Baum heran, der mich völlig deckte, und kam bis auf einige 20 Schritte an den Elefanten. Das Gewehr, mit einer Explosivkugel geladen, zum Schuss bereit, kauerte ich mich nieder. Der Dickhäuter zeigte mir seine Kehrseite, und ruhig wollte ich abwarten, bis er sich drehen und mir den Kopf als Ziel bieten würde, da krachte ein Schuss hinter mir, und alle drei Elefanten waren, wie in den Boden gesunken, verschwunden; nur von weither scholl das Brechen der Flüchtigen. Bajan hatte das Jagd-fieber, und ohne zu bedenken, dass mich der wütende Elefant jedenfalls zuerst angenommen haben würde, feuerte er sein Gewehr auf dessen Keulen ab. Oder that er es gerade deshalb, weil er sich, durch mich gedeckt, ohne Gefahr wusste? Schnell sprang ich im ersten Ärger auf Bajan los, forderte ihm seine Patronen ab und schleuderte sie in weitem Bogen in den Sumpf, damit er mir durch unüberlegtes Schiessen nicht noch einmal die Jagd verdürbe. An eine Folge dachte ich nicht mehr, ich nahm meinen Kompass, und vorwärts ging es durch Dick und Dünn weiter nach Nordwest.

Endlich stiess ich auf den Aloer Gadung-Fluss, jenes Gewässer, an dem ich in erwähnter Nacht den ersten wilden Elefanten erblickt; ich war am Ziel. Eine Genugthuung hatte ich, als ich den Malayen mit zer-rissenem Sarong (Bekleidungsstück) und blutenden Beinen ankommen sah; doch in meinem Zorn über die erste missglückte Elefantenjagd hatte ich selbst wenig der Dornen geachtet, somit hingen meine Kleider ebenfalls zerrissen und beschmutzt am Körper herab. Nachdem ich den Leuten die Himmelsrichtungen angegeben, in welchen sie Rintisse (Schneisen) schlagen sollten, trat ich den Heimweg an. Es nutzte mir nichts, dass ich noch Stunden hindurch die verloren gegangene Schweiss-fährte suchte, und wochenlang gedachte ich ärgerlich des 23. Januar.

Fast ein Jahr verging, ohne dass ich noch einmal einen Elefanten zu Schuss bekommen hätte, obwohl ich mir die erdenklichste Mühe gab und schwache Trupps solcher im Dschungel nahe der Plantage ihren Stand hatten. Nahm ich eine frische Fährte auf, so folgte

ich ihr verschiedenemal 6 bis 8 Stunden, ohne auch nur
einen einzigen Elefanten zu sehen. Hierdurch lernte
ich jedoch den ziemlich regelmässig innegehaltenen
Wechsel derselben kennen, und als mir am 16. Juli
gemeldet wurde, dass des Morgens drei Stück auf die
Felder der Plantage ausgetreten wären, versuchte ich,
sie von zwei Seiten zu bejagen. Die erwähnten Malayen
sandte ich auf kürzestem Wege nach dem oberen Alur
Gadung-Fluss, denn dort tränkten sich, wie ich früher
gesehen, die Dickhäuter, während ich selbst mit zwei
Gewehren, begleitet von einem Javanen, den Fährten
folgte. Es kam mir jedoch nicht ein Stück Wild zu Schuss.
Nur ein Argus stiess seinen Schrei aus, als wir durch
den Wald eilten, und verschwand schnell im Dickicht.
Nachmittags 4 Uhr erst stiess ich am Alur Gadung-
Fluss auf die übrigen Malayen, welche auf die Elefanten
zu Schuss gekommen waren. Nicht lange hatten sie
gewartet, als sie das Heranwechseln derselben ver-
nahmen. Drei der Schützen führten Snidergewehre,
doch nur einer, und zwar obenerwähnter Bajan, hatte
den Mut, zu feuern. Während sich die anderen in
respektvolle Entfernung zurückgezogen hatten, kauerte
er sich hinter einen grossen Baum hart am Wechsel.
Der erste Elefant zog vorüber, und auf sechs Schritte
schoss ihm Bajan, wie er behauptete, nach der Schulter,
worauf der Koloss im Feuer zusammenbrach. Bajan
warf sein Gewehr zu Boden und riss sein Parang heraus,
um dem Elefanten den Rüssel abzuhauen. Da stand
jener auf und nahm den Malayen an. Dieser sprang
zwar eilig zurück, doch erreichte ihn sein Gegner und
schlug ihn mit dem Rüssel so gegen das Bein, dass
Bajan zu Boden fiel. Merkwürdigerweise machte nun
der Elefant Kehrt, stiess einen Schrei aus und verschwand im Walde. Dass etwas Wahres an der wunderbar klingenden Sache war, bewies der den Boden
färbende Schweiss und der hinkende Bajan, der sich

verschwor, nie mehr mit auf eine Elefantenjagd zu gehen.

Das Jahr verfloss, und ich gab die Hoffnung, meine Sammlung durch den Schädel eines selbsterlegten Elefanten bereichern zu können, auf, denn die Plantage schloss, und ich wollte nach Europa zurückkehren.

Mit schwerem Herzen verliess ich am 16. Dezember desselben Jahres die Gegend, in der ich während meiner Thätigkeit so viel Trauriges, aber noch mehr Freudiges, zumal auf meinen Jagden, erlebt hatte. Ich stieg in einen Sampan (Kahn) und liess mich von 2 Malayen den Batang Serangan- und den Wampu-Fluss hinunterrudern, um die Hafenstadt Tandjong Poera zu erreichen.

Hier blieb ich noch einige Tage bei meinem Freunde Sandel zu Gast und machte von hier aus zu Pferd oder per Flussdampfer noch verschiedene Abschiedsbesuche auf den benachbarten Estates von Langkat. Ehe ich mich nach Singapore einschiffte, wollte ich noch einigen Bekannten in Deli Lebewohl sagen und blieb zunächst bei der mir aus Deutschland befreundeten Familie, bei der ich auch die ersten Wochen meines Tropenlebens verbrachte, noch längere Zeit zu Gast, nachdem ich auf der Fahrt dorthin in Kampong Iney noch eines jener tollausgelassenen Geburtstagsfeste des jedem Delianer bekannten Polen G. Seymkaillo, eines Originals, fast wider Willen hatte mitfeiern müssen. ٬Andern Tags musste ich alle List anwenden, um überhaupt fortzukommen und Vorsprung zu dem Flussdampfer zu erhalten, und kaum war ich an Bord, als die übrigen mich verfolgenden Herren auch schon am Ufer erschienen und mich zurückholen wollten. Sie kamen jedoch zu spät, der Dampfer setzte sich stromaufwärts in Bewegung, und indem ich ihnen noch besten Dank für überreiche Gastfreundschaft zugerufen, winkten unsere Tücher bis zur nächsten Flussbiegung noch herzlich „Lebewohl". Auf

Umwegen endlich erreichte ich meinen verheirateten
Freund, der z. Z. in Bindjey wohnte, einer sehr schönen
kleinen Villenstadt, welche mit Medan, der Hauptstadt
der Provinz Deli, mittelst einer Eisenbahn verbunden
ist. Durch einen in Bindjey wohnenden Arzt erfuhr ich,
dass in der südlichen Provinz Perbaoengan Elefanten
noch in einer bedeutenden Zahl zu finden wären, und
ich da wohl mein Weidmannsheil noch einmal versuchen
könne. Mein freundlicher Wirth, Herr Danne, kannte
in jener Provinz aus früheren Jahren her einen Herrn,
und fragte an, ob er mich für einige Tage bei sich
aufnehmen wolle, da ich beabsichtige, auf Elefanten
zu jagen. Der Betreffende, Herr Kamstrup, ein Schwede
von Geburt und selbst tüchtiger Nimrod wie Sammler,
lud mich in liebenswürdigster Weise ein, und so fuhr
ich am 15. Januar d. J. mit der Bahn nach der End-
station Perbaoengan.

Vormittags kam ich an und wurde zum erstenmal
seit meiner Anwesenheit auf Sumatra mit dem frisch-
fröhlichen „Weidmannsheil!" empfangen. Herr Kamstrup
hatte sich schon grosse Mühe gegeben, um zu erfahren,
wo augenblicklich Elefanten ständen, und nach den
benachbarten, tiefer im Walde gelegenen Plantagen
Boten gesandt. Nach den eingelaufenen Berichten
schien im Augenblick gerade keine günstige Zeit zu
sein; wohl hatte man da oder dort Dickhäuter wahrgenommen, doch schon vor 5 oder mehr Tagen, seitdem
war aber nichts mehr zu hören gewesen. Ich verlor
indes noch immer nicht alle Hoffnung und machte
mich noch an demselben Nachmittag nach jener Gegend
auf, wo die Elefanten vor 5 Tagen gesehen worden
waren. Herr Kamstrup setzte seiner Liebenswürdigkeit
dadurch die Krone auf, dass er mir seinen inländischen
Jäger, Ketjil, als Begleiter mitgab und ihm anbefahl,
mir zu gehorchen und solange ich es wünschte, sich
mir überallhin anzuschliessen. Ausserdem riet er mir,

statt meines Gewehrs, aus dem ich Explosivkugeln schoss, seine Elefantenbüchse zu führen. Nachdem ich einige befriedigende Versuche mit 40 g schweren Vollkugeln und 7,5 g Pulver angestellt, nahm ich sie dankbar an und gab mein Gewehr an Ketjil.

Es war eben die Regenzeit eingetreten, weshalb die angeschwollenen Flüsse unseren Marsch sehr erschwerten. Erst gegen Abend erreichte ich mein Ziel und wurde auch hier von einem Italiener, Dr. Meier, aufs freundlichste empfangen. Ein Landsmann von ihm, Dr. Masier, der erst vor kurzem sein Vaterland verlassen, wohnte mit ersterem in einem Hause. Der Abend verging im gemütlichen Geplauder und Austausch von Vermutungen, leider war aber auch hier nichts Bestimmtes zu erfahren. Mit Tagesanbruch wollte ich weiter, und Dr. Masier bat, mich begleiten zu dürfen. Da er mit den Schwierigkeiten der Urwaldjagd nicht vertraut war, so teilte ich ihm die voraussichtlichen Strapazen mit, doch schreckten ihn diese nicht ab und er versprach, genau nach meinen Vorschriften zu handeln und mit mir auszuhalten. Noch nachts sandte ich nach den umliegenden malayischen Dörfern Boten, damit sie sich erkundigten, ob vielleicht da oder dort Elefanten auf die Reisfelder getreten wären; doch kehrten alle mit verneinenden Antworten resp. gar nicht zurück. Frühmorgens brach ich dann mit meinen beiden Begleitern nach der Plantage Bengabing auf, welche ganz abgeschlossen in der Ebene liegt und wohin Herr Kamstrup ebenfalls Boten gesandt hatte. Um schneller zum Ziel zu kommen, mietete ich zwei landesübliche Droschken (Caretta sewa), worauf die Fahrt, wenn auch mit Hindernissen, vor sich ging. Weite Strecken des Weges standen fusshoch unter Wasser, eine Brücke war weggeschwemmt, wir mussten sie daher erst einigermassen herstellen und konnten dann die Pferde und hierauf

die Wagen über die schwimmenden Planken bringen.
Doch auch dieser Weg blieb erfolglos, denn in Bengabing
hatte man die Dickhäuter vor 8 Tagen gesehen, seit-
her aber nicht einen mehr. Missmutig kehrte ich nach
Perbaoengan zurück, noch immer nicht ohne alle
Hoffnung, denn unzählbare Fährten von Elefanten-
trupps führten über den Weg und bewiesen, dass diese
in der Gegend heimisch und nicht als Wechselwild
anzusprechen waren. Die europäischen Pflanzer dieser
Provinz haben auf der Station einen Klub gebildet,
dorthin wandten wir uns, um frischen Mut zu schöpfen,
was uns auch bei dem guten Münchener Bürgerbräu,
das dort in Flaschen verabreicht wurde, gelang. Mein
gütiger Wirt kam abends von Batang Trap, seiner
Plantage, angefahren, worauf ich mich mit ihm über
die morgige Jagd beriet. In Luftlinie an 4 Stunden
weit lag am Sumgei Ular, d. i. Schlangenfluss, ein
grosser Sumpf; das sollte der eigentliche Standort der
Elefanten sein, und dieser war mein Ziel für die
nächsten Tage.

Ehe ich mich zur notwendigen Ruhe niederlegte,
liess ich noch die umwohnenden Malayen meine Absicht wissen und versprach demjenigen, der mir bestimmte
Nachricht bringen, oder mir eine ganz frische Fährte
zeigen würde, eine gute Belohnung. Kaum war ich
am Morgen mit Ketjil vor den malayischen Wohnungen
erschienen, als auch schon Leute an mich herantraten,
welche behaupteten, Elefanten hätten nachts trompetet.
Als Masier sich einstellte, schlug ich zunächst den Weg
nach Bengabing ein, denn dort sollte in der Nacht eine
Herde gewechselt sein. Wahrhaftig, bereits auf grosse
Entfernung konnte ich Blätter und Zweige auf dem
Weg liegen sehen, die abends noch nicht dagewesen
waren und beim Näherkommen bewiesen, dass sie von
einer etwa 15 bis 20 Stück starken Elefantenherde her-
rührten. Im Graben rechts und links der Strasse hatten

sich die Riesen gesuhlt und waren dann durch dichten
Urwald weitergezogen. Ich atmete hoffnungsfreudig
auf, und vorwärts ging's, der Fährte nach; doch war
es keine Kleinigkeit, sie hier im Walde von den unzähligen anderen älteren Fährten zu unterscheiden, und
manchmal standen wir ratlos, wohin wir uns zu wenden
hätten. Nach einer etwa einstündigen Folge fanden
wir die erste frische Losung, was uns das Suchen
sehr erleichterte. Aus dem Wald heraus führten die
Fährten auf früher bepflanzte, nun aber mit Lalang
(mannshohes scharfes Gras) und jungem Wald bedeckte
Tabakfelder; dann kreuzten sie einen Fluss mit steilen
Ufern und dick mit Lintas (den grossen, ihres Bisses
wegen auch gefährlichen Blutegeln) bevölkert. Doch
wir mussten hinüber und zwar so schnell als möglich.
Am jenseitigen Ufer angelangt, lasen wir uns die Blutsauger gegenseitig ab und folgten den Fährten weiter.
Zu unserer Linken brummte ein Bär, es war indes
nicht meine Absicht, die Dickhäuter durch einen Schuss
noch mehr zu beunruhigen, und deshalb liess ich Bär
Bär sein. Durch einen dicht mit starkem Bambus
bewachsenen Sumpf mussten wir mitten hindurch, was
wegen der vielen von den Elefanten niedergetretenen
und zusammengebrochenen Stangen schwierig genug
war. Gerade als wir die Mitte erreicht hatten, erhob
sich rings um uns ein Heidenlärm. Wir machten uns
schussfertig, in der Annahme, der Spektakel rühre von
Elefanten her. Bald bemerkte ich jedoch den Irrtum,
denn es waren Schweinsaffen, die wir überrascht, und
die nun in grossen Sprüngen durch die Bambusspitzen
flüchteten. Endlich lag der Sumpf hinter uns, und auf-
horchend scholl das Trompeten von Elefanten auf etwa
halbstündige Entfernung zu uns herüber. Um Vorsprung zu gewinnen, lief ich, so schnell es der Wald
gestattete, 10 Minuten lang vorwärts, gebot dann meinen
Begleitern tiefste Ruhe sowie jegliches Vermeiden von

Battas und ein Chinese beim Zerwirken des von mir erlegten Elefanten.

Ästeknicken und dergl.; sie sollten mir auf 30 Schritte Entfernung folgen und jeden meiner Winke genau beachten. Eine kleine Terrainerhebung gestattete ein leichteres Weiterbirschen, da auf flachem Boden die vielen Pfützen beim Hineintreten Geräusch verursachten. So schlich ich noch eine gute halbe Stunde vorwärts, mich bückend und biegend, um im Wege hängenden Pflanzen auszuweichen, und lugte scharf durch das Blättergewirr. Da sah ich, wie sich etwas bewegte, worauf ich meine Gefährten durch ein Zeichen still- stehen hiess. Schritt für Schritt rückte ich, vorsichtig und möglichst Deckung suchend, vor und nahm einen, zwei, drei Elefanten wahr, die ruhig im Waldesschatten standen und nur die mächtigen Ohren hin und her bewegten. Zwei Kugeln hatte ich geladen; ich nahm noch zwei andere in die linke Hand, steckte einige Patronen zum schnellen Gebrauch in die Tasche und kroch wieder vorwärts, ermutigt durch die Gewissheit, dass ich nie wieder so seltenes Wild vor die Büchse bekommen würde. Ich kam den Elefanten so nahe, dass ich meines Schusses sicher war, streckte mich auf die Erde nieder — denn ruhig war meine Hand in diesem Augenblick gerade nicht —, legte die Doppel- büchse auf eine Wurzel, zielte ruhig nach dem Auge des einzigen Bullen, den ich erblickte, und gab Feuer. Der riesige Körper des Getroffenen erzitterte, und lang- sam brach der Koloss, ohne einen Schritt zu thun, in die Knie zusammen. Rings um uns erscholl ein fürchter- liches Getöse, der Erdboden erzitterte, denn der grösste Teil der Herde, die, für mich unsichtbar, im Dickicht gestanden, flüchtete unter Schnauben und Trompeten zu unserer Rechten in den Busch.

Vier Elefanten jedoch, und gerade die, aus deren Mitte ich mir mein Opfer gewählt, wechselten direkt auf die Stelle zu, an der ich lag. Meine zweite Kugel sandte ich dem ersten nach dem Schädel, und meine

Begleiter, die nun herbeisprangen, feuerten ihre Ladung ebenfalls auf ihn ab. Hierdurch abgelenkt, bog der Elefant, hinter ihm her die drei übrigen, zu unserer Linken ab. Schnell erhob ich mich, lud von neuem und sandte ihm eine zweite Kugel nach der Schulter, während meine Begleiter leider auf den letzten schossen. Alles dies dauerte nur wenige Sekunden, und als ich sah, dass keine Gefahr mehr vorhanden war, eilte ich zu dem Erlegten und gab ihm auf 3 Schritte Entfernung hinter das Ohr den Fangschuss. Noch einmal erzitterte der Rüsselträger, legte sich auf die Seite und verendete. Ein unbeschreibliches Gefühl der Befriedigung durchzog meine Brust, die alle Kräfte fast übersteigenden Strapazen, denen ich mich zur Erlangung einer solchen Jagdbeute die Jahre hindurch unterzogen, hatten endlich ihren Lohn gefunden.

Der Ehrgeiz des Jägers war befriedigt, der Riese der Urwälder Sumatras hatte meine Jagden gekrönt, und frohen Herzens konnte ich aus dem Lande für immer scheiden, das mir Jahre hindurch eine zweite Heimat gewesen. Mitleid mit dem angeschossenen Elefanten und Neugierde zugleich liessen diese Gefühle indes bald in den Hintergrund treten, und so folgte ich der Schweissfährte des Kranken wohl über eine halbe Stunde. Da ich dabei aber immer tiefer in den schauerlichen Sumpf, durch den die Flüchtigen gewechselt, versank, und meine Begleiter, von Müdigkeit überwältigt, nicht weiter konnten, so kehrte ich zu dem verendeten Stück zurück, schwang mich auf seinen Rücken und liess mir den mitgenommenen Kognak und das trockene Brot vortrefflich munden. Den wohlverdienten Bruch, in Schweiss getränkt, steckte ich an den Hut, schnitt als Jagdtrophäe dem Elefanten Schwanz und Zunge ab, worauf wir mit Hilfe des Kompasses in gerader Richtung durch den Wald den Rückweg nach Perbaoengan einschlugen. Um den Erlegten wieder auffinden zu können, rissen wir unsere Taschentücher in Stücke und banden die Streifen, immer einen nach dem anderen, auf Sehweite an die Zweige.

Im Klub angelangt, wurde ich von den anwesenden Herren sogleich mit Fragen bestürmt und amüsierte mich über die erstaunten Gesichter, als ich den Schwanz des Elefanten zur Erde warf und somit die beste Antwort gab. Herr Kamstrup, welcher abends ebenfalls kam, freute sich herzlichst mit mir, und wir sandten noch spät ein Telegramm an den Photographen in Bindjey, damit er sich tags darauf zu einer Aufnahme einfinde. Am nächsten Morgen verschaffte mir Herr Kamstrup noch 10 Battaker, da diese, wenn sich ihnen Gelegenheit bietet, Wildbret von Elefanten — leider auch selbst Menschenfleisch — zu erhalten, dieses absolut nicht verachten. Für ersteres sollten sie mir den Kopf des Dickhäuters aus dem Walde nach der Station schaffen. Am 18. Januar um 10 Uhr traf der Photograph ein und war nicht gerade erbaut davon, zu hören, dass der Elefant nicht beim Klubgebäude, sondern einige Stunden tief im Walde läge. Erst nachdem ich ihm den Weg dorthin als höchst angenehm und romantisch geschildert, war er zu dem Marsch zu bewegen, doch gern wäre er bei dem Anblick der Blutegel im Sumpfe und Flusse umgekehrt, aber einiges Zureden half, und so erreichten wir unser Ziel. Zunächst liess ich durch die Battaker die kleinen Bäume wegschlagen, damit genügend Licht für die photographische Aufnahme wäre, und mass selbst die Entfernung meines glücklichen Schusses, die genau 29 Schritte ausmachte, sowie die Stärke des Elefanten. Die Gesammtlänge desselben vom Rüssel bis zur Schwanzspitze betrug . . . . 18 Fuss 6 Zoll,

die Schulterhöhe . . . . 8 „ 9 „ ,

die Kreuzhöhe . . . . 8 „ 6 „ ,

und die Rückenhöhe . . . . 9 „ — „ .

Der Rüssel hatte eine Länge von . 5 Fuss, 6 Zoll,
und der Schwanz eine solche von . 3 „ 6 „ .
Vom Scheitel bis zur Kinnlade mass
    der Elefant . . . . 5 „ — „ .
Die Kugel war hoch links über dem rechten Auge 20 cm
tief eingeschlagen. Die sehr abgenutzten braunen Stoss-
zähne wogen nur je 750 g, obwohl der Elefant, dem
Zahnbau nach zu schliessen, schon recht alt sein musste.
Auch ist mir bei den wilden Elefanten auf Sumatra auf-
gefallen, dass keiner lange Stosszähne hatte. Der Schädel
wog, nachdem Haut und Wildbret abgelöst waren, 121 kg.
Der Raum für den Apparat war frei gekappt, und wir
gruppierten uns auf dem Elefanten, ich als glücklicher
Schütze nahm den Mittelplatz ein, rechts von mir sass
Masier und links Ketjil. Die Sonne schien hell, ein:
„Bitte recht freundlich", und die Aufnahme war fertig.
Nun stürzten sich die Bataker auf den Dickhäuter und
fingen an, ihn mit ihren Parangs zu zerlegen, um an
das Feist zu gelangen. Inmitten ihrer Thätigkeit
bannte sie der Ruf des Photographen, und so entstand
das zweite Bild, auf dem auch ein Chinese zu sehen
ist, den ebenfalls der Hunger auf die Beine gebracht
hatte. Sechs Mann mühten sich dann, den Kopf aus
dem Walde zu tragen. Der angeschweisste zweite
Elefant nahm, wie mir Herr Kamstrup wenige Tage
später mitteilte, mit der flüchtenden Herde seinen
Wechsel über Bengabing, woselbst er vor einem ge-
fällten Baumstamm, welches Hindernis er nicht mehr
nehmen konnte, zusammenbrach, und welcher Moment
ebenfalls auf der photographischen Platte festgehalten
wurde.

Herr Kamstrup hatte versuchs- und spasseshalber
aus dem Schwanz der Jagdbeute eine Suppe kochen
lassen, die uns vortrefflich mundete. Am nächsten
Morgen fuhr ich, nachdem ich mich aufs herzlichste
von meinem liebenswürdigen Wirt verabschiedet, nach

der Station, packte den Schädel in Matten, überführte ihn nach Bindjey, um ihn möglich schnell zu skelettieren, und gut in eine Kiste gepackt, begleitete · er mich am 27. über See nach Singapore.

Am 20. Januar, als ich auf einer nahen Plantage, · wohin ich auch den Rüssel des Elefanten gesandt, noch einigen Herren Lebewohl sagen wollte, überreichte mir einer derselben den „Deli Courant", in welcher Zeitung mein Jagdglück schon veröffentlicht war. Es war dies auf Rotterdam Estate, wo ich als Gast meines lieben Bekannten B. von Bülow im Kreise vieler deutscher Herren das letzte Neujahrsfest in Šumatra und damit zugleich meinen Abschied von Sumatra feierte.

Hohenlimburg, Weihnachten 1902.

Eduard Otto.

Lightning Source UK Ltd.
Milton Keynes UK
UKHW021858140219

337217UK00005B/115/P

9 780265 982099